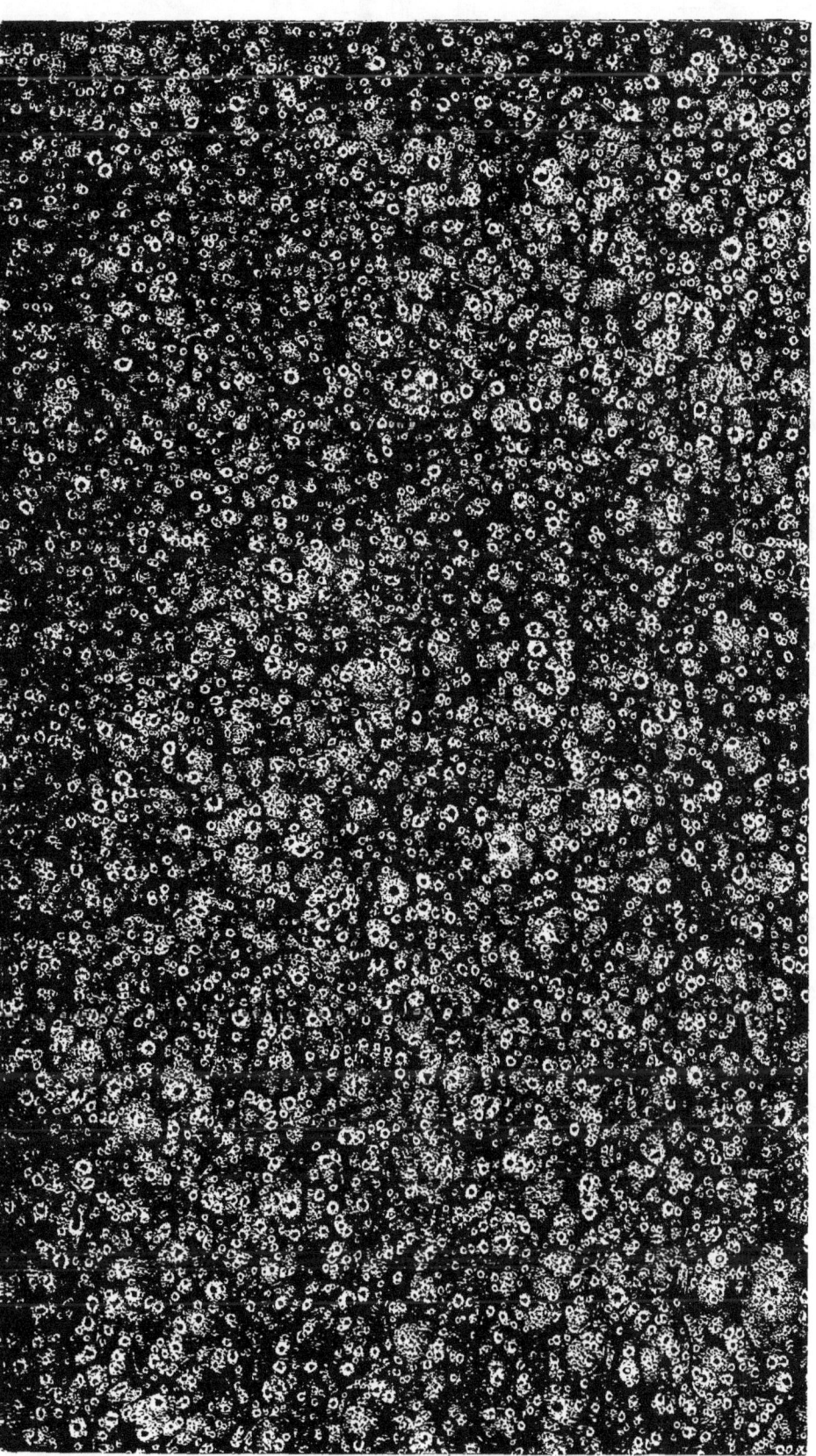

PROSPECTUS

D'UN OUVRAGE AYANT POUR TITRE :

TRAITÉ
D'ÉDUCATION PHYSIQUE

Par Louis SINIBALDI,

Professeur en Médecine ; Membre d'un grand nombre
de Sociétés savantes ;

Traduit de l'italien par A. BOMPARD,

Docteur en Médecine, Membre résidant de l'Académie de
Médecine de Paris, de la Société de Médecine-pratique
de la même ville, séant à l'Oratoire ; Médecin de l'Établissement de Charité de Saint Vincent de Paule, etc. ;

UN GROS VOLUME *in-8°*,

Qui paraîtra dans le courant de Janvier prochain, à raison
de 4 *francs* pour MM. les Souscripteurs, auxquels il
parviendra *franc de port.*

~~~~~~~~~~~~~~~~~~~

LE Docteur SINIBALDI étant connu comme praticien éclairé, écrivain judicieux, nous croyons
pouvoir nous dispenser de donner dans ce Pros-
pectus le plan de son ouvrage et d'en faire l'éloge ;
tout ce qui est sorti de sa plume a été accueilli
favorablement des Médecins et du public éclairé.

Nous pensons que les Médecins liront avec intérêt ce nouveau travail d'un praticien laborieux,
et que les pères de famille, ainsi que les Insti-
tuteurs, y trouveront des préceptes utiles pour
élever les enfans et les jeunes gens confiés à leurs
soins.

On souscrit, A PARIS,

Chez {
le Traducteur, rue du Faubourg St.-Denis, N°. 93;

DELAUNAY, Libraire, Palais-Royal, galerie de
bois, N°. 243;

MÉQUIGNON-MARVIS, Libraire, rue de l'École
de Médecine, N°. 9;

SCHERFF, Imprimeur, passage du Caire, N°. 54;
}

Et à

De l'Imprimerie de J.-L. SCHERFF, passage du Caire,
N°. 54.

TRAITÉ

D'ÉDUCATION PHYSIQUE.

DEUXIÈME EDITION.

OUVRAGES DU DOCTEUR BOMPARD.

OBSERVATIONS SUR LE TYPHUS qui a régné à l'armée en 1813 et 1814. Broch. in-8°, *Paris*, 1816.

CONSIDÉRATIONS SUR QUELQUES MALADIES DE L'ENCÉPHALE ET DE SES DÉPENDANCES, sur leur traitement, et notamment sur les dangers de l'emploi de la glace. 2me édition, broch. in-8°, *Paris*, 1828.

TRAITÉ DES MALADIES DES VOIES DIGESTIVES ET DE LEURS ANNEXES, suivi de Tableaux des Subtances vénéneuses. Un fort vol. in-8°, *Paris*, 1829.

Pour paraître incessamment :

DES MALADIES DES ORGANES DE LA RESPIRATION ET DE LA CIRCULATION.

IMPRIMERIE D'AUG AUFFRAY.
Passage du Caire, N° 54.

TRAITÉ

D'ÉDUCATION PHYSIQUE,

PAR LOUIS SINIBALDI,

PROFESSEUR EN MÉDECINE, MEMBRE D'UN GRAND NOMBRE DE SOCIÉTÉS
SAVANTES;

TRADUIT DE L'ITALIEN

PAR ALEXIS BOMPARD,

Docteur en Médecine de la Faculté de Montpellier, Médecin de l'Eta-
blissement de Charité de Saint Vincent-de-Paul, et du bureau de
Bienfaisance du cinquième arrondissement; Membre titulaire du
Cercle-Médical (ancienne Académie), de la Société de Médecine-
pratique; Correspondant de la Société de Médecine de Caen, de
l'Académie Médico-Chirurgicale de Naples, etc.

DEUXIÈME ÉDITION.

A PARIS,

CHEZ GABON, LIBRAIRE,

RUE DE L'ÉCOLE DE MÉDECINE, N° 10.

———

AOUT 1830.

AVANT-PROPOS DU TRADUCTEUR.

L'ouvrage dont j'offre aujourd'hui la traduction a paru en italien, vers la fin de 1815, sous le titre d'*Anthropologie*, ou *Science de l'Homme*. Il est composé de deux parties : la première est purement métaphysique et théologique. Plusieurs écrivains français ayant parfaitement traité ces sortes de matières, j'ai cru inutile de surcharger notre littérature d'un volume qui n'offre rien de supérieur à ce que nous possédons en ce genre.

La seconde partie est entièrement médicale, et est principalement destinée à l'éducation physique de l'homme ; c'est la raison pour laquelle je la fais paraître sous le titre de *Traité d'Éducation physique*. L'auteur, pour atteindre le but qu'il s'est proposé, celui d'améliorer la constitution humaine, n'a pas suivi la marche tracée par ses prédécesseurs. Après un rapide exposé du grand âge où parvenaient nos ancêtres, il parle des infirmités auxquelles ils étaient sujets ; ensuite il passe à l'examen de la détérioration de notre constitution physique, il en assigne les causes, et il propose les moyens d'en arrêter les effets. Le quatrième chapitre est consacré à une analyse critique et sommaire des principaux auteurs qui se sont occupés de notre enfance. Le cinquième est destiné à indiquer les précautions que les hommes doivent prendre avant le mariage, les femmes enceintes, en couches, et enfin, les nourrices. Ce n'est qu'après avoir traité avec détail de ces différens objets, qu'il donne les règles nécessaires pour élever les enfans, pour leur former un bon tempérament, et pour les rendre, par ce moyen, moins sujets aux infirmités qui accablent le genre humain.

Si toutes les vues que présente l'auteur ne sont pas neuves; son ouvrage n'en a pas moins l'avantage de réunir, non-seulement dans un seul volume tout ce qui a été dit sur un objet aussi important, mais il a encore celui de nous faire connaître les règles défectueuses qui ont été données par certains écrivains. On remarquera que les préceptes qu'il donne sont toujours appuyés sur des faits recueillis pendant une pratique d'environ cinquante ans, et l'expérience du docteur *Sinibaldi* est celle d'un homme heureusement né pour observer avec fruit en médecine.

Je n'ai ajouté que peu de notes, dans la crainte de trop accroître le volume, et je ne me les suis permises que lorsque mes observations sont venues à l'appui de celles de l'auteur, ou lorsqu'elles ne se sont pas trouvées en conformité, soit en raison de nos habitudes, de notre climat, ou de toute autre circonstance.

AVIS

SUR CETTE NOUVELLE ÉDITION.

DEPUIS l'année 1818, époque où je fis paraître, dans notre langue, le *Traité d'Éducation physique* du professeur *Sinibaldi*, les laborieuses recherches des médecins-anatomistes ont fait faire à l'art de guérir de grands progrès, auxquels les sciences qui se rattachent à la médecine ne sont pas restées étrangères. Mais il n'en est pas ainsi de la partie de l'hygiène, spécialement destinée à la première enfance, et qui semble être resté stationnaire, comme il est facile de s'en convaincre par la lecture des ouvrages publiés sur cette matière après les travaux du médecin Romain. Un examen comparatif, impartial et consciencieux, m'a démontré que les préceptes donnés par lui conservent une grande supériorité sur ceux des auteurs dont les livres sont postérieurs au sien ; que ces préceptes s'accordent toujours avec la raison et l'expérience, et qu'ils ont, en quelque sorte, servi de base aux divers traités publiés sur ce sujet intéressant.

Les améliorations opérées dans les établissemens publics et particuliers, dans lesquels on a heureusement combiné les moyens pour que l'éducation physique et l'instruction morale se prêtent un appui mutuel; les perfectionnemens apportés à la confection de ces ingénieuses machines dont on fait usage dans quelques maisons de santé, destinées à la guérison de difformités regardées naguères comme incurables, et dont on triomphe aujourd'hui, ne sont-elles pas dues aux idées philosophiques répandues dans cet ouvrage? L'administration elle-même, n'y a-t-elle pas puisé certaines mesures sages dont l'exécution honore les magistrats qui ont su les prendre?

Enfin, il m'est permis, peut-être, de me féliciter aussi d'avoir, en reproduisant dans notre langue les conseils et les utiles observations de *Sinibaldi,* raffermi quelques mères dans la sage résolution de nourrir leurs enfans, et fait naître dans l'esprit de quelques autres, l'idée d'accomplir elles-mêmes ce devoir imposé par la nature et rendu nécessaire pour la conservation de la santé.

Mais si toutes les femmes ne peuvent pas allaiter leurs enfans, l'intérêt public exige du moins que les nouveaux nés soient placés dans les circonstances les plus favorables au développement de leurs organes si délicats : l'on trouve, à Paris, sous le nom de *Direction Générale des Nourrices,* un établissement qui, fondé pour l'utilité du plus grand nombre, ne me paraît pas remplir le but que se sont proposé les hommes qui l'ont créé, ni celui que se proposent ceux qui le dirigent. Il me semble qu'il existe sans réglement, ou, ce qui est plus probable, il en a un, mais il est bien défectueux, ou tombé dans un oubli bien condamnable; car je ne puis concevoir comment il se fait que la grande majorité des enfans confiés aux nourrices de cet établissement reviennent chez leurs parens, les uns dans un état complet de marasme, les autres atteints d'éruptions graves à la peau, etc. ; et d'un autre côté, je ne puis concevoir comment on confie à des nourrices saines des enfans infectés. Ce mal est grand, immense ; il est urgent d'y remédier, et les moyens en sont faciles.

TRAITE

D'ÉDUCATION PHYSIQUE.

~~~~~~~~~~~~~~~~~~~~~

CHAPITRE PREMIER.

Des âges de l'Homme. — Développement des infirmités auxquelles il est sujet. — Détérioration de sa constitution physique.

Selon l'histoire de Moïse, les hommes jouissaient avant le déluge d'une longévité prodigieuse. La partie de l'Asie méridionale, où l'homme fut placé en sortant des mains du Créateur, était tempérée, le climat était doux, l'atmosphère pure et nullement souillée par les émanations pernicieuses des corps organisés en décomposition ; il n'existait aucune exhalaison minérale ; les saisons étaient périodiques et régulières, sans météore ni tempête ; les hommes se nourrissaient avec de simples végétaux, et se désaltéraient avec une eau pure et limpide ; ils n'étaient point agités par des passions cruelles ; les affinités organiques et animales, *n'étant altérées par aucune cause, jouissaient de toute leur énergie.* Toutes ces circonstances étaient certainement bien propres à maintenir pendant des siècles entiers cet équilibre nécessaire entre l'action des solides et celle des fluides, et capables de rendre les fibres susceptibles de correspondre aux stimulans qui entretiennent la vie ; enfin, l'homme terminait son existence d'une manière paisible.

C'est en vain que quelques naturalistes se sont efforcés de nous prouver que les années antérieures au déluge n'étaient pas composées de 365 jours, mais que dans ces tems on ne connaissait que les années lunaires ; ce qui réduirait la vie des plus âgés à quatre-vingts ans. De cette hypothèse il en résulterait que les patriarches auraient eu des enfans à l'âge de six ou sept ans, ce qui ne peut être qu'une absurdité : d'autres soutiennent que d'après la coutume de quelques nations de l'Orient, l'année, jusqu'au tems d'Abraham, n'était composée que de trois mois ; de sorte que la vie de Mathieusalem n'aurait été que de deux cent quarante ans. Cette opinion est des plus erronnée et a été relevée par Grozion, dans son excellent ouvrage sur la religion chrétienne. Les affinités organiques et animales jouissant de toute leur énergie, les animaux, les végétaux devaient être d'une grandeur et d'une force majeure ; aussi les affinités chi-

miques étaient difficilement exposées à s'altérer : en effet, les naturalistes ont découvert
des os appartenant, les uns à l'espèce humaine, les autres à la classe des animaux,
d'une grandeur démesurée, qui n'existent
point chez les races actuelles. Quoique la nature produise encore, de tems en tems, des
hommes d'une haute stature, ils sont cependant bien inférieurs en grandeur à ceux que
l'on a trouvés enfouis dans le sein de la terre.

La terre ayant été couverte d'eaux stag-
nantes pendant le déluge universel, quelles
altérations ne devaient-elles pas porter aux
corps organisés et particulièrement à ceux du
règne végétal? Les particules organisées des
corps solides devaient se décomposer dans
l'eau, et former de nouvelles combinaisons
capables de mettre en jeu les lois des affinités
chimiques ; et peut-être les molécules métal-
liques, mises en mouvement par l'eau, s'uni-
rent avec les particules des corps organiques
et y restèrent unies par les lois des affinités
chimiques. L'atmosphère resta infectée par le
gaz acide carbonique, par l'hydrogène et par
les diverses exhalaisons des corps réduits à
l'état de putréfaction ; elle perdit donc de sa
pureté, de son équilibre, de son élasticité ;
l'hydrogène surabonda et produisit les mé-

téores ; les vents et les tempêtes s'établirent
de l'inclinaison naturelle du globe ; les végétaux furent altérés dans leurs principes, et ils
perdirent cette force nutritive et balsamique
dont ils jouissaient auparavant, et peut-être
quelques-uns alors acquirent leur nature vénéneuse : les eaux, imprégnées de particules
hétérogènes, altérèrent la masse des fluides
animaux. Ces causes étaient plus que suffi-
santes pour débiliter la première constitution
de l'homme , et par conséquent propres à
abréger le cours de sa vie. Les végétaux devinrent insuffisans pour soutenir ses forces et
pour réparer les pertes produites par l'exercice de la vie qui devait être plus laborieuse ,
attendu que le déluge ayant rendu le sol in-
grat , il ne fournissait pas suffisamment pour
ses besoins. L'homme fut donc obligé de recourir au travail et à une nourriture animale,
circonstances qui concoururent à altérer les
principes constitutifs de son corps. Les sociétés se formèrent, les besoins augmentèrent,
et du désir inné avec l'homme de satisfaire ses
goûts, on vit naître les désolantes passions qui
altérèrent son tempérament : à la suite de tant
de causes physiques et morales , les affinités
chimiques et organiques devaient non-seulement perdre de leur énergie , mais ces causes

devaient encore produire de nombreuses altérations, et même influer sur la vie des descendans ; la fatale Boîte de Pandore s'ouvrit, et
les mortels furent contraints à traîner une
misérable existence.

. Un célèbre astronome, d'après quelques
calculs astronomiques, a prédit qu'après le
cours de quelques siècles, on verrait une co-
mète s'approcher de la terre, se heurter avec
elle et produire un nouveau déluge universel.
Si cette prédiction se réalisait jamais, les
corps organisés s'affaibliraient davantage, en
raison de l'augmentation des causes assignées,
et le cours de la vie serait singulièrement
abrégé. Ce n'est donc pas sans fondement que
l'on peut conjecturer que les peuples habitant
les extrêmes régions de la terre, comme les
Lapons, les Indiens, sont débiles et qu'ils ne
vivent que très-peu : en effet, chez eux l'âge
le plus avancé est celui de quarante ans. Cet
état de détérioration doit être attribué aux dé-
luges partiels qui inondent leur sol, ainsi que
le prouvent les couches crustacées que l'on
remarque sur les végétaux, et dans les creux
qui existent sur la superficie de leurs plaines.

. Sans remonter jusqu'au tems fabuleux,
l'histoire nous enseigne que, depuis le déluge,
la vie humaine est bornée de 80 à 100 ans,

âge que nous observons de nos jours. Homère raconte, comme une chose merveilleuse, la longévité de Nestor qui vécut assez pour voir trois générations, c'est-à-dire, pendant l'espace de 120 ou 130 années, âge que de loin en loin nous rencontrons encore. Dans l'île de Jura (Ecosse), selon la tradition des habitans, il a existé un nommé Gillour Maceraine qui vécut 180 ans; d'après M. W. Boivil, on trouve à Londres les portraits de trois individus dont l'un parvint à l'âge de 164 ans, le second à celui de 172, et le troisième à 187. L'histoire de ces individus est amplement détaillée dans un dictionnaire hollandais; quoiqu'elle ne soit pas très-authentique, on ne peut cependant révoquer en doute qu'il y a existé des vieillards de 105, de 130 et même de 152 ans: de ce nombre sont Thomas Paar qui mourut à Londres en 1638, Jean Bayles, mort à Northampton en 1706, et un ouvrier qu mourut en 1723. Ces faits sont constatés par des témoignages irréfragables, auxquels on a joint l'ouverture des cadavres. Hippocrate vécut 104 ans, et les historiens, presque ses contemporains, considéraient cet âge comme celui de la décrépitude. César-Auguste ne vécut que 82 ans; et Moïse, en parlant des jours de l'homme, pense qu'il ne les prolonge que jusqu'à 70, ou 80 ans. Mais, à supposer que le terme de la carrière humaine ne fût pas abrégé dans les tems postérieurs à Abraham, à combien de dérangemens n'est pas sujette maintenant l'existence, en la rendant si douloureuse et si misérable? d'où sont nées les funestes causes des maladies? Ce sont peut-être les climats qui devinrent de plus en plus mal sains, et qui contribuèrent à éveiller les causes qui affaiblirent la race humaine; peut-être encore est-ce une suite inévitable des lois prescrites aux corps organisés et aux animaux qui doivent s'affaiblir par degré jusqu'au terme de leur destruction totale; l'homme a peut-être puissamment contribué à sa détérioration, en vivant sous l'empire des passions qui minent continuellement les sources de la vie, et qui abrègent sa pénible existence. C'est ce que nous allons examiner dans ce chapitre.

Les hommes, qui de l'état sauvage passèrent à celui de société, furent à peu près sujets aux mêmes maladies, au moins autant qu'il est possible de le démêler dans l'histoire assez confuse des premiers tems. Hippocrate, qui vécut cinq siècles environ avant la naissance de J. C., et qui descendait en ligne directe d'Esculape, élève de Chiron le Centaure, pre-

mier médecin connu dans l'antiquité, décrivit toutes les maladies qui affligent aujourd'hui
le genre humain, si nous en exceptons la variole et la siphilis. Il recueillit toutes les histoires, toutes les observations faites par ses
ancêtres, même depuis le tems d'Apollon,
c'est-à-dire, dès le commencement des sociétés civiles. Les premiers hommes, unis en
société, eurent leurs médecins, comme les
Orientaux ; mais ils enveloppèrent l'histoire
des maladies de tant d'emblêmes, d'hiérogli-
phes, d'allégories, qu'ils en firent un chaos
d'où il est presque impossible d'extraire le
vrai. Zoroastre, que les historiens prétendent
être le même que Miseraïme, fils de Caïn,
conduisit de la Perse en Egypte les arts avec la
médecine : de là elle passa, avec les sciences,
en Grèce ; et l'histoire de ces peuples, remplie de fables, rapporte qu'Esculape, ainsi
que nous l'avons dit, fut le premier qui exerça
la profession de médecin, qui passa dans la
même famille, de génération en génération,
jusqu'à Hippocrate.

Mais en admettant que les premiers hommes aient été sujets aux mêmes infirmités que
celles que l'on observe de nos jours, et qu'ils
aient eu leurs médecins, il ne s'ensuit pas de
là que l'on doive en inférer que leur consti-

tution était détériorée au point où elle l'est
depuis quelques siècles chez les habitans du
globe. La principale cause, à mon avis, de
l'affaiblissement des constitutions, fut l'établissement des sociétés civiles, parce que
l'homme, en suivant son penchant naturel
vers les moyens de se procurer une meilleure
existence, ne calcula pas ses forces, usa ses
propriétés vitales avec d'autant plus de promptitude, qu'il se livra au luxe et à la débauche.
La médecine fut réduite, par les premières
sociétés civiles, en un art qui leur était indispensable. Si l'histoire mixte et fabuleuse ne
nous fournissait pas la preuve de l'existence
des médecins dans les premières monarchies
des Babyloniens, des peuples de l'Asie, nous
la trouverions dans l'histoire de la monarchie
des Perses, dont Cyrus fut le fondateur, et
qui eut pour médecin et historien en même
tems, un nommé Ctesia : jusqu'au tems de
Pharaon, il exista des médecins en Egypte,
puisque l'histoire de Moïse rapporte que
Joseph ordonna que le corps de Jacob, son
père, fût embaumé; le mot hébraïque *docte ,*
dont se sert l'histoire sacrée, ne paraît avoir,
dans cette langue, d'autre signification que
celle de médecin. La Grèce eut ses médecins
aussitôt qu'elle commença à se civiliser ; la

République romaine eut également les siens, lorsque chez elle s'introduisirent le luxe et la débauche.

Un profond raisonnement n'est pas nécessaire pour concevoir comment les maladies se déclarèrent et comment les constitutions s'affaiblirent, à mesure que les populations se civilisèrent. D'abord personne n'ignore que l'atmosphère des campagnes est plus pure, plus salubre que celle des villes, où se trouvent renfermés un grand nombre d'individus. L'air, dans les villes, est continuellement imprégné d'acide carbonique et de miasmes putrides. L'habitude que contractèrent les hommes unis en société civile, de se préserver de l'intempérie des saisons, les rendit plus sensibles aux changemens atmosphériques, par conséquent plus exposés aux affections catarrhales, et autres inflammations ; les alimens assaisonnés, plus substantiels que ceux dont faisaient usage les premiers hommes, sont plus sujets à se corrompre ; les excès que l'on commit dans le boire et le manger, disposèrent aux indigestions, aux nausées, aux fièvres d'un caractère putride. Dans la société civile, l'homme quitta la vie active qui ne lui était plus nécessaire pour se procurer les alimens dont il avait besoin, ce qui affaiblit sa constitution ; alors les variétés atmosphériques agirent sur son physique avec plus d'activité. Les passions violentes, comme l'intérêt, l'ambition, la haine, la vengeance, ne tardèrent pas à agir sur son esprit, et à ébranler continuellement le physique ; elles produisirent les maladies qui dépendent de l'exaltation de la bile et du système nerveux, alors on vit naître la mélancolie, l'hypocondrie, etc.

Les hordes errantes, ignorant les pernicieux effets que peuvent produire les climats sur la constitution, ne s'attachèrent, pour se fixer, qu'à trouver les moyens de fournir à leur subsistance et à leur défense. Le choix du sol qu'ils firent étant mal entendu, ils s'exposèrent aux maladies endémiques, si funestes dans certaines contrées. Les premiers habitans de la Grèce s'établirent dans un climat plus propre à les défendre contre les ennemis, qu'à leur procurer les moyens d'existence ; l'ancienne Grèce ne consistait qu'en étroites vallées marécageuses et malsaines, entourées de montagnes. Hercule, après avoir tué l'hydre de Lerne, se retira dans un marais, le dessécha et rendit ainsi salubre l'atmosphère qui répandait le carnage chez les populations voisines. Les premiers Romains ne furent également pas heureux dans leur choix, car ils se fixèrent dans un marais entouré de bois et exposé à des vents pernicieux ; mais que ne purent pas supporter ces corps de bronze, intrépides et inébranlables ! C'est pour les mêmes raisons que les hommes, dans l'état sauvage, se fixèrent dans des climats totalement opposés, d'où sortirent diverses races qui conservent des caractères marqués : en effet, il existe une grande différence entre les habitans du Nord et ceux du Midi. Les naturalistes conviennent généralement que les différences que l'on observe entre les nations sont dues à la diversité des climats et des alimens.

De tout ce que nous avons dit, nous devons inférer que la vie des hommes ne fut pas, dans les premiers tems, exposée au grand nombre de maux physiques auxquels elle est sujette depuis quelques siècles, et que ce ne fut que par la suite que les tempéramens s'affaiblirent au point où ils le sont aujourd'hui. L'éducation physique des premiers peuples, unis en société civile, se rapprochait beaucoup de celle que recevaient les hommes dans l'état sauvage : les peuples nouvellement civilisés suivaient encore la marche qui leur était tracée par la nature ; leur éducation physique n'était pas aussi molle, elle n'était point alté-

rée par ces coutumes mal entendues qu'introduisit le luxe. Ils s'exerçaient à la lutte, à la
chasse, à la pêche : leur vie était plus simple,
plus active et plus fatiguante, étant forcés de
se défendre contre leurs ennemis : les populations habitant les mêmes contrées étaient
dans un état continuel de guerre pour empêcher l'invasion et ne pas tomber au pouvoir
du plus fort, qui les réduisait à l'état d'esclavage : tous s'occupaient d'une législation capable d'assurer leur tranquillité et leur sûreté
intérieure ; ils n'avaient pas le loisir de se
livrer aux déréglemens et à la débauche, et
le désir d'améliorer leur existence les tenait
occupés à perfectionner ou à inventer quelques arts nécessaires ou utiles à la vie civile.
Les coutumes superstitieuses de la religion,
les fêtes, les cérémonies, les jeux publics, exigeaient une grande partie de leur tems, et
l'histoire des premières populations civilisées
qui nous transmit leurs coutumes, nous enseigne, si l'on en écarte tout ce qui est fabuleux, que ces populations étaient sans cesse
occupées de la guerre, de l'amélioration de
leur existence et de la pratique des devoirs
religieux. Les historiens Isocrate, Clément
d'Alexandrie, Hérodote, Diogène Laerce,
nous dépeignent ainsi les Egyptiens, et le

premier de ces historiens ajoute, en parlant de leur médecine, qu'ils étaient d'un tempérament fort et robuste, et qu'ils n'arrivèrent à l'état de décrépitude qu'à l'époque de la sortie des Israélites, qui furent obligés de chercher un autre sol, celui qu'ils habitaient ne pouvant suffire à leurs besoins.

Tous les historiens nous assurent que les premiers Grecs jouissaient de beaucoup de force : en effet, si ces peuples n'eussent pas reçu de la nature et de l'éducation un tempérament de fer, comment auraient-ils pu résister aux fatigues et aux coutumes auxquelles ils étaient assujétis ? Il est des historiens qui pensent que les Spartiates ne conservaient la vie qu'aux enfans qui naissaient forts et robustes. Cette opinion me paraît exagérée, et si même une telle coutume a existé, on est forcé de convenir que peu d'individus naissaient faibles ou difformes ; car comment la population aurait-elle pu s'accroître au point où elle s'est accrue malgré leurs guerres continuelles ? Du tems de Licurgue, elle n'était que de 10,000 habitans, et, de son vivant, elle fut portée à 30,000. Il est probable que quelques pères inhumains, ayant le droit de vie et de mort sur leurs enfans, auront eu la barbarie de détruire ceux dont la conformation n'était

pas parfaite, et quelques historiens en auront
conclu que ce peuple avait la coutume de priver de l'existence ceux qui naissaient faibles ou
difformes ; cette barbarie est d'autant moins
vraisemblable, que l'histoire de ces républiques intrépides nous apprend qu'elles comp-
taient, parmi leurs généraux, des hommes
distingués par leur courage et leur mérite,
quoique d'une consitution faible et difforme.
Agesilas, un des rois de Sparte, la terreur des
Perses, était boiteux de naissance ; il avait
été élevé dans toute la rigidité des coutumes
lacédémoniennes, parce qu'il n'avait aucun
droit à la couronne. Les Athéniens, au milieu
de leur civilisation et du luxe politique, jouissaient d'un tempérament fort et robuste ; on
les voyait indistinctement occupés de législation, de guerre et de beaux-arts. Ils aimaient
à la folie les spectacles, les jeux auxquels ils
assistaient et qui exigeaient des tempéramens
très-robustes pour pouvoir y passer, ainsi
qu'ils le faisaient, des journées entières sans
prendre aucun aliment : je ne parle point des
fatigues de la lutte, de la course, du pugilat,
de la guerre ; on sait que leurs troupes avaient
des armes, des bagages beaucoup plus pesans
que ceux de nos soldats. Tous les individus
des républiques grecques avaient la même

constitution, et si ces populations devenaient sujettes aux maladies, c'était à des épidémies produites par des causes accidentelles, ou par les vents nuisibles auxquels les contrées de la Grèce se trouvaient exposées. Hippocrate nous rapporte qu'il délivra les Athéniens d'une épidémie funeste, en les mettant à couvert de certains vents qui infectaient leur atmosphère.

Mais arrêtons nos regards sur l'Europe, puisqu'elle doit être particulièrement l'objet de nos réflexions. Le sentiment des historiens et des naturalistes européens est que l'Europe ne fut peuplée et civilisée que long-tems après l'Asie et l'Afrique. Je n'entreprendrai point de réfuter à ce sujet l'hypothèse du célèbre naturaliste français, comte de Buffon, qui prétend que les terres voisines du pôle arctique furent les premières habitées, et qu'elles doivent être les premières à cesser de faire partie de notre globe; vu que cette opinion est en contradiction avec l'histoire, tant sacrée que profane. La première nous assure que le premier homme fut placé dans la partie du midi de l'Asie, et la seconde ne nous parle que des habitans de l'Asie et de l'Afrique, sans faire aucune mention de l'Europe. Si l'on a découvert, dans les terres voisines du pôle arctique, des squelettes d'animaux qu'on n'y rencontre plus et qui vivent depuis un grand nombre de siècles dans les climats du midi de l'Asie, comme l'éléphant, le rhinocéros, etc., nous devons penser que ces ossemens y ont été portés par le déluge universel, qui bouleversa non-seulement la superficie de la terre, mais encore la profondeur des mers, plutôt que d'ajouter foi à cette hypothèse qui n'a d'autre fondement que la féconde imagination de son auteur.

L'histoire nous prouve que notre belle et riante Italie a été la première partie de l'Europe qui s'est civilisée, et l'on peut conjecturer, avec quelques fondemens, que la civilisation commença dans l'Etrurie. Soit que ce fût là que se transportèrent les colonies asiatiques, égyptiennes ou grecques, soit par toute autre cause, nous laissons aux érudits le soin de résoudre ces sortes de questions. Dans le principe de la fondation de Rome, l'Etrurie avait une sage législation ; on y cultivait les sciences, et les arts connus dans ces tems ; elle n'avait cependant pas de médecins, ou du moins la médecine n'y était point considérée comme un art, et pers. nne n'en faisait sa profession. Tous les autres peuples de l'Italie, comme les Sabins, les Volsques, les

Prenestes, les Ambriens et les Camertins ignoraient l'art médical, qui ne s'introduisit chez les Romains qu'au cinquième ou sixième siècle de la république : Argate, né dans le Péloponnèse est le premier médecin qui y fut connu. Ceci prouve d'abord en faveur de leur tempérament, et ensuite que l'on avait rarement l'occasion d'observer les maladies ; ce que nous voyons encore de nos jours chez les peuples sauvages. Je ne prétends point prouver par-là que les sauvages n'ont recours à aucun moyen, lorsqu'il arrive que des individus sont blessés ou meurtris ; car il est bien démontré que, de tout tems, il a existé chez ces nations une espèce de chirurgie informe, puisque l'homme et même tous les animaux cherchent les moyens de se délivrer d'une sensation douloureuse. Caton, le censeur , médicamentait, dans de pareilles circonstances, sa famille et ses esclaves ; mais l'art médical n'existait pas pour cela dans Rome , et Caton lui-même n'y fut jamais reconnu pour médecin. Toutes les autres populations européennes étaient également privées de médecins de profession, comme les Celtes , les Ibères, les Normands, les Gallisenonois ; mais chez les populations du nord, connues par les anciens historiens sous le nom de Scy-

thes, tels que les Goths, les Visigoths, les
Ostrogoths, les Lombards, etc., il existait
une ombre de médecine exercée par leurs
Druides ou prêtres ; mais cet art se bornait à
des pratiques religieuses et superstitieuses.
Les Espagnes même, conquises par les Car-
thaginois, ne connaissaient pas la médecine,
et ces fiers républicains, uniquement occupés
du commerce et de la navigation, dédai-
gnaient de s'appliquer à d'autres métiers, et
les sciences n'eurent jamais d'accès auprès
d'eux. L'histoire ne nous fait connaître aucun
médecin chez eux, ni chez les Tyriens et les
Sidoniens. connus pour les premiers peuples
commerçans du globe.

L'ignorance totale, en Europe, de l'art
médical, l'état presque sauvage de ses habitans, la simplicité de leurs mœurs, qui domi-
nait principalement chez ceux qui sortaient
de la barbarie, leur éducation physique, les
soins constans qu'ils prenaient pour se défendre ou pour assaillir leurs ennemis, prouvent, non-seulement la force de leur constitution, mais encore qu'ils n'étaient sujets à
d'autres maladies qu'à celles qui proviennent
de la guerre ou des dispositions morbifiques
de l'atmosphère. Le luxe asiatique s'introduisit chez les Romains, après qu'ils eurent

conquis le monde connu; leurs mœurs se corrompirent; ils s'abandonnèrent à une vie molle : alors la médecine s'établit chez eux, et ils eurent des médecins de profession ; mais cet art, dans une sorte de mépris (chez cette nation), n'était exercé que par des étrangers, ou par des affranchis, et la médecine ne commença à acquérir de crédit à Rome que dans le siècle d'Auguste. Ce prince, ayant été sauvé d'une maladie grave par l'usage des bains froids qui lui furent conseillés par le médecin Antoine Musa, grec de nation, il l'éleva au rang de chevalier romain, lui en accorda les honneurs et la distinction qui consistait en un anneau d'or.

A mesure que le luxe et les déréglemens se propagèrent dans l'empire romain, les maladies se développèrent, et le célèbre Galien, qui vivait du tems d'Adrien, décrivit à-peu-près et traita toutes les affections morbifiques qui affligent encore aujourd'hui le genre humain; il vengea, en outre, la simplicité de la médecine hippocratique, altérée par les sectes nombreuses, connues sous les noms de *méthodistes*, *dogmatistes*, *empiriques*, *pneumatiques*, établies depuis la mort du célèbre vieillard de Cos. L'Italie ne tarda pas à être infectée par les maladies qui se propagèrent dans toutes les provinces de l'Europe que conquirent les Romains, et la médecine les y suivit. Si ces populations conservèrent encore long-tems leurs forces et leur tempérament, nous devons en trouver la raison dans l'invasion des peuples du septentrion et des contrées du midi, qui s'étant unis aux habitans de ces pays, transmirent à leurs enfans cette force et cette vigueur qui caractérisaient ces peuplades barbares. C'est donc avec fondement, et d'après ce que nous rapporte l'histoire, que nous pouvons conjecturer que les habitans des Espagnes, des Gaules et de toute l'Italie, n'étaient qu'un mélange de ces nations barbares, après que les Romains se furent répandus dans toute l'Europe; et ce n'est cependant que vers le douzième siècle que les maladies se développèrent et qu'elles se multiplièrent chez les nations européennes; ce ne fut également qu'à cette époque que les tempéramens s'affaiblirent et furent réduits à l'état où nous les voyons encore aujourd'hui chez les différens peuples de l'Europe. Quelles en furent les causes? c'est ce que nous allons examiner dans le chapitre suivant.

CHAPITRE II.

Des causes qui augmentèrent, en Europe, le nombre des maladies, et qui altérèrent toujours de plus en plus la race humaine.

L'Asie ayant été la première partie du globe qui fut habitée, elle fut aussi la première civilisée et la première victime du luxe et de la mollesse. Les maladies s'y développèrent et augmentèrent à mesure que les déréglemens et la débauche s'accrurent. L'histoire médicale, depuis Hippocrate, nous fait remarquer qu'il est survenu plusieurs funestes maladies épidémiques qui lui étaient inconnues, comme la variole, la rougeole, la scarlatine, etc. Si ces affections eussent existé de son tems, ce grand et exact observateur n'eût pas manqué de les décrire ; ce qui doit nous donner presque la certitude de leur non-existence. Cependant, un grand nombre de médecins instruits pensent que l'immortel vieillard de Cos avait eu connaissance de la variole, et parmi eux se trouve l'anglais Jean Hahn, qui prétend que si nous ne pouvons en recueillir les détails dans ses ouvrages, nous devons l'attribuer au laconisme de son style ; mais

Galien, qui avait un style d'un genre opposé, comment ne l'aurait-il pas clairement décrite, lui qui s'étendait si longuement même sur les plus petits objets ? Sans nous occuper de semblables questions, il est hors de doute que la variole fut en Europe une des premières causes de l'altération du tempérament de ses habitans, et l'histoire nous apprend qu'elle nous fut apportée de l'Asie, environ vers l'an 1100, époque à laquelle les Chrétiens, enflammés d'un esprit religieux, s'y transportèrent de toutes les parties de l'Europe, pour enlever la Terre-Sainte à des mains infidelles et sacrilèges ; par ce moyen, ils nous ouvrirent, il est vrai, un commerce très-lucratif avec ces nations ; mais aussi ils nous apportèrent cette funeste maladie. Le vulgaire même n'ignore point qu'elle se répandit avec rapidité dans toute l'Europe ; qu'elle y détruisit une grande partie de ses habitans, et qu'elle en mutila ou qu'elle en difforma d'autres ; c'est ce que nous observons encore de nos jours.

La variole est une des grandes causes physiques de la détérioration de la race humaine en Europe ; ce qui est bien démontré ; soit que ses miasmes demeurant stationnaires et cachés, au moment de la conception, se développent par la suite et se rendent actifs dans un tems favorable ; soit qu'ils aient débilité le physique de l'homme, de manière qu'il ne puisse résister aux dispositions particulières de l'atmosphère, qui favorisent la production et le développement de cette maladie, en introduisant dans le système de l'économie animale un stimulant insolite, il n'en est pas moins certain qu'ils débilitent les constitutions, indépendamment des pertes extraordinaires qu'ils font éprouver à l'espèce humaine. La rougeole et la scarlatine vinrent ensuite se joindre à ce fléau destructeur, maladies également inconnues aux anciens habitans de l'Europe. Pour mieux faire comprendre cette vérité, qu'il me soit permis de m'expliquer plus amplement.

La vie physique des corps organisés, d'après le sentiment des physiologistes, ne se reconnaît qu'au stimulant continuel et proportionné que les agens externes exercent sur leurs fibres ; ces fibres réagissent et se correspondent en vertu du principe physique qui les anime et qui circule dans toute la machine ; principe qui distingue la fibre morte de la fibre vivante, ainsi que nous l'avons déjà dit ; et, quel que soit ce principe, son existence est démontrée ; ailleurs nous en avons présumé

la nature. Un stimulant surnaturel, dispropor-
tionné, ou qui agit hors de mesure sur les
fibres, altère cet équilibre qui constitue l'état
de santé et produit la maladie. Il convient que
l'animal, dès le premier instant de son existence, s'accoutume par degrés et sans souffrance, aux altérations produites par les
stimulans extérieurs; c'est ce qu'on appelle
habitude, et c'est elle qui le soustrait aux impressions fâcheuses que produit la diversité
des climats, des alimens, des boissons, des
mouvemens extraordinaires, ainsi que le
chaud et le froid excessifs, etc. Ces causes
sont plus que suffisantes pour altérer la santé
des individus qui n'en ont point contracté
l'habitude : ces lois puissantes ne me paraissent pas suffisamment observées. Cela étant
posé, ou les miasmes varioliques restent la-
tents, cachés dans le germe humain, provenant de parens qui aient eu la petite-vérole,
ou ils laissent dans l'organisation de l'individu une certaine faiblesse qui ne permet plus
aux forces organiques animales de supporter
impunément les altérations particulières et
cachées de l'atmosphère, qui de tems en tems
se manifestent et produisent l'épidémie variolique. A mon avis, la première partie de
ce dilemme ne peut être admise; on suppose

que, dans un père et une mère qui auront eu la petite-vérole, leur semence devrait être dépouillée du virus variolique, et que leurs enfans devraient en conséquence être exempts de cette maladie; cette supposition est absolument contraire à l'expérience de chaque jour; donc la seconde partie du dilemme me paraît clairement prouvée, c'est-à-dire que l'infection variolique a produit une telle détérioration dans les constitutions, qu'elles ne peuvent supporter long-tems les variations atmosphériques, qui secondent les dispositions particulières de l'individu, et alors la variole se déclare. Il ne faut point conclure de ce que nous venons de dire que les miasmes varioliques existent dans l'atmosphère, et que certaines circonstances les mettent en action; chacun connaît la force de l'oxigène, force suffisante pour les détruire, capable même d'anéantir ceux de la peste, et il est constaté par l'expérience que tous les miasmes ne se communiquent pas uniquement par le contact.

Le commerce a retiré de grands avantages de nos relations avec les nations étrangères: les arts et les sciences physiques se sont perfectionnés : la morale même, en comparant les divers usages et les mœurs, y a gagné : les

commodités de la vie se sont augmentées, et
le luxe se propageant en tous lieux, en fit
ressortir les beaux-arts qui furent portés à la
perfection dans les beaux jours d'Athènes et
de Rome. Mais quelle funeste source de déso-
lation et de pleurs ne nous ont pas ouverte
ces communications ! Une infinité d'individus se sont sacrifiés et se sacrifient encore
aujourd'hui aux inconstantes variétés des climats, s'exposent aux maladies endémiques,
à la fureur des animaux sauvages et veni-
meux : dans le tems des célèbres croisades,
des nations considérables se sont dépeuplées
pour nous ouvrir le commerce avec les nations de l'Orient, et l'Espagne déplore encore
les pertes incalculables qu'elle a faites dans
la conquête du Nouveau-Monde, où l'avait
poussée sa cupidité pour accumuler des trésors. Si au moins les maladies qui en résultè-
rent s'étaient bornées à atteindre ceux qui
s'aventurèrent à tant de hasards, où ils étaient
conduits par l'insatiable soif de l'or, nous
n'aurions pas à redouter les funestes empreintes qu'elles laissèrent sur leurs descendans. Les habitans des villes livrées au commerce ne portèrent pas seuls la peine qui
suivit ces incursions : les maladies qui nous
furent apportées s'étendirent chez toutes les

nations, et l'Europe entière en fut infectée.
Quel spectacle douloureux le fatal retour de
Christophe Colomb n'a-t-il pas présenté à l'œil
de l'homme sensible ! L'horrible maladie vénérienne se manifesta avec les symptômes les
plus alarmans, analogues à ceux de la peste ;
les premiers individus qui en furent souillés
se virent, en peu de momens, tomber en putréfaction, en gangrène ; les sources de la vie
s'éteignaient promptement chez eux, et le
nombre des victimes fut considérable. Le peu
d'individus qui échappaient à la mort, res-
taient mutilés, impotens, couverts d'ulcères ;
les uns avaient perdu un œil, les autres tous
les deux ; chez quelques-uns les os du nez
étaient cariés, ils exhalaient une odeur cada-
véreuse et ne pouvaient se soutenir sur leurs
pieds ; les articulations étaient déformées, ils
éprouvaient des douleurs excessives dans les
os ; ces malheureux n'existaient que pour
servir d'exemples redoutables à leurs contemporains.

A la vue de ces monumens de la misère
humaine, l'homme se serait sans doute
éloigné du précipice, si le moyen par lequel
on contracte la maladie vénérienne n'était
aussi séduisant et aussi irrésistible. Malheureusement les miasmes de la Siphilis se pré-

sentèrent par la suite sous un aspect moins terrible, particulièrement parmi les femmes. Chez ce sexe, la pudeur et la crainte le portèrent à cacher cette maladie, qui fit des progrès et infecta tous les systèmes de l'économie animale : on ne tarda pas à rencontrer cette maladie dans les palais comme dans les chaumières, dans les grandes villes comme dans les petites ; et, à la honte des mœurs rustiques et simples, elle pénétra dans les villages à mesure que la corruption morale fit des progrès. Sans avoir des connaissances physiques et médicales, on peut aisément comprendre comment un miasme aussi actif, introduit dans la masse des fluides, pénétrant dans les solides, attaquant tous les systèmes, particulièrement le glandulaire, continue encore à infecter les générations et à détériorer les constitutions, qui, par cette raison, les dispose à des maladies multipliées ; il suffit seulement de réfléchir que les organes et les fluides, qui les premiers reçoivent l'infection, sont ceux qui servent à la génération et par lesquels le virus se transmet des pères aux fils. Heureux sont les descendans des pères et des mères qui ne se sont point rendus coupables de nouvelles fautes !

A la suite de ces dépravations générales

des constitutions, il se développa, en Europe, d'autres maladies générales, comme le scorbut, le rachitis, affections qui étaient inconnues avant l'année 1600, ainsi que le pense Glisson, célèbre médecin anglais. Cette dernière maladie se manifesta, pour la première fois en Angleterre, en 1650 (Glisson, *du Rachitis*). A mon avis, ces infirmités sont le produit de la faiblesse où sont tombées les constitutions dans ces derniers siècles Les enfans qui naissent de parens faibles sont ordinairement attaqués du rachitis. J'ai observé, dans le cours. d'une longue pratique (ce qui n'est pas conforme au sentiment de quelques médecins), que les enfans allaités par des nourrices enceintes, sont, dans la plupart des cas, attaqués de semblables affections, qui se développent avec plus ou moins d'énergie, selon le plus ou moins de tems qu'ils ont sucé un tel aliment (1). Chacun sait que le lait d'une femme enceinte est, dans les premiers mois, plus clair, plus abondant en sérosité, moins

---

(1) Capuron pense que le lait d'une femme enceinte est sans inconvénient pour l'enfant qu'elle allaite. Je suis d'un avis contraire. Dans les montagnes de la Savoie, il est généralément reconnu que la majeure partie des enfans rachitiques ont sucé le lait d'une femme grosse. (*B.*)

sucré, et par conséquent moins nourrissant,
cette partie étant la seule propre à développer
et à donner de l'énergie aux enfans : ce lait
énerve leurs forces digestives, produit un
chyle cru, trop liquide, d'où proviennent
des flatulences, des coliques, la diarrhée, la
tension de l'abdomen ; enfin, ce mauvais aliment produit des humeurs qui altèrent les
membranes, les ligamens et même la substance osseuse ; alors les os se difforment : à
ces causes, nous devons encore ajouter l'usage
des alimens et des boissons qui débilitent sen-
siblement les forces digestives de ces malheureux, lorsque les nourrices sont forcées d'y
recourir pour suppléer au défaut de lait, et
qui produisent des maladies, ainsi que nous
tâcherons de le faire observer, en traitant de
l'éducation physique.

On pourrait m'objecter, relativement au
scorbut, que la faiblesse n'est pas la cause
directe de la maladie, mais l'effet des forces
nuisibles qui agissent sur tous les systèmes,
comme le muriate de soude, les alimens hui-
leux, lardacés, glutineux, etc. ; mais avant
la fin du seizième siècle, les alimens dont se
nourrissaient les navigateurs n'étaient-ils pas
les mêmes ? Les populations où se rencontre
aujourd'hui le scorbut ne faisaient-elles pas

usage des mêmes alimens, des mêmes boissons? et, malgré cela, elles n'étaient pas
exemptes de cette affection. Quelle cause
physique, autre que la grande faiblesse des
constitutions, c'est-à-dire l'énervement des
forces assimilatrices organiques, a pu produire cette maladie? Les Hollandais, où le
scorbut est fréquent, ne le connaissaient pas
avant l'année 1600; cependant, ils se nourrissaient, comme aujourd'hui, avec des alimens
difficiles à digérer, tels que les poissons ma-
rinés, les viandes salées, etc.; ils buvaient
également une eau de mauvaise qualité, et
l'air qu'ils respiraient était aussi épais, aussi
humide qu'aujourd'hui. Nous pouvons dire la
même chose des habitans de la Baltique, de
la Livonie, de la Norwège, etc., nations chez
lesquelles le scorbut est devenu endémique:
d'après cela, n'est-on pas forcé de convenir
que la faiblesse de la race humaine dispose les
individus à l'action de ces causes, et les rend,
non-seulement suscepti les de gagner le scorbut, mais que, par la complication des causes
et des phénomènes divers, l'homme peut être
victime d'une infinité d'autres affections fâcheuses qui étaient inconnues aux anciens.

Il n'y a aucun doute que les sciences physiques n'aient augmenté les commodités de la

vie, avantage dont les hommes auraient pu
jouir impunément, s'ils eussent su mettre un
frein à leurs passions; mais où ne les trans-
porta pas la cupidité! La chimie, qui était
cultivée par les Arabes, fut, vers le troisième
siècle, introduite en Europe par la voie du
commerce. Dans le commencement de ce
siècle, Albert-le-Grand, né en Suède, et
Roger Bacon, qui naquit en Angleterre, aux
environs d'Ilchester, dans le comté de Som-
mersetshire, connu en France sous le nom de
Frère Bacon, l'introduisirent avec succès.
Sur la fin du même siècle, un Français, nommé
Arnould-de-Villeneuve, découvrit que l'esprit
de vin était susceptible d'acquérir l'odeur et
le goût de tous les végétaux; l'art de fabriquer
les liqueurs spiritueuses inflammables et fermentées se perfectionna, et cette boisson qui,
prise avec modération, est un puissant secours
dans certaines maladies, est devenue, par
l'abus qu'on en a fait, la source d'une infinité
de désordres qui affligent le corps humain.
Tous les médecins connaissent les terribles
effets que produit l'abus des liqueurs spiritueuses et fermentées, sans parler de ceux
qui résultent du mélange de certaines drogues
et minéraux que l'on emploie pour les rendre
plus agréables au goût. L'abus de ces boissons,

considérées seulement dans leur état de pureté, mine les sources de la vie ; et l'homme, perdant la moitié de son existence, passe l'autre dans une inhabilité plus ou moins complète, en proie à diverses affections.

L'habitude que l'on a des liqueurs spiritueuses, oblige d'en augmenter la quantité pour continuer d'en éprouver une sensation agréable, mais qui n'en est que plus nuisible ; alors leur action se porte au plus haut degré ; les fibres musculaires de l'estomac entrent en convulsions ; de là, dans l'engourdissement, et il survient des acidités, des aigreurs, des rots ; le soda, la diarrhée et autres symptômes fâcheux : il s'introduit dans la masse des fluides un chyle sulfureux, inflammable, qui reflue à la superficie du corps, particulièrement au visage, le défigure et y laisse des tubercules d'un rouge livide. L'irritation se propage du plexus cardiaque à tous les systèmes ; les membres se paralysent, la marche devient chancelante ; les mains, ainsi que la tête tremblent, et les malheureux, qui se livrent à l'excès des boissons, pour prolonger leur existence déplorable, sont obligés de recourir à la cause de leurs maux ; ce qui les conduit, enfin, dans un âge peu avancé, à un état de décomposition ; le foie devient

squirreux, ainsi que les autres viscères abdominaux, et l'hydropisie termine la scène.
Mais le spetacle le plus terrible que l'abus des
liqueurs spiritueuses puisse présenter à l'œil
humain, c'est celui de la perte de la raison,
c'est la honte d'être la risée et le mépris du
vulgaire. Comment l'homme, une fois témoin
d'une situation aussi déplorable, peut-il s'exposer à y tomber ?

Le fléau de la guerre, qui, pendant vingt-
cinq ans, ensanglanta toute l'Europe, a mis
le comble à l'abus des liqueurs inflammables
et fermentées, et ce feu, quoique plus lent,
a fait périr plus d'individus que le mousquet et
le canon. Le soldat, pour ranimer son courage
et s'oublier lui-même au milieu des batailles,
usait abondamment des liqueurs spiritueuses,
et, poussé par l'habitude, il passait son oisiveté avec la bouteille et le verre à la main ; il
en éprouvait d'abord une excitation, une
énergie momentanée ; il continuait d'en user,
ignorant le précipice qu'il se creusait. La jeunesse inexpérimentée des villes, des villages,
et même le sexe, séduit par l'exemple, a imité
et imite encore ces excès qui ne sont que trop
familiers. Pour mettre le comble à d'aussi
funestes abus, il ne manquait plus que le si-
lence des médecins, qui semble autoriser ces
dangereux excès.

La doctrine de Brown, qui, dans l'Allemagne et dans l'Italie, est adoptée aveuglément, a entraîné les médecins dans un pernicieux chemin. D'après ce système, la plus
petite incommodité, la plus légère maladie est
attribuée à la faiblesse, et sans distinction
d'âge, de sexe, de tempérament, de climat,
de saison, on prescrit l'usage des excitans,
des toniques corroborans, tels que les liqueurs
spiritueuses, les élixirs, les aromatiques, les
vins généreux, les quintescences, etc. Si encore ces moyens n'étaient employés que
comme médicamens! mais l'art les ayant
rendus agréables au goût, en leur communiquant une saveur qui flatte, aucune assemblée
ne se sépare sans qu'on ait fait usage de quelques liqueurs. Ce n'est point sans un sentiment
d'horreur que nombre de fois, dans différentes contrées de l'Italie, j'ai vu des mères assez
imprudentes pour donner de l'eau-de-vie à
leurs enfans encore à la mamelle, sous le prétexte de les préserver des affections vermineuses et de faciliter leurs digestions. Si l'habitude des liqueurs spiritueuses est nuisible à
l'homme adulte, quels dommages incalculables ces liqueurs ne doivent-elles pas apporter
sur les fibres délicates et sensibles d'un enfant!

Le commerce, qui nous a été ouvert avec

l'Asie et le Nouveau Monde, outre la variole
et la maladie vénérienne, apporta une boisson
qui nous était inconnue, et qui a singulièrement contribué à la détérioration des constitutions. Le café est une boisson chérie par les
Européens et notamment par les Italiens. On
ne peut disconvenir que, pris modérément,
il ne soit avantageux à quelques individus : il
facilite les digestions ; il excite agréablement
l'estomac et le système nerveux ; il produit
une certaine gaîté ; donne de l'énergie aux
fonctions animales, par le moyen d'un principe volatil actif qui se développe dans l'estomac, et qui de là se répand promptement dans
tous les systèmes, à la manière des substances
placées dans la classe des stimulans aromatiques ; mais l'analyse chimique nous fait découvrir dans cette graine un principe âcre,
alcalin et volatil, dont l'action sur les nerfs
peut produire des effets totalement opposés,
lorsqu'on en abuse, et particulièrement chez
les individus d'un tempérament délicat, hy-
pocondriaque et hystérique. Ce léger stimulant, lorsqu'il devient irritant, change en faiblesse le ton qu'il donne d'abord ; les fibres
musculaires se roidissent ; les sucs gastriques s'altèrent, et les digestions se désordon-
nent ; enfin, les convulsions se manifestent ;

la paralysie des membres, des vertiges, etc.,
surviennent aux grands amateurs du café, et
les réduisent à l'état le plus déplorable. On
peut, il est vrai, corriger son action nuisible,
en y mettant beaucoup de sucre, ou en le
mêlant avec de la crême, du lait, des jaunes
d'œufs, ainsi que cela se pratique assez généralement. Malheureusement ceux qui ont contracté l'habitude de cette boisson l'aiment
sans mélange, et pour en augmenter par degré l'action, ils en augmentent la dose, ou ils
en prennent plusieurs fois dans la journée.
J'ai connu un grand nombre de personnes,
deux entr'autres, qui en prenaient jusqu'à dix
ou douze fois dans les vingt-quatre heures, et
qui étaient incapables de la plus légère application, quand, par quelques circonstances,
elles s'en trouvaient privées. L'une de ces personnes, livrée à la littérature, termina sa carrière, jeune encore, à la suite d'une apoplexie
qui avait été précédée d'une paralysie ; l'autre, dans le commerce, tourmentée d'un
asthme convulsif, maladie que j'ai soupçon-
née être produite par l'hydrothorax ; mais je
ne pus, à sa mort, vérifier ce doute, l'ouverture du cadavre m'ayant été refusée.

L'usage du thé est également pernicieux :
cependant, quoiqu'il contienne un principe

très-actif, âcre et narcotique, pris sobrement,
il produit les mêmes bons effets que le café ;
il active particulièrement la transpiration insensible, les urines et les autres sécrétions.
C'est en 1666, que la Reine Catherine, épouse
de Charles II, l'apporta en Angleterre,
où il ne tarda pas à devenir à la mode, et d'où
il se répandit par toute l'Europe : aujourd'hui
l'abus général que l'on en fait, occasionne de
graves affections : c'est en Portugal que Catherine avait contracté l'habitude de cette boisson. Les médecins de son tems ne tarissaient
pas sur les bons effets qu'ils prétendaient que
produisait cette substance, et ils s'étayaient
de ceux qu'en éprouvent les Chinois, où le
thé est en grande faveur et d'un prix très-
élevé ; aussi ne le vendent-ils aux étrangers
qu'argent comptant, et jamais par échange.
Les médecins modernes n'ont pas la même
opinion du thé ; au contraire, ils le condamnent hautement, et notamment *Cullen, Tissot,
Smith*, etc. On ne peut douter qu'une grande
partie des maladies nerveuses n'aient d'autre
origine que l'abus du café ou du thé : heureusement pour ma patrie, l'usage du thé n'y est
pas aussi général que dans les pays du nord
de l'Europe, où l'abus des liqueurs spiritueuses est porté à un point extrême ; où,

malgré la rigidité du climat, l'humidité de l'atmosphère, la force des tempéramens phlegmatiques, engourdis et lourds, cet abus entraîne les suites les plus funestes.

Le chocolat est un composé de cacao, de sucre et de canelle; l'un étant le correctif de l'autre, son usage continué, si on en excepte chez les jeunes gens d'un tempérament sanguin, ne peut qu'être utile, surtout aux individus faibles et aux vieillards.

Le luxe de la table ne saurait être porté plus haut qu'il ne l'est de nos jours. Tous les animaux et leurs produits, tous les végétaux servent à satisfaire notre intempérance; on les combine de mille manières pour irriter notre goût dépravé et presque insensible. De nombreux assaisonnemens, nuisibles à l'estomac et qui ruinent les forces digestives, sont employés pour leur donner de la saveur et pour flatter notre palais; ils produisent un chyle âcre, irritant, inflammable, qui, versé continuellement dans le torrent de la circulation sanguine, y apporte un venin lent qui mine l'existence. En général, ceux qui ont l'habitude de la table, vieillissent promptement; et ce ne serait là qu'un *mal léger*, si, pendant leur courte vie, ils jouissaient d'une santé parfaite; mais ils sont assez ordinairement tourmentés par des flatulences, des diarrhées, des migraines; leur corps se couvre de pustules, et enfin, la goutte vient les enchaîner et leur occasionner des douleurs affreuses durant une partie de l'année.

A ce que je viens de dire, l'on pourrait répondre que chez les anciens peuples conquérans, le luxe de la table était également porté à un très-haut degré, et que cependant ils vivaient long-tems, et sans être affligés des maladies dont je viens de parler. Ce que les historiens nous disent de la table de Darius, de Périclès, de Cléopâtre, de Lucullus, d'Arpicius, etc., surpasse la vraisemblance, quoique la variété et les combinaisons de leurs alimens ne fussent pas portées à l'excès où elles le sont de nos jours. La chimie, qui a prêté son secours à l'art de la cuisine, était imparfaite et avait un tout autre objet; si leurs mets étaient nombreux, ils étaient assaisonnés d'une manière plus simple, et par cette raison, moins nuisibles; les épices du Nouveau Monde n'étaient pas connues; en outre, la constitution physique de l'homme n'était pas arrivée alors à cet état de faiblesse où elle parvint quelques siècles après; leurs forces vitales et assimilatrices avaient plus d'énergie, leurs digestions étaient plus faciles; enfin, ce luxe était borné chez les grands, et la corruption était loin d'être aussi générale qu'elle l'est maintenant : aussi ces peuples devaient être moins sujets que nous aux maladies ; on sait d'ailleurs que les assaisonnemens âcres et in-flammables, comme le sont les aromatiques, échauffent le chyle et le sang; que tout en solli-citant les fibres musculaires de l'estomac, qu'en aiguisant l'appétit, ils les enflamment, ce qui, par la suite, produit diverses altérations.

Si le luxe de la table a contribué à affaiblir la constitution du riche, le défaut et l'insalu-brité des alimens ont produit le même effet chez l'indigent et chez le villageois. Dans les républiques, tant grecque que romaine, l'indigence était inconnue, je veux dire la privation des alimens nécessaires. Dans les républiques démocratiques, le peuple était alimenté par des secours extraordinaires : les propriétés étaient plus également réparties, on ne pouvait dire qu'un citoyen était pauvre; il ne manquait pas de ce dont il avait besoin pour exister dans la simplicité de ses mœurs : la situation des républiques grecque et ro-maine était la même. La guerre et la législa-tion étaient leurs principales occupations, et c'était par l'état que les familles étaient sou-tenues.

Le système féodal qui s'introduisit en Europe, priva la nombreuse et précieuse classe des paysans des droits les plus saints, et ils furent précipités dans l'esclavage : chacun connaît quelle malheureuse existence était la leur dans ces tems de barbarie. Leur situation était pire que celle des brutes, vu qu'ils étaient exposés à toutes les passions, à tous les caprices de leurs maîtres inhumains. Dans les climats où cet horrible système existe encore, la situation des paysans n'est que très-peu changée ; le faible continue à être foulé aux pieds du plus fort ; et pour nous en convaincre, nous n'avons qu'à jeter un regard sur les peuples du nord de l'Europe, où l'on verra les trois quarts de la population languir et succomber sous le poids de la violence et de la fatigue. Comment ces infortunés peuvent-ils résister à de semblables traitemens, sans que leur santé et leur constitution en soient altérées ? Comment leurs enfans peuvent-ils naître robustes et d'une bonne constitution ? Cela est impossible : aussi les voyons-nous faibles et languissans, et apercevons-nous que leur constitution se détériore de plus en plus. En effet, ces populations ont considérablement diminué, si nous les considérons relativement à ce qu'elles étaient à la décadence de l'empire romain, époque où elles inondèrent toutes les parties méridionales de l'Europe.

Dans les climats méridionaux où la servitude fut abolie, le paysan ne laisse pas que d'en ressentir toujours l'empreinte ; il y est généralement condamné à se nourrir d'alimens grossiers, malsains, selon la nature du sol qu'il baigne de ses sueurs ; cette nourriture ne peut qu'altérer sa santé. Il existe peu de contrées où le campagnard soit bien nourri, et il y en a beaucoup où il manque du nécessaire. Dans quelques provinces de l'Italie, il se nourrit avec le gland ; dans d'autres, avec des châtaignes, du maïs, des pommes de terre, farineux qui ne sont point susceptibles de fermentation, et par cela difficiles à digérer ; ils produisent un chyle dense, âcre, qui, étant mêlé avec le sang, en retarde la circulation dans les petits vaisseaux, ce qui donne lieu aux obstructions des viscères abdominaux ; affections assez communes en raison de la privation du vin et des alimens tirés du règne animal. Une autre cause, non moins puissante, altère encore la constitution des villageois, je veux parler de l'insalubrité de l'atmosphère, produite par l'avarice des grands posseseurs, et cette cause influe puissamment sur leurs

fils et sur leurs petits-fils, que la nécessité
contraint à rester dans un pays infecté, où
leur santé, leur tempérament se débilitent de
plus en plus. On ne peut parcourir les campagnes de la Romanie, de la Lombardie, du
Piémont, sans plaindre amèrement les habitans des campagnes. La classe indigente et la
villageoise, qui sont les plus nombreuses de la
société, étant réduites à de si grandes privations, et leur constitution s'en trouvant sen-
siblement altérée, quels enfans ont-ils pu
donner et donneront-ils à l'état ?

La molle éducation physique qui particulièrement s'est introduite chez les grands et
chez les riches, a singulièrement contribué à
affaiblir les constitutions : quant à son influence sur le moral, nous en parlerons dans
la suite. Malgré la détérioration où ces causes
ont réduit la race humaine, depuis plusieurs
siècles qu'elles agissent sur elles, les hommes
auraient plus d'énergie si leur tempérament
était fortifié par l'exercice continuel des forces
musculaires, et si, dès l'enfance, les individus
étaient accoutumés à un genre de vie qui ten-
dît à les rendre plus robustes et plus actifs.
Mais comment passons-nous généralement
les premières années de notre enfance ? On
nous habitue à des lits mous qui échauffent

excessivement et qui débilitent notre petit individu. Dans les saisons un peu rigides, nous sommes renfermés hermétiquement dans nos chambres, on nous prive de cet air libre et élastique, qui avive la circulation des fluides : nous sommes vêtus de manière à ne pas recevoir la plus légère impression du froid ou à ne pas craindre la chaleur, et par-là on nous rend sensibles à la moindre variation de l'atmosphère. Nos alimens et nos boissons sont très échauffans, ils altèrent les digestions et nous exposent à de graves incommodités. On nous permet de légers amusemens dans l'intérieur, et lorsque l'exercice au-dehors nous est accordé, le seul qui puisse développer l'action musculaire, il se borne à une courte promenade, dont nous sommes encore privés les jours froids ou brûlans ; chez le riche, elle a souvent lieu en voiture. Aux approches de la puberté, notre éducation physique est à-peu-près la même : parvenus à l'âge de l'adolescence, une heure d'escrime, de bal ou d'équitation, nous jette dans un état de lassitude pénible. Telle est la méthode d'éducation physique que l'on suit dans les colléges et les pensionnats, si nous en exceptons les écoles militaires, où elle est aujourd'hui beaucoup plus propre qu'autrefois à donner de l'énergie, de la force et de l'agilité, quoiqu'elle ne soit cependant pas encore parvenue à ce degré de perfection nécessaire au but que l'on se propose. Aussitôt que les jeunes gens sont livrés à eux-mêmes, ils s'abandonnent encore davantage à la mollesse : pendant l'hiver, ils passent la journée renfermés dans leur cabinet, et leurs soirées dans le repos et dans les sociétés. Leur promenade se borne à une légère course en voiture ; si quelques-uns vont respirer l'air libre de la campagne, ils ne peuvent en retirer de grands avantages, vu qu'ils n'y changent pas leurs habitudes. L'artiste, contraint par sa profession à garder pendant plusieurs heures de suite la même position, fatigue extraordinairement les forces des muscles en action, tandis que les autres restent dans l'inertie. Cet exercice forcé, uniforme, est nuisible à la santé ; aussi le voyons-nous sujet à des maladies particulières, outre celles qui sont produites par les exhalaisons pernicieuses des matériaux qui font l'objet de son travail.

L'éducation physique des Grecs et des Romains, avant que le luxe se répandit généralement, était bien différente de la nôtre : aussi leur tempérament était-il plus fort, plus robuste ; aussi ces peuples étaient-ils exempts des maladies qui affligent aujourd'hui les habitans de l'Europe. Les enfans étaient habitués à dormir sur la dure et nourris d'alimens simples ; l'eau pure était leur boisson journalière : exposés aux variations des saisons, exerçant continuellement leurs forces musculaires, ils étaient libres d'agir selon leur gré, même jusqu'à l'époque du développement de la raison : la jeunesse se livrait à la lutte, à la course et à tous les exercices les plus propres à la rendre, par la suite, capable des fatigues les plus rudes, sans que sa constitution en fût altérée ; aussi de quelle entreprise ces peuples n'étaient-ils point capables !

La médecine, entre les mains des faux médecins et des imposteurs, contribua, particulièrement en Europe, à détériorer la race humaine. Nous avons vu comment cet art a déployé toute sa pompe dans la civilisation et le luxe des populations ; nous avons fait remarquer qu'une loi irrésistible porte l'homme à se délivrer des sensations pénibles qu'il éprouve, et qu'il emploie à cet effet les moyens qui lui sont fournis par accident, par l'expérience ou par le raisonnement : une vie molle et délicate a rendu cette loi plus impérieuse ; elle l'est encore devenue bien plus en raison de la faiblesse des constitutions ; faiblesse qui a singulièrement augmenté le nombre des maladies ; ce qui a rendu la médecine plus nécessaire et qui l'a répandue chez tous les peuples.

Qu'il est humiliant, pour l'entendement humain, de penser qu'un art aussi nécessaire ait été, dès son berceau, livré à la superstition et à l'imposture! Les premiers hommes, réunis en sociétés, recouraient, dès qu'ils étaient malades, aux secours qui leur étaient présentés par le hasard ou par une grossière expérience; ils étaient exposés dans les temples ou autres lieux publics, pour que le peuple leur donnât des conseils, et leur fît connaître les moyens qu'il pouvait avoir employés dans des circonstances analogues ; les étrangers eux-mêmes étaient invités, au nom de la religion, à les examiner et à leur faire part de leurs lumières. Tel était alors l'art, si l'on peut ainsi appeler une chose aussi informe; mais, au moins, il était dépouillé de toute imposture. Les prêtres égyptiens, selon un grand philosophe moderne (Cabanis, *Révolution de la Médecine*), ayant porté leur système politique au plus haut degré de perfection, pour consolider leur *institution monstrueuse*, et pour mettre le peuple dans l'avilissement, réunirent chez eux le pouvoir, les

lumières, la charlatanerie, et s'emparèrent
exclusivement de l'art médical. L'histoire
nous enseigne à quel degré ils portèrent leur
imposture et la manière illusoire dont ils
faisaient rendre les oracles par leurs divinités,
telles que Diane, Epione, Minerve, Junon, et
principalement par Esculape, lorsqu'il s'agis-
sait des maladies. Le célèbre comique grec,
Aristophane, dépeint d'une manière plaisante,
en faisant parler un domestique, l'astuce de
ces hommes divins, et leur pieuse avidité.
Du tems de Lucien, leur imposture était déjà
démasquée, ainsi que leur hypocrisie; cependant l'histoire nous apprend que quelques
vieux et imbécilles sénateurs se laissaient encore tromper par un fourbe qui s'était établi
à Rome, dans l'ancien temple d'Esculape.
Selon Celse, un art qui n'a aucun fondement
stable, et qui n'agit fréquemment que d'après
des conjectures, doit ouvrir un vaste champ
à l'imposture et à la superstition, et il ne peut
que nuire au genre humain: en outre, ceux qui
l'exercent ne peuvent jouir de la considération
ou de la défaveur du public que selon les résultats qu'ils obtiennent et suivant leur talent
à savoir flatter la faiblesse humaine. L'imposture continuait à exercer son empire du tems
d'Hippocrate, et ce vénérable vieillard en

exprime ses regrets amers dans son Livre des *Arts,* en disant : *Multos esse medicos fama, ac nomine, re et opere paucos* (1). Pline, dans le premier chapitre du dix-huitième livre, marque son indignation de ce qu'il n'existait pas alors une loi pour punir les faux médecins et les imposteurs qui pouvaient tuer avec impunité. Si Pline eût vécu dans les siècles postérieurs, et même dans le nôtre, que n'aurait-il pas dit de voir des médecins vulgaires et des imposteurs, dont le nombre est prodigieusement augmenté, et qui inondent non-seulement les campagnes, mais qui sont encore répandus avec profusion dans les villes, être les exterminateurs du genre humain dans un siècle où règnent le bon sens et la philosophie !

Une cruelle expérience nous prouve chaque jour qu'un grand nombre de maladies aiguës se seraient terminées heureusement par les seuls efforts de la nature, si l'ignorance et l'imposture n'étaient venues les troubler par des prescriptions intempestives, en employant les saignées, les purgatifs, les émétiques ou les diaphorétiques, seuls moyens que prescrit le médicartre dans ces sortes de maladies ; moyens qui décident des jours de l'homme ou

_____

(1) Il y a beaucoup de médecins de réputation et de nom, et peu de choses et d'effets. (*B.*)

qui le conduisent à une existence infortunée ; et lorsqu'à la suite de telles prescriptions, il survient des maladies graves, on a soin de les attribuer à la violence de l'affection précédente ; mais leur véritable cause doit être rapportée à l'ignorance et à l'imposture. Les maladies aiguës mal traitées se convertissent en chroniques et deviennent souvent incurables, au lieu que lorsqu'elles le sont par une méthode simple, elles se terminent heureusement. L'hypocondrie et l'hystérie, entre les mains de l'ignorance, deviennent des maux réels. Combien ne voyons-nous pas d'individus ayant un tempérament très-fort et jouissant d'une parfaite santé, altérer l'un et l'autre en suivant les conseils que donne l'ignorant pour satisfaire un sordide intérêt ! Dans d'autres circonstances, le faux médecin cherche à donner une haute idée de son habileté ; il prononce sur l'existence de la maladie d'une manière à remplir de terreur l'âme du malade, ou celle de ses parens et de ses amis. Enfin, qui pourra jamais calculer les funestes erreurs que l'ignorance et l'imposture peuvent faire en médecine, si malheureusement le médecin instruit et clairvoyant est susceptible d'en commettre ? Quelles erreurs funestes ne doivent pas occasionner ces infirmiers, ces apo-

ticaires , ces prétendus chirurgiens qui rôdent
dans les campagnes et même qui infectent les
villes ; ces hommes privés des notions anato-
miques , physiologiques indispensables , et
dont la plupart ne savent ni lire , ni écrire !
Ne vaudrait-il pas mieux que toutes les maladies fussent abandonnées aux soins de la nature , que d'être dénaturées et aggravées par
les remèdes qu'administrent de tels individus ?
Tissot, dans son *Avis au peuple,* nous dit :
« Autant le bon médecin peut faire de bien ,
» autant le mauvais peut faire de mal. » Il est
incontestable que l'anarchie en médecine est
la plus funeste de toutes ; cette science, dé-
gagée de toutes règles, sans lois, ne peut être
qu'un instrument, d'autant plus terrible, qu'il
frappe continuellement et sans discernement.
Si l'on ne peut remédier à de tels désordres,
il vaudrait peut-être mieux empêcher l'exercice de cet art , en infligeant de rigoureuses
peines à ceux qui le pratiqueraient ; et si
les constitutions de l'Etat s'opposent à l'emploi de ce moyen violent, il faut alors recourir
à ceux mis en usage dans les grandes cala-
mités. Dans tous les tems les bons médecins ont fait de semblables vœux, et dans notre
siècle nous comptons Buchan, Zimmermann,
Méad , etc.

D'après ce que nous venons de dire, n'est-il pas incontestablement prouvé que l'ignorance et l'imposture, en médecine, ont contribué à détériorer la race humaine? Ce n'est point sans raison que de grands hommes, tels que Erasme, Molière, Bayle, Voltaire, Rousseau, ont tourné en ridicule cet art salutaire, lorsqu'il est exercé par des philosophes, par des hommes doctes, purs et ennemis de l'imposture, et dans tous les siècles l'Europe a compté de tels hommes, elle en compte encore aujourd'hui. C'est à tort que Rousseau, dans son *Emile*, ouvrage dont nous aurons occasion de parler plusieurs fois dans la suite, déduit, de la médecine en général, des conséquences morales fâcheuses. Ce célèbre écrivain est parfois singulier et étrange dans ses maximes ; il attribue à l'art médical la pusillanimité, la lâcheté, la crainte de la mort. Si l'homme n'était jamais sujet aux maladies, il aurait raison de croire qu'un art qui le persuaderait de se médicamenter, lui ferait connaître qu'il peut éprouver des désordres capables de terminer prématurément son existence ; mais si l'homme, d'après les lois de la nature, est contraint de succomber aux désordres du physique, et si, par ces mêmes lois, il est dans la nécessité de recourir aux

moyens qui puissent le délivrer de quelques
sensations pénibles, devra-t-on en tirer la
conséquence que ces moyens, bien qu'ils
puissent être parfois mal indiqués, lui ont
donné l'idée qu'il était sujet aux maladies, à
la mort ; idée qui le rend peureux et le laisse
continuellement dans la crainte de voir arriver l'instant de sa destruction ? Cet art, au
contraire, doit produire un effet tout opposé ;
car l'homme est bien convaincu que, dans le
cours de sa vie, il est sujet aux maladies, et
qu'il existe des moyens capables d'en arrêter
les progrès : sans l'existence de cet art bienfaisant, comment braverions-nous tant de
dangers ? comment le soldat serait-il si auda-
cieux et aussi courageux, s'il n'était persuadé
qu'il y a un art qui peut calmer ses douleurs
et cicatriser ses plaies ?

Nous avons vu qu'une infinité de causes
avaient concouru à diminuer notablement la
population européenne. La première fut les
croisades qui eurent lieu dans les xi.ᵉ, xiiᵉ. et
xiiiᵉ. siècles, qui dépeuplèrent une grande
partie de la France et de l'Allemagne, dont
les populations presqu'entières se transportèrent en Asie pour conquérir la Terre-Sainte.
La découverte du Nouveau-Monde coûta une
quantité prodigieuse d'hommes aux Espagnes :

le commerce de l'Angleterre avec l'Inde ne
lui fut pas moins ruineux. A ces causes, nous
devons ajouter la guerre sanguinaire de la religion, qui désola, dans les xve. et xvie siècles,
l'Allemagne, la France et une grande partie
de l'Italie, et nous ne devons pas omettre de
parler de la guerre civile qui exista entre les
Guelfes et les Gibelins (1); mais nous trouvons les principales causes de la dépopulation
dans le développement des funestes maladies
dont nous avons parlé, et qui doivent, dans
quelques siècles, selon les calculs faits à Paris
et à Londres, détériorer tellement le genre
humain, qu'une moitié doit à peine parvenir
à l'âge de sept ans. Dans l'état déplorable où
sont tombées les constitutions, existe-t-il des
moyens pour arrêter les effets de cet affaiblissement et pour les éviter dans la suite?
Ces moyens sont-ils suffisans pour pouvoir en
obtenir l'attente désirée? Les hommes doivent-
ils persister à suivre inconsidérément le chemin du luxe et de la mollesse, et à chercher à
augmenter leurs richesses, à satisfaire leurs
passions, sans s'inquiéter de l'unique bien de

---

(1) Sous le nom de Guelfes et de Gibelins, on dési-
gnait deux factions, dont la première soutenait le parti
du pape, et la seconde celui de l'empereur Frédéric. (*B.*)

cette vie, qui n'est qu'une bonne santé ? C'est ce que nous allons examiner dans le chapitre suivant.

CHAPITRE III.

Des moyens propres à arrêter les causes qui ont concouru, en Europe, à détériorer la race humaine.

Il existe une maxime invariable et sanctionnée par l'expérience des siècles : que les mœurs forment les gouvernemens, et les gouvernemens, les mœurs. Des hommes simples, pleins d'énergie, sortant à peine de l'état sauvage, ont établi un gouvernement libre sous lequel ils se sont vus heureux ; les peuples mous, efféminés, corrompus, se sont livrés à la dégradante servitude et se sont soumis à toutes les rigueurs de la tyrannie : les anciennes populations de la Grèce et de l'Italie, dans les tems primitifs de la fondation de leur liberté , n'étaient-elles pas plus heureuses ? Quelle différence de mœurs ! Un gouvernement sage, éclairé, actif, sait à propos réformer les mœurs par de prévoyantes lois, mais surtout par l'exemple, et il sait rendre le peuple vertueux. Qui ignore que le penchant naturel des

peuples est de suivre l'exemple du gouvernement qui les dirige ? Nous en voyons de guer-
riers, d'industrieux, de commerçans, d'éclairés; nous en voyons d'autres, au contraire, qui
sont mous, fainéans, vicieux, brutes, selon
l'exemple qu'ils reçoivent : l'on ne verra
jamais, dans la société, dominer un vice,
lorsqu'il sera proscrit, et toujours les vertus
sociales seront pratiquées, lorsqu'elles formeront la base du gouvernement. L'histoire du
genre humain, depuis les populations sauvages, prouve cette vérité incontestable, et
nous pensons qu'il est inutile d'en rapporter
des exemples. Il appartient donc aux gouvernemens sages d'émouvoir l'humanité, de
réveiller cette énergie dont elle est susceptible par sa nature, et de détourner les fa-
tales causes qui ont altéré la constitution de
l'homme. Quelle plus digne occupation pour-
rait-on leur offrir, s'il est vrai que la santé et
la force des constitutions concourent à la félicité d'un état ?

Il semble que la providence, pour nous
consoler d'une partie des maux incalculables
qu'un esprit de vertige occasionna chez les
peuples les plus civilisés des contrées méridionales de l'Europe, vers la fin du XVIIIᵉ. siècle,
et qui produisit une horrible anarchie, à la-

quelle succéda une guerre longue et meurtrière, il semble, dis-je, que la Divinité,
pour réparer nos pertes, nous ait ouvert le
chemin fortuné qui doit à jamais nous éloigner
de la contagion du venin arabe. Un génie
rare, philosophe et observateur, après de
nombreuses expériences, annonça à l'Europe
étonnée, que le virus contenu dans certaines
pustules qui surviennent épidémiquement sur
le pis de la vache était propre à préserver le
genre humain du fléau contagieux et destructeur de la petite-vérole. L'immortel Jenner,
en nous communiquant ce préservatif, nous
apprend que l'opération par laquelle ce virus
est introduit chez l'homme, n'a rien de dangereux, et qu'elle est douce et facile. La re-
nommée s'est empressée de proclamer cette
découverte; dans tous les pays on en a reconnu les avantages, et elle a été protégée
par tous les gouvernemens sages. La vaccine
a été pratiquée sur un nombre infini d'individus des deux sexes qui n'avaient pas eu la
petite-vérole, chez les enfans de tous âges,
de bonne constitution, comme sur ceux qui
étaient scrophuleux, rachitiques; sur les forts
comme sur les faibles; sur ceux qui étaient
sevrés, comme sur ceux qui étaient à la mamelle. Cette bénigne opération a été faite dans

toutes les saisons, et le vaccin s'est constamment développé, parcourant toutes ses périodes, exempt de symptômes capables de donner la plus légère inquiétude à la mère la plus tendre; et l'on a vu les individus qui avaient été vaccinés, vivre au milieu de la contagion variolique, se fortifier et ne pas en éprouver la moindre atteinte. On a soumis à la vaccination des individus qui avaient été atteints de la petite-vérole; chez aucun le virus vaccin ne s'est développé, et l'expérience a constaté qu'aucun virus ne se transmet avec celui du vaccin, qui ne se communique que par l'insertion et à ceux seulement qui n'ont pas été attaqués de la variole. Un nombre infini d'expériences exactes nous fait espérer que l'humanité se verra enfin délivrée d'un horrible fléau, et qu'il sera vraisemblablement inconnu à nos descendans.

Tous les phénomènes qui peuvent survenir à la suite de la vaccination, réclament toute l'attention des gens de l'art, et doivent en être parfaitement connus, pour ne commettre aucune erreur dans la pratique de cette opération. On distingue deux espèces principales de vaccine; l'une vraie et constitutionnelle, et l'autre fausse, que l'expérience constate être insuffisante pour préserver de la contagion au virus arabe, qui souvent a des suites fâcheuses et même mortelles. Il est donc important que le vaccinateur ait les connaissances nécessaires pour observer attentivement et avec fruit, la marche du virus-vaccin, dès le moment de son insertion, jusqu'à celui où il cesse de produire des phénomènes sensibles à nos sens : un examen des plus scrupuleux est essentiel, la vraie vaccine ne présentant pas toujours le phénomène principal qui la caractérise, c'est-à-dire, qu'elle n'offre pas dans tous les cas cet applatissement et cette égalité dans les bords de l'aréole : dans ce cas, la vaccine est douteuse, et ne peut mettre le vacciné à l'abri de la contagion variolique; et quoique le virus, pris de cette pustule, puisse produire un bouton vaccin, ayant tous les caractères qui constituent la vraie vaccine, s'il n'est accompagné d'un mouvement fébrile, ou d'une altération quelconque dans le système, on ne peut considérer cette vaccination comme constitutionnelle et propre à préserver de la contagion de la petite-vérole. Il peut encore se développer une autre espèce de vaccin qu'on appelle local, qui ne préserve pas de la petite-vérole, et qui peut survenir chez ceux qui ont eu la vaccine constitutionnelle, comme chez ceux qui ont été atteints de la petite-vérole. Plusieurs vaccinateurs attribuent cette vaccine suppurée à la trop grande maturité de la pustule sur laquelle le virus a été pris ; d'autres pensent qu'elle est due à la vaccination par la méthode de l'incision, ou à la trop grande profondeur de cette incision ; il en est d'autres qui l'attribuent au tempérament, à l'état physique, à la disposition actuelle de l'individu, ayant observé qu'assez souvent cette fausse vaccine se développait chez les individus d'un tempérament faible, cachectique, ou affectés de quelques maladies. Des individus placés dans les mêmes circonstances, vaccinés avec le même fluide vaccin, et par la même méthode, chez les uns la vraie vaccine constitutionnelle se développe, tandis que chez d'autres, il ne survient que la fausse ; de plus, de grands vaccinateurs, et entr'autres, M. Piccioli, chirurgien, m'ont assuré que la vraie vaccine dégénère à la suite de nombreuses insertions. Tels sont, en abrégé, les résultats de la vaccination, observés par de savans vaccinateurs, et qui m'ont été, en grande partie, confirmés par ma pratique.

Dans la pratique des arts, et particulièrement dans l'exercice de la médecine, on observe que le même phénomène est souvent produit par des causes différentes : on peut en conclure qu'une modification donnée peut changer un vaccin vrai, constitutionnel, en un vaccin suppuré. Cette modification peut être due à la trop grande activité qu'acquiert le virus, comme cela arrive lorsqu'il est extrait après le neuvième jour, et alors il produit un excitement qui n'est point suffisant pour préserver de la petite-vérole, et laisse l'individu sujet à pouvoir contracter cette horrible maladie. Il arrive assez fréquemment que le virus-vaccin, par une disposition particulière et actuelle de l'individu, perd de son énergie, et qu'il produit une fausse vaccine, tandis que chez une autre personne dans la même disposition physique apparente, il donne lieu à la vraie vaccine. Il nous reste beaucoup d'observatios à faire, avant de pouvoir déterminer, d'une manière précise, la cause de la dégénérescence du virus-vaccin : nous ignorons pourquoi, chez un nombre déterminé d'individus placés dans les mêmes circonstances, et vaccinés avec le même virus-vaccin, il se développe chez les uns une vraie vaccine, tandis que chez les autres, il ne survient qu'une vaccine fausse ou suppurée. Il me semble que l'on n'a pas porté encore assez d'attention sur les alimens particuliers dont se nourrissent les individus, sur l'exercice, sur l'action de l'atmosphère, et sur toutes les altérations fortuites auxquelles ils ont été exposés après la vaccination. Pendant une longue pratique d'environ cinquante ans, dans presque toute l'étendue des Etats du Pape, j'ai observé un grand nombre d'épidémies varioliques, qui m'ont persuadé que quel que fût l'état de l'atmosphère, il était nécessaire qu'il existât une disposition physique particulière, pour qu'un individu contractât la variole, et que, selon cette disposition individuelle, il contractait tantôt la petite-vérole bénigne, tantôt la confluente, et d'autres fois la maligne. Nous avons vu dans la même famille, dans la même chambre où se trouvaient réunis plusieurs individus, les uns atteints de la variole discrète, les autres de la confluente, d'autres de la maligne; enfin, parmi ces individus vivant au milieu de la contagion, dans une atmosphère variolique, il s'en est trouvé qui n'ont pas reçu l'infection : nous avons observé la même chose à la suite de l'inoculation. Si cette disposition suffit pour développer chez les uns une variole discrète, chez quelques autres une confluente, et que chez d'autres enfin, elle soit propre à repousser l'infection, pourquoi une disposition analogue, provenant de circonstances extérieures, ne pourrait-elle pas convertir la vraie vaccine en fausse? A la suite de l'inoculation, j'ai mainte fois observé tous les caractères de la variole suppurée, et, persuadé qu'elle était le produit de la vraie, je n'ai pas poussé plus loin mes recherches : aussi plusieurs parens se sont-ils plaints que leurs enfans avaient été atteints de la petite-vérole, malgré l'inoculation.

De tout ce qui a été dit par les défenseurs, comme par les contradicteurs de l'inoculation, que peut-on conclure, relativement à la disposition individuelle propre à développer chez les uns la vraie variole, et chez d'autres la variole suppurée? Après cette dernière, il n'est pas rare de voir survenir la vraie, qui elle-même peut également se développer plusieurs fois chez le même individu, ainsi que je l'ai observé dans un enfant de onze ans environ, chez lequel la variole directe se manifesta le dix-septième jour d'une confluente ; elle fut précédée d'un mouvement fébrile, et accompagnée de tous les symptômes qui la caractérisent, à l'exception que les pustules se desséchèrent et tombèrent promptement. Je fis la même observation sur une fille nubile, âgée de dix-huit ans (1).

(1) Ces varioles discrètes ne peuvent être que la

Il appartient à la postérité de confirmer les avantages de l'heureuse découverte de la vaccine, et de faire disparaître de l'âme des parens tout sentiment de crainte, s'il en est encore à qui cette opération répugne ; c'est également à elle de décider si cette opération débilite, ou si elle fortifie les constitutions, et si elle nous conduit à une heureuse vieillesse. Jusqu'à présent les résultats suivans sont certains : l'opération est douce, sure, exempte

---

varicelle, maladie qui a singulièrement nui à l'inoculation, et qui est maintenant très-contraire à la vaccination. Il serait nécessaire que le public pût distinguer ces deux espèces d'éruptions ; alors la vaccine, qui ne préserve pas de la varicelle, affection peu dangereuse, se répandrait chez le peuple avec plus de facilité, et par-là on éviterait tous les maux que la petite-vérole occasionne encore aujourd'hui. C'est pourquoi, lorsqu'on est appelé pour voir un malade atteint d'une éruption boutonneuse, on ne doit prononcer qu'après un mûr examen ; alors, on se convaincra que la petite-vérole ne se montre plus chez l'individu qui en a été atteint, et que celui qui a été vacciné en est exempt, mais que l'un et l'autre restent sujets à la varicelle. Cette conviction se répandant dans le public, contribuera à tirer le peuple de son erreur ; ce qui ne peut s'opérer que lentement, rien n'étant plus difficile que de déraciner les préjugés du vulgaire. Nous en trouvons la preuve dans ces prétendus désastres produits par la diathèse laiteuse. (B.)

de tous dangers ; elle ôte la crainte d'être défi-
guré, estropié ; et, dans le cas où il se développe une fausse vaccine, elle ne produit jamais de suites fâcheuses, telles que celles qui
résultent quelquefois de la petite-vérole, soit
confluente, soit discrète. Le Gouvernement
doit confier exclusivement cette opération à
des hommes instruits, pour éviter les mé-
prises qui pourraient avoir lieu, pour la diriger savamment dans les cas compliqués ; pour
choisir l'âge, la saison, le moment où elle doit
être faite ; à des hommes qui puissent distinguer la vraie de la fausse vaccine, qui puissent prononcer sûrement sur l'exemption ou
sur la crainte d'être sujets à la contagion du
virus arabe, et qui soient à même de démontrer la cause qui a donné lieu à tels ou tels
accidens, pendant le cours de la vaccination,
afin de ne pas les imputer à cette opération,
qui doit être exempte de tout reproche, pour
devenir générale ; il faut que ces hommes
puissent déterminer d'une manière précise si
elle est constitutionnelle, douteuse ou suppurée, et que par des observations bien faites,
ils nous fassent connaître enfin si aucune maladie n'a été terminée par elle (1). Nous avons

(1) Dans le compte rendu par M. Husson, secrétaire

vu que des remèdes efficaces et très-utiles à l'humanité, employés par des mains inhabiles, et dans des circonstances qui n'étaient point convenables, encoururent le discrédit public et furent prohibés par les Gouvernemens ; mais ils ne tardèrent pas à reprendre tous leurs droits, tout leur crédit entre les mains des médecins habiles et circonspects : c'est ce qui est arrivé pour le mercure, l'antimoine et même pour l'écorce péruvienne. A combien de discussions n'a pas donné lieu l'inoculation, lorsqu'elle fut introduite en Europe ? Tantôt elle fut permise, tantôt interdite, tant en Angleterre qu'en France, jusqu'à ce qu'une exacte expérience vînt sanctionner une pratique qui fut très-utile à l'humanité.

Les principales causes physiques, qui depuis quelques siècles ont porté atteinte aux constitutions des Européens, et qui ont étendu leur empire, ainsi que nous l'avons dit dans le chapitre précédent, sur toutes les contrées de l'Europe, sont la vérole et le rachitis, ma-

---

du comité de vaccination établi auprès de S. E. le Ministre de l'Intérieur, sur l'état de la vaccination en France pendant 1812, il cite un fait que je lui ai communiqué : il s'agit d'un enfant qui fut vacciné sur la partie qu'occupaient des dartres, et qui furent guéries par le seul fait de la vaccination. (*B.*)

ladies qui aggravèrent singulièrement celles
qui étaient déjà connues , et qui les rendirent
rebelles à l'action des remèdes les plus convenables : de ce nombre sont les dartres , les
scrophules, le spina ventosa , etc. C'est à diminuer ou à détruire, s'il est possible, l'action
virulente de ces causes que nous devons diriger tous nos soins ; et comme c'est un objet
de la plus haute importance et des plus phi-
lantropiques , toutes les nations européennes
doivent concourir à ce but : chacun sent que
c'est aux Gouvernemens à prendre toutes les
mesures nécessaires pour y parvenir. La bien-
faisante nature semble avoir posé dans l'atmosphère, je dirai presque, l'antidote de tous les
miasmes contagieux ; car , s'il n'en était pas
ainsi , les émanations putrides , malignes , qui
s'élèvent à sa superficie, se répandraient avec
promptitude , et ne tarderaient pas à occasionner l'anéantissement du genre humain.

La chimie, qui de nos jours , par les travaux des infatigables chimistes français , est
parvenue à un haut degré de perfection, nous
fait connaître que l'oxigène est la cause physique qui conserve la vie à tous les corps organisés , et qu'il détruit encore dans l'atmosphère tous les corps et les miasmes qui lui
sont étrangers. L'on sait qu'une plante exo-

tique, transplantée sur une autre atmosphère, dégénère peu à peu, et qu'elle finit par s'abâtardir. La contagion vénérienne, qui dans son principe était presque toujours mortelle, a commencé à s'affaiblir en Europe, depuis quelques siècles, et la maladie qui en résulte est beaucoup moins grave ; moi-même, j'ai observé depuis nombre d'années qu'elle est exempte de cette escorte de symptômes allarmans qui l'accompagnaient autrefois : aujourd'hui, pour en être victime, il faut que le malade ait été horriblement maltraité, et que l'on ait employé une méthode nuisible. Le rachitis, au contraire, devient de plus en plus général et héréditaire, particulièrement en Angleterre et en Italie ; et quoique cette maladie soit combattue par les remèdes les plus appropriés, on ne peut l'extirper entièrement ; il en reste une semence suffisante, pour qu'elle se développe ensuite chez les fils et les petit-fils de ceux qui en ont été attaqués. Quels sont les moyens qui pourraient un jour nous délivrer de ces deux fléaux ? Poussé par le désir d'être utile à l'humanité, je me hasarde d'en proposer quelques-uns au public et aux Gouvernemens.

Tous les Gouvernemens sages, éclairés, philantropes de l'Europe, comme la France, l'Angleterre, la Russie, etc., ont des établissemens publics pour y traiter les individus affectés de la siphilis, et ils ne manquent d'aucunes ressources certaines pour guérir cette affection ; mais je n'en connais aucun qui soit destiné spécialement au traitement du rachitis, maladie susceptible d'une parfaite guérison, lorsqu'elle est prise à tems, et qui exige que le traitement en soit continué jusqu'à l'époque de la puberté. Il est vrai qu'il y a des hôpitaux consacrés aux maladies des enfans en général ; mais il n'en est point qui reçoive exclusivement les individus affectés du rachitis. Ces hospices sont insuffisans, et les parens n'y envoient leurs enfans que lorsque la maladie a déjà fait des progrès. Les individus soignés dans le sein de leur famille, ne sont pas soumis à un traitement assez long ; les parens négligent l'administration des remèdes, les uns par indifférence, et les aures par une tendresse mal entendue. C'est donc au Gouvernement à établir une police médicale qui veille sur toutes les familles ; et lorsqu'un enfant aura des dispositions au rachitis, ou à d'autres fâcheuses affections chroniques, il faudra prendre toutes les mesures possibles pour en arrêter les progrès et en éteindre la source. Il serait nécessaire que cette surveillance s'étendît d'une manière plus rigoureuse sur le peuple, parce qu'il néglige assez généralement une grande partie des soins qu'exige l'enfance, ce que l'on doit attribuer à son état de dénuement de fortune. Journellement nous voyons des victimes de la coupable insouciance des parens, et de leur confiance aveugle dans les ressources de la nature; il en est qui attendent de l'âge la guérison de leurs enfans; mais il n'apporte que trop souvent des difformités et même la mort! Cette surveillance pourrait être bornée à une visite domiciliaire faite chaque mois. Si, par de prévoyantes lois, les Romains parvinrent à connaître le nombre des citoyens de leur république, la quantité des mariages et des célibataires, les mœurs des individus; si l'autorité ecclésiastique connaît le nombre et les mœurs des hommes religieux qu'elle stimule à l'exécution de ses préceptes qui tendent à leur salut; pourquoi un grand et sage Gouvernement, qui a pour objet unique la félicité des citoyens, ne pourrait-il pas veiller à leur santé, d'autant plus que la principale ressource de l'Etat consiste dans la multiplicité et la force des individus?

Si, pour le maintien de l'ordre, il est indispensable, avant de contracter un mariage, de

produire des attestations pour éviter les inconvéniens prévus par les lois civiles et ecclé-
siastiques, pourquoi n'en existerait-il pas
qui prescriraient les moyens propres à s'assurer de la bonne santé des conjoints? On
pourrait éviter par-là l'altération de l'espèce,
les difformités et la stérilité morbifique. Dans
l'état général d'infection où sont les générations, les Gouvernemens devraient ordonner
qu'aucun mariage ne fût célébré avant que
les contractans n'eussent fourni un certificat
du médecin, qui constaterait le bon état de
leur santé. Si l'un des futurs époux se trouvait
attaqué de quelque maladie, et que la pudeur,
la honte empêchât de la déclarer, il est probable qu'il confierait son secret au médecin,
dans l'espoir de s'en voir délivrer. Une telle
loi serait suivie d'avantages incalculables : les
jeunes gens prendraient plus de soins pour se
préserver de l'infection vénérienne, ce qui
contribuerait à corriger leurs mœurs, et, dans
le cas où ils se laisseraient entraîner par le
vice, et qu'ils tomberaient malades, ils se hâ-
teraient de se faire soigner; alors ces symptômes locaux, qui sont, dans leur origine, de
peu de conséquence, se guériraient promptement et surement, et la contagion ne se trans-
mettrait pas des pères aux fils. Combien

d'exemples n'avons-nous pas de victimes im-
molées à la négligence et à l'imprudence des
jeunes gens qui s'engagent dans les liens du
mariage, atteints encore de quelques miasmes
ou virus ? Les uns sont privés d'enfans, les
autres ne donnent l'existence qu'à des êtres
faibles, infirmes et condamnés à une vie misérable ! Combien sont coupables ces pères
irraisonnables et stupides qui, par un sordide
intérêt, une folle ambition de maintenir le
lustre dans leur antique famille, condamnent
leurs enfans à prendre pour compagne une
personne comblée des dons de la fortune, et
parée de tous les titres pompeux et vains de
l'orgueil, sans s'assurer si elle n'apporte pas
aussi en dot une semence propre à altérer et
à flétrir sa postérité ? Leurs fils et leurs descendans seraient bien plus satisfaits, bien plus
reconnaissans ; s'ils eussent reçu pour apanage
une bonne et robuste santé.

Imitons les sages habitans de la Perse, qui
savent corriger les défauts de leur race, en
unissant leurs enfans avec de belles et robustes Géorgiennes, et qui, dans leur choix, ne
se laissent guider par aucun autre intérêt que
par celui d'avoir des enfans sains et robustes.
Aussi ne soyons pas étonnés de voir que des
mariages uniquement fondés sur l'intérêt,

sans amour, sans estime réciproque, soient accompagnés d'une parfaite indifférence, et quelquefois d'une antipathie invincible; les époux, n'étant pas animés de ce feu pur qui fait les délices de ceux qui sont unis par un tendre attachement, repoussent les embrassemens; de là naît la stérilité, ou des enfans faibles et débiles; ils vont chercher ailleurs les doux plaisirs qu'ils ne trouvent pas dans la couche nuptiale; de là le désordre dans les familles, le scandale qui suit l'infâme adultère.

En raison de la dépravation actuelle des mœurs, en raison du nombre prodigieux de jeunes gens en proie à la dissolution et dédaignant le mariage comme étant un obstacle au libre essor de leurs passions, les gouvernemeus sages ont dû permettre des moyens pour étouffer ces brutales passions et pour éviter le scandale; mais ils devraient être restraints, et les femmes prostituées reléguées dans un quartier séparé de la société, et soumises à la plus rigoureuse surveillance (1); ce serait le

---

(1) J'ajouterai que rien ne porte plus atteinte aux bonnes mœurs, à la santé, que les provocations de ces filles qui, par troupeaux, courent les rues. Les lois contre les atteintes aux mœurs devraient les atteindre, et je fais des vœux pour que le gouvernement arrête cet abominable scandale. (B.)

moyen de ne point éterniser la siphilis ; en outre, de rigoureuses peines devraient être infligées à tous perturbateurs d'honnêtes familles. Un sexe faible et sans expérience, porté par un penchant naturel à se livrer aux doux sentimens du cœur, entre les mains d'un *séducteur infâme,* se déshonore, tombe dans le désespoir, et perd entièrement la santé. On devrait peut-être suivre l'exemple des anciens Romains, et considérer le célibat comme ignominieux, noter les célibataires comme des individus ingrats à la patrie et manquant à l'objet principal de la société, qui est de lui fournir de bons citoyens ; alors on en verrait moins, et l'ordre social y gagnerait.

Mais comment détruire un virus qui s'est introduit et qui se perpétue par un coït impur, qui va ensuite se cacher dans les secrets mystères d'un chaste lit conjugal ? Je ne réclame point toute l'heureuse simplicité des mœurs de nos ancêtres, mais au moins il devrait régner plus de bonne foi, plus d'honnêteté, plus de fidélité conjugale, et l'un des époux ne devrait-il pas trembler de s'exposer à détruire la santé de l'autre ? Puissans de la terre, fixez vos regards sur chaque classe de la société, et ramenez dans le sentier de la vertu l'individu qui s'en est écarté.

Nous avons fait remarquer les effets pernicieux qui résultaient de l'abus des liqueurs
spiriteuses, fermentées, inflammables, et de
ces combinaisons meurtrières que le commerce a introduites en Europe : nous verrions
avec plaisir de prudentes lois qui réprime-
raient les désordres qu'elles produisent. Mais
que d'obstacles n'opposerait-on pas à d'aussi
sages mesures ? Je crois qu'il serait facile de les
éloigner. On objectera d'abord que l'habitude
ne permet pas de s'en priver sans nuire à la
santé : que si cette privation devenait générale,
elle détériorerait les générations. D'autres op-
poseraient que leur privation nuirait au commerce, qui est l'âme de l'Etat. Je conviens de
cette vérité qu'ont reproduite les législateurs
de notre siècle ; c'est un axiome politique, et
nos mœurs actuelles nous ont trop malheureusement portés à croire que le commerce est
le principal ressort de la société et la première
ressource d'un Etat ; mais il me semble qu'il y
a une distinction à faire. Si l'on entend parler
du commerce qui se fait dans l'intérieur, il
n'y a aucun doute qu'il ne lui soit avantageux,
parce qu'il répartit également les produits des
diverses provinces qui le composent, l'une
fournissant à l'autre ce que son sol lui refuse,
et réciproquement ; et c'est ce qui fait juste-

ment censurer les obstacles qu'apportent les souverains au commerce intérieur, en établissant des droits d'entrée. Veut-on parler du commerce avec l'étranger ? S'il n'est pas pernicieux, il est très-problématique qu'il soit utile : pour qu'il soit utile et nécessaire, il faut qu'il soit actif pour la nation, et passif pour l'étranger; que le luxe seulement le balance et tienne en équilibre les échanges, en donnant des valeurs idéales contre des valeurs réelles, que soutient l'opinion. Je ne parlerai pas des dépenses énormes et des guerres que nécessite le commerce avec l'étranger afin de se l'assurer et d'en maintenir la liberté.

Si nous admettons l'hypothèse que les nations européennes, dans leur commerce avec les peuples des autres parties du monde, ne font que se débarrasser du superflu des produits de leur sol et de leur industrie, que reçoivent-elles en échange ? Des objets d'un grand luxe et nuisibles à la santé. Ce n'est pas toujours le superflu que nous enlève le commerce, il nous prive très-souvent des produits de valeurs réelles, pour nous donner en échange des objets de luxe, des objets d'une mode souvent pernicieuse, et même assez fréquemment il nous enlève l'or monnoyé. L'Angleterre, pour l'acquisition d'une boisson si fatale à la santé de ses habitans, a dissipé des sommes immenses ; les Chinois, les Japons, ainsi que nous l'avons dit, n'échangent point leur thé pour d'autres produits, il leur faut de l'argent comptant. Aussi, dans le courant du dernier siècle, le gouvernement britannique prohiba indirectement l'introduction du thé, en l'assujétissant à de forts droits d'entrées. Que pensions-nous de la simplicité des peuples de l'Amérique, lorsqu'à l'époque de la découverte de cette partie du Monde, ils nous donnaient beaucoup d'or, d'argent et des pierres précieuses en échange de quelques futilités qu'ils regardaient comme des objets de luxe ? Ne sommes-nous pas plus simples qu'eux, nous qui nous dépouillons d'objets d'une valeur réelle pour satisfaire au luxe de la table, toujours préjudiciable à la santé ? Il est vrai que les nations européennes sont moins riches, que leurs finances sont beaucoup plus restreintes que celles des peuples au-delà du continent, et que c'est pour les augmenter que nous portons le commerce jusques dans ces climats éloignés. Mais doit-on sacrifier sa propre santé à un aussi petit intérêt ? A quoi servent aux Anglais les immenses trésors qu'ils ont accumulés, lorsque la toux, les inflammations des poumons, le rachitis, les dyssenteries malignes, l'hypocondrie, les vapeurs, les accablent depuis que l'or qu'ils se sont procuré par le commerce les fait vivre dans l'oisiveté, l'abondance, et particulièrement dans l'abus du thé et des vins de Camerie ? Si l'on voulait énumérer tous les maux qui affligent les nations européennes, depuis l'ouverture du commerce avec l'Asie et l'Amérique, ce serait entreprendre un travail aussi long que douloureux. En Italie, les maladies nerveuses se sont tellement multipliées que non-seulement le sexe, qui seul autrefois en était susceptible, en raison de sa délicatesse et de sa sensibilité, en est atteint au plus haut degré ; mais ces maladies s'observent même chez les hommes robustes, et c'est aux excès des liqueurs spiritueuses que nous les devons. Depuis plus de vingt ans, j'ai eu occasion de soigner des officiers de toutes les nations ; j'ai fréquemment reconnu chez eux des maladies vaporeuses, qui n'avaient d'autres causes que l'excès des boissons. Combien ne produisent-elles pas de maux chez les peuples du nord, malgré leur climat glacé et leur tempérament de bronze ? Une loi qui empêcherait l'abus de ces boissons, et qui en limiterait l'usage à la médecine, serait très-avantageuse aux peuples et à l'Etat.

Il serait nécessaire qu'il existât des lois pour modérer, limiter et corriger le luxe de la table et ses déréglemens : ces lois devraient être adaptées aux circonstances, aux diverses populations et à la nature des climats. Les Romains surent mettre un frein à leur gourmandise ; l'Espagne, après la possession du Nouveau Monde, retira de grands avantages des règlemens qu'elle établit relativement à la frugalité qu'elle exigeait de ses habitans ; d'autres gouvernemens imitèrent les sages mesures prises par les Espagnols, ce qui opposa une digue momentanée au torrent qui entraînait les populations. Mais les grands et les riches, accablés par l'ennui, nageant dans l'abondance et la superfluité, s'assujettiront-ils jamais à la tempérance ? Quelles que soient les prévoyantes lois que l'on pourrait promulguer à cet égard, elles seront toujours infructueuses sans l'exemple des grands, qui est le ressort le plus énergique qui dirige les peuples : l'homme est un animal imitateur ; ainsi le définissent quelques philosophes, et comme les enfans imitent les opérations des adultes, le vulgaire suit l'exemple de celui que la fortune a placé au-dessus de lui. Il est vrai que le peuple, manquant de fortune, ne peut pas copier exactement les riches, mais il cherche

à les imiter, et cette imitation lui est extrêmement ruineuse et peut encore avoir des
suites plus fâcheuses.

En Europe, le luxe de la table n'a, dans
aucun siècle, été porté à un si haut degré de
perfection que dans celui-ci. Je n'entends cependant pas parler des populations du Nord,
chez lesquelles, si l'on en excepte les grands,
encore aujourd'hui, tous ces excès sont in-
connus ; et les populations du Midi, dans le
commencement du dernier siècle, vivaient
dans la frugalité et ignoraient tous ces objets
qu'inventèrent le luxe, la mollesse, l'intempérance, et tout ce que nous appelons les commodités de la vie. A Londres, où les mœurs,
les sciences, les arts, se développèrent de
bonne heure, le peuple vivait dans la frugalité, et il était grossièrement vêtu ; l'usage
des matelas était ignoré, et celui des chaises
était réservé aux personnages d'un haut rang.
Quels avantages ne doit-on pas retirer d'une
frugalité bien ordonnée ! On est à même de
balancer sa dépense avec ses moyens ; au lieu
que des habitudes dangereuses empêchent ce
calcul nécessaire, et met le désordre dans ses
finances ; alors, quelle foule d'inconvéniens
ne s'ensuit-il pas ! On se couvre de dettes ; la
paix, la tranquillité domestiques, fuient l'ha-

bitation et font place aux désordres, aux hai-
nes, au dépit, et l'on ne tarde pas à manquer
des objets de première nécessité. Malheureusement nous avons chaque jour, sous les yeux,
d'aussi tristes exemples : tous ces biens sont
sans doute désirables ; mais leur perte n'est
pas à comparer à celle de la santé, le vrai,
l'unique et le plus précieux de notre existence.

Nous avons dit que l'indigence était une
des causes qui avaient contribué à débiliter
la constitution physique de l'homme, et qui
maintient encore l'espèce humaine dans un
état de dépérissement. Pour réparer ce désordre, il suffit de fournir aux indigens les
objets de première nécessité ; mais pour parvenir à ce but, que d'obstacles ne rencontrent pas les gouvernemens, et ces hommes
philantropes qui se livrent au soulagement
de l'humanité ! En France, en Angleterre,
en Allemagne, en Russie, il existe des établissemens destinés à soulager l'humanité ;
mais ces établissemens ont besoin d'être réor-
ganisés pour détruire leurs nombreux inconvéniens, ce dont on devrait s'occuper. Les
gouvernemens sages ont établi dans leur ca-
pitale et dans les principales villes des dépôts
de mendicité, des maisons de travaux, des

hospices pour y recevoir les invalides, les orphelins, les femmes en couches, etc.; mais les soins des gouvernemens ne se sont étendus que sur les habitans des villes, et nos malheureux campagnards restent dans leurs chaumières, abandonnés et privés de toutes ressources. Il est bien difficile de pouvoir, dans ces maisons, multiplier suffisamment les travaux pour donner à chacun l'occupation qui convient à ses forces, à son âge, à son tempérament ; il est encore plus difficile d'y maintenir une police et une surveillance convenables, vu que les individus qui s'y trouvent renfermés sont, pour la plupart, privés d'éducation : les travaux qui s'y font sont insuffisans pour indemniser des dépenses énormes qu'exige leur entretien.

Ces inconvéniens ont été prévus, particulièrement en Angleterre, et des hommes, guidés par un esprit d'humanité, ont imaginé de secourir d'une autre manière l'indigent non infirme : ils ont conçu l'idée de distribuer à chaque chef de famille une certaine quantité d'ouvrage dont le produit serait destiné à leur procurer les moyens d'existence. On assure que, dans quelques endroits, on est parvenu, au moyen de ce plan, à en éloigner entièrement la pauvreté, et qu'il n'y a plus

aucun individu qui ne puisse se procurer les
moyens de fournir aux besoins de la vie animale. Mais dans l'état actuel de la dépravation des mœurs, il me semble qu'il serait
insuffisant de se borner à exiler la pauvreté :
des chefs de famille crapuleux, fainéans,
pourraient tromper les mesures les plus prévoyantes et laisser languir leurs enfans dans
la misère ; on ne pourrait les priver de leur
salaire, ce serait une mesure qui s'appesan-
tirait trop sur les malheureux, et si par humanité on le leur laissait, ne semblerait-on
pas favoriser les déréglemens et le vice ?
Dans ce cas, il conviendrait de créer de sages
et honnêtes inspecteurs, chargés de surveiller
l'intérieur des familles, et qui veilleraient à
ce que le produit de leurs travaux ne fût employé qu'à des choses nécessaires.

Les soins des gouvernemens et des hommes
qui se livrent au soulagement de l'humanité
ne doivent pas se borner à porter des secours
aux indigens ; ils doivent encore veiller à ce
qu'ils soient utilement employés. Si quelques
chefs de famille s'écartaient de leur devoir,
les inspecteurs leur feraient d'abord des re-
montrances, et si elles étaient inutiles, ils
devraient agir avec rigueur, même les punir,
et retenir le produit de leur propre salaire

pour le soutien de leur famille. Si le père
d'une nombreuse famille connaît les devoirs
qui lui sont imposés par la nature, qu'il cherche à remplir toutes ses obligations et qu'elles
soient au-dessus de ses forces, les établissemens de secours publics doivent le soutenir.
Ces inspecteurs devraient non-seulement surveiller l'intérieur des familles, pour ce qui
est relatif aux alimens, mais encore avoir la
police entière de leur habitation, afin d'y
faire régner la propreté, de veiller à ce que
les individus changent de linge, de faire éloigner les lits trop rapprochés les uns des autres, d'établir des courans d'air, de ne souffrir aucune ordure dans les habitations, etc.;
toutes ces négligences peuvent altérer la santé, et chacun sent combien est nuisible un
air renfermé, corrompu; tandis que rien
n'est plus utile, plus agréable, que de respirer
un air libre, qui ne contienne aucune matière
hétérogène.

Il devrait y avoir des bains publics pour les
indigens : leur usage aurait le double avantage
d'enlever de dessus la peau cette crasse qui
bouche les pores, qui empêche la transpiration insensible, ce qui nuit singulièrement à
la santé; le corps ne salirait pas aussi promptement le linge, et en outre l'individu en de-

viendrait plus fort, plus robuste, comme nous aurons occasion de le faire remarquer ci-après.

Une autre classe de citoyens méritent également l'attention des gouvernemens et ils ont droit aux mêmes secours ; je veux parler des cultivateurs, dont les bras restent dans l'inaction par le défaut de terrein. On doit leur en assigner, dans ceux qui appartiennent à l'Etat, une quantité proportionnée à leurs forces et à leurs besoins ; c'est le moyen de retirer ces individus de la misère où ils sont plongés et d'encourager l'agriculture, unique richesse réelle d'une nation. Chez les paysans qui cultivent les terres d'autrui, particulièrement en Italie, règne la plus profonde misère : ces malheureux se nourrissent avec de mauvais alimens, surtout l'hiver : ils ont des habitations mal-saines, étroites, où ils sont entassés les uns sur les autres. Les gouvernemens devraient veiller à ce qu'on leur fournît une nourriture plus saine, à ce qu'ils eussent du pain de grains et non fait avec des glands, des châtaignes, des pommes de terre, du blé de Turquie, etc. ; à ce qu'il leur fût distribué une quantité suffisante de vin pour maintenir leurs forces au milieu des sueurs dont ils arrosent une terre stérile pour eux.

Des lois seraient donc nécessaires pour contraindre les propriétaires à se procurer, en proportion de leurs rentes, une certaine quantité de grains et de vin pour soulager cette malheureuse et précieuse classe de la société. Dans le cas où les petits propriétaires seraient hors d'état de se procurer les alimens nécessaires, il y aurait des dépôts de grains pour soulager les indigens, et cette prévoyance devrait s'étendre sur les malheureux paysans qui cultivent des terreins marécageux et sur ceux qui habitent sous une atmosphère malsaine : ces lois prescriraient également aux propriétaires de rendre les habitations plus vastes, d'y établir des courans d'air : la plupart des chaumières sont tellement étroites, que les hommes sont presque amoncelés avec les animaux, l'atmosphère se remplit d'acide carbonique, d'exhalaisons alcalines ; et l'on comprend que la respiration d'un tel air ne peut qu'altérer la santé. Si nous jetons un regard sur les habitations simples et rustiques des Suisses, nous les verrons constamment tenues propres ; aussi le suisse conserve-t-il sa santé, et transmet-il à ses descendans la force de sa constitution.

Les gouvernemens devraient enfin se souvenir que l'objet le plus cher, comme le plus

saint de leurs devoirs, est celui de fournir
aux pauvres les moyens d'exister; qu'ils ont
comme les grands et les riches des droits in-
violables aux choses qui entretiennent la
vie, et que les rentes de l'État ne peuvent
être plus utilement et plus légitimement em-
ployées qu'à cet objet. Et vous, riches et puissans, apprenez que si le hasard vous a faits
possesseurs d'immenses propriétés, au détriment des trois quarts des hommes, ce n'est
point pour en renfermer les rentes dans vos
coffres, ou pour les employer en objets d'un
luxe qui insulte à l'humanité, mais pour soulager l'indigent et encourager l'homme laborieux (1)!

Nous avons dit qu'une éducation molle con-
courait à détériorer les constitutions. Dans
les chapitres suivans, je me réserve de proposer des moyens propres à arrêter les effets
de cette cause; j'emploierai, pour y parvenir,
les lumières des hommes illustres et philan-

---

(1) La fortune est souvent le fruit du talent, de l'industrie, de l'économie, et n'est pas toujours due au
hasard; de sorte que le moyen qu'emploie l'auteur pour
décider l'homme riche à faire le bien ne me paraît pas
convenable : on réussira plus sûrement en flattant son
amour-propre. (B.)

tropes qui , dans les derniers tems , ont écrit
sur ce sujet, et j'y ajouterai ce qu'une longue
expérience a pu m'apprendre.

Pour réparer les désordres inouis qui existent aujourd'hui en médecine, et qui concourent de plus en plus à altérer la santé , il
faudrait faire exécuter strictement les lois
sages qui défendent l'exercice de cet art su-
blime aux infirmiers, aux apoticaires, aux
prétendus *guérisseurs* , et enfin à ces imposteurs malheureusement trop répandus , qui ,
sans connaissance , exercent une profession
des plus délicates et des plus épineuses. La
besogne des infirmiers et des apoticaires étant
toute manuelle, devrait se borner aux seules
circonstances prescrites par le médecin, mais
les uns et les autres ne savent pas rester à
leurs devoirs ; ils croient tout connaître , et
l'intérêt est leur premier mobile ; aussi il en
résulte fréquemment des conséquences très-
fâcheuses. C'est donc aux magistrats à faire
observer les lois , et à frapper de toute leur
rigueur celui qui ose les enfreindre. Tous les
inconvéniens ne sont pas assez calculés , les
malades veulent des remèdes, sans s'informer
de la main qui les leur administre ; et il faut
le dire, la santé n'est appréciée que par celui
qui ne la possède plus ou qui craint de la

perdre, et cette appréciation n'est encore que momentanée.

Les pauvres habitans des campagnes doivent-ils rester privés des secours de la médecine ? Non, certainement. Les bons médecins doivent se répandre dans tous les lieux. Il appartient aux gouvernemens de les répartir, et ce serait fouler aux pieds le droit le plus saint de l'humanité, que de priver la classe la plus active de la société des secours d'un art bienfaisant. Mais si les soins du gouvernement ne s'étendent pas jusques-là; si la position des campagnes, leur pauvreté, étaient des obstacles à ce qu'il ne se trouvât pas de médecins, il y aurait moins d'inconvéniens pour la santé des villageois, qu'ils livrassent à la nature le soin de les guérir, que de se mettre entre les mains d'ignorans imposteurs, qui ne savent que la troubler par l'emploi de moyens perturbateurs. Le mal serait encore moins grand, si dans d'aussi fâcheuses circonstances, ils avaient recours à la bienfaisance de quelques personnes éclairées qui se rencontrent même dans les plus petits villages, et au nombre desquelles le curé devrait être compté ; ces âmes bienfaisantes, stimulées par un esprit d'humanité, se nourriraient de la lecture de quelques bons ouvrages de médecine populaire, propre à les éclairer pour administrer des secours, dans les cas urgens et en l'absence des médecins ; la Médecine domestique de Buchan, l'Avis au peuple par Tissot, l'ouvrage de Portal sur les secours à administrer aux noyés, aux asphyxiés, aux individus mordus par des animaux vénéneux, enragés, etc., seraient consultés avec fruit. Mais n'est-il pas à craindre que les hommes qui d'abord ne se sont livrés au soulagement de l'humanité, étant seulement guidés par un esprit de philantropie, ne finissent par devenir des imposteurs ? car l'ignorance, je le dirai, court, presque par un penchant naturel, après l'imposture (1).

On devrait généraliser les règlemens qui

_____

(1) En réfléchissant à l'éducation que les prêtres reçoivent dans les séminaires, on s'apercevra aisément que c'est beaucoup exiger d'eux qu'ils soient à-la-fois médecins de l'âme et médecins du corps. Il vaudrait beaucoup mieux que chaque canton eût un médecin et un chirurgien salariés par le gouvernement. Il y a des prêtres, des notaires, etc., pourquoi n'y aurait-il pas des gens pour veiller à la conservation de la santé du villageois ? Les ouvrages de médecine populaire sont plus nuisibles qu'utiles, et Richerand dit, avec raison, que de tels ouvrages *ont coûté la vie à plus d'hommes que la guerre la plus meurtrière.* Erreurs populaires, relatives à la médecine, p. 73, 2ᵉ. édit. (*B.*)

existent dans quelques universités, d'après lesquels les étudians en médecine sont obligés de payer leurs professeurs; ceux-ci en reti_reraient de grands avantages en raison du nombre des élèves, et ils s'empresseraient de rendre leurs leçons plus intéressantes, ce qui tournerait au profit de la science. Il me semble qu'il serait encore plus utile pour l'art, que tous les individus qui se destinent à la médecine fussent contraints, avant d'être admis au doctorat, de prouver qu'ils possèdent un revenu suffisant pour leur procurer une honnête existence et les moyens de parvenir au plus haut perfectionnement de l'art; ce moyen attirerait à la médecine une grande considération, qu'elle mériterait d'ailleurs par les connaissances étendues et par l'éducation soignée que recevraient les personnes qui se livreraient à l'exercice d'une aussi noble profession. On pourra peut-être regarder comme injuste et irréfléchie une loi qui exigerait une certaine fortune à ceux qui se destinent à l'art de guérir, ce qui en exclurait des jeunes gens à talens, propres à lui faire faire de grands progrès; mais dans ce cas, selon cet axiome vulgaire, de deux maux il faut éviter le pire, le mal sera moins grand, en éloignant du sanctuaire de la médecine

des individus qui peuvent se livrer avec succès
à d'autres professions, que de leur faciliter
une carrière qu'ils ne peuvent parcourir qu'au
détriment de l'humanité: et l'on obvierait à cet
inconvénient, en créant des bourses dans les
universités pour l'entretien des jeunes gens qui,
par leurs talens et leurs mœurs, sont appelés
à cultiver la médecine, et qui s'en trouvent
éloignés par leur défaut de fortune. Les fils
de médecins recommandables, privés de re-
venus suffisans ou chargés d'une nombreuse
famille, devraient être, à mérite égal, pré-
férés à tous autres.

Pour rendre la médecine plus profitable à
l'humanité, il serait important qu'il existât
dans chaque université des règlemens qui
prescriraient les moyens de s'assurer si les
jeunes gens qui se destinent à la médecine
sont pourvus des connaissances qui servent
d'escorte dans un chemin aussi pénible. Avant
d'être immatriculés, ils devraient subir un
examen sur les mathématiques, au moins
élémentaires: elles meublent l'esprit, rendent
le jugement plus pur, et par conséquent moins
sujet aux fausses inductions en décrivant, ras-
semblant, les phénomènes de la nature animale. On devrait également exiger d'eux des
connaissances en physique, pour faciliter

l'étude des propriétés des corps organisés. Boerhaave, dans sa méthode d'étudier la médecine, insiste beaucoup sur la nécessité de la connaissance de ces sciences. On paraît négliger aujourd'hui l'étude de la langue latine : je ne vois pas, à la vérité, que les cours de médecine se fassent en latin, et je pense, au contraire, que l'on fait très-bien de suivre l'exemple donné par les plus fameuses universités, où les cours se font dans la langue du pays : c'est le moyen de cultiver son idiome dans toute sa pureté, et de faciliter l'intelligence des sciences, particulièrement de la botanique et de l'anatomie : rien ne me paraît plus humiliant que d'ignorer les premiers principes de l'éducation, ainsi qu'on l'observe assez fréquemment. Je ne prétends pas par-là vouloir exclure l'étude de la langue latine ; je la crois indispensable à tous médecins, vu que les auteurs grecs et arabes ont été traduits en cette langue : les premiers furent nos maîtres dans l'art, et les seconds nous ont conservé la doctrine des Grecs, dispersée par les révolutions auxquelles les nations de l'Asie et de l'Afrique furent sujettes ; et d'ailleurs les auteurs classiques des siècles postérieurs n'écrivirent que dans cette langue : c'est à eux que nous devons la pureté dans laquelle

elle s'est conservée pendant les siècles de barbarie.

Le tems des études scholastiques est généralement fixé de trois à cinq ans ; je conçois qu'il suffit pour être instruit en anatomie, et dans les autres sciences auxiliaires, comme la chimie, la botanique, etc. ; mais si l'on regarde la médecine clinique comme la partie essentielle de l'art, ce tems est insuffisant pour former des praticiens ; les jeunes gens, après avoir été reçus, devraient être tenus de suivre, pendant plusieurs années, des cours de clinique sous la direction d'habiles professeurs, capables de diriger les pas douteux et vacillans des jeunes médecins au lit du malade ; c'est là qu'il faut abandonner tout système, toute théorie, pour ne s'en tenir qu'au langage de la nature que l'on ne parvient à comprendre qu'avec le tems et à l'aide d'une expérience exacte et circonspecte.

Dans le commencement du siècle dernier, les hommes qui se consacrèrent aux sciences profitèrent des lumières répandues par Bacon et Descarte, et même ils les surpassèrent par leur méthode philosophique et analytique ; ils exclurent tous les systèmes et toutes les hypothèses qui n'avaient point pour base une expérience exacte. Ceux qui cultivaient l'art

médical reconnurent la nécessité de s'approprier les méthodes, d'autant plus qu'aucune
science n'abondait plus en systèmes et en
théories contradictoires. Ils les exclurent tous
indistinctement, et n'en établirent aucun,
avant que l'unanime consentement des phénomènes de la vie, dans les corps organisés,
ne les eût conduits à en établir de nouveaux,
capables de les éclairer et de les guider dans
le chemin étroit et difficile de l'expérience.
A cette époque la médecine tomba dans l'em-
pirisme, secte aussi nuisible que celle des
dogmatiques.

De nos jours, un génie profond, le célèbre
philosophe Cabanis, reconnut la nécessité
d'une réforme en médecine, et il en forma le
projet (*Révolution et réforme en Médecine*)
fondé sur un esprit philosophique et analytique. Tous les faits, toutes les observations
nombreuses de l'art médical devraient, selon
son plan, être rassemblés dans un cadre et
liés entr'eux par le raisonnement ; y être
placés tantôt selon l'ordre dans lequel les
faits se montrent, ou suivant celui qui paraîtra le plus propre à en faire connaître les
rapports, à pouvoir les classer, les rappro-
cher, les mettre en opposition ; en fixer les
généraux et les particuliers, en raison de leur

7.

importance, de celle des résultats que ces rapports ont entr'eux, et, enfin, selon les vues ultérieures qu'ils indiquent. D'après cela, la science médicale se réduirait, d'une part, à des recueils d'observations bien faites, et de l'autre, à des théories claires et certaines, qui auraient simplement pour objet l'esprit dans lequel ces recueils doivent être faits, et les résultats directs que l'on peut tirer des diverses observations. Pour arriver à ce but, Cabanis propose de s'en tenir aux méthodes analytiques de description historique, de composition, d'induction, et de les appliquer, avec sagacité et sagesse, aux divers objets de la médecine. Il pense qu'aujourd'hui vingt-cinq ou trente ans suffiraient pour vérifier toutes les observations, excepté celles qui regardent les épidémies, et qu'il ne faudrait que le même nombre d'années pour répéter les expériences et en constater les résultats. La république médicale fait des vœux ardens pour que cette réforme ait lieu; elle réduirait la médecine à sa première simplicité hippocratique, lui communiquerait un véritable esprit philosophique, la mettrait au niveau des autres sciences qui ont des fondemens vrais et stables, et elle marcherait exempte de ces ta-

ches humiliantes que les imposteurs lui ont
attirées.

Des hommes éclairés et infatigables se sont
livrés et se livrent encore à la contemplation
des phénomènes de la nature, et s'y consa-
crent entièrement pour l'avantage de l'humanité et des gouvernemens ; par un long et
pénible travail ils savent surmonter toutes
les difficultés, tous les obstacles. Nous devons rendre justice aux travaux de *Tissot*,
de *Cullen*, de *Frank*, de *Cutugno*, etc., qui
ont commencé à nous tracer le vrai chemin ;
les autres ne se sont attachés, dans leur pratique, qu'à une expérience philosophique,
et cet esprit brille dans les ouvrages qu'ils
nous ont laissés, et qui sont une boussole
assurée pour tous les jeunes médecins. Déjà
le physiologiste est récompensé de ses travaux, il marche presque sur des bases solides ;
les phénomènes de la vie des corps organisés
ne se présentent plus à lui enveloppés de ténèbres depuis qu'il a reconnu le principe physique qui entretient la vie, et dont la privation
réduit à l'état de mort tous les corps organisés.
Les phénomènes de l'économie animale prouvent que ce principe se consume et se repro-
duit avec la vie. L'auteur de la nature a pourvu

la fibre animale organisée d'une tendance naturelle à se roidir jusqu'à un tems donné, et
qui la rend ensuite insensible à ce principe
invisible et subtil qui nous conduit naturellement à la destruction pour fournir de nouveaux matériaux aux productions variées des
trois règnes. Enfin le phénomène principal
qui constitue la vie animale consiste en un
mouvement alternatif et non interrompu, de
constriction et de relâchement des fibres qui
composent les divers systèmes, sans même
en excepter celles du nerveux. Déjà, à un
jargon mystérieux et inintelligible, a suc-
cédé un langage clair et précieux dans la
bouche des médecins éclairés et guidés par
un esprit philosophique. Le nombre des maladies en apparence de caractère différent
commence à être restreint dans des limites
convenables, ce qui a de beaucoup diminué
les classes et les espèces. L'on a banni de
la pharmacie les arcanes, les élixirs, les
pierres précieuses, ainsi que tant d'autres
ridicules compositions inventées par l'ignorance et l'imposture, et auxquelles le vulgaire attribuait des propriétés merveilleuses;
en un mot, l'art étant cultivé par des hommes
éclairés qui ont su profiter des lumières de

siècle, marcha à grands pas vers sa perfection, en dissipant les ténèbres épaisses dont
il étai enveloppé.

Il ne manque plus, pour l'entière exécution
d'un tel objet, si important et si précieux
à l'humanité, que de concilier les intérêts
privés et politiques des souverains de l'Europe. Les populations doivent enfin respirer
après avoir été désolées par une longue et
fatale guerre qui ensanglata les belles contrées européennes, malgré la culture et la
douceur de nos mœurs. Le physique comme
le moral, dans l'instabilité des choses humaines, est sujet à de grandes variations. Le
physique, par son accroissement, arrive au
point de perfection limité par l'auteur de la
nature ; de là il retombe, s'altère, se détruit
pour fournir les matériaux à de nouveaux
produits ; la même chose arrive au moral :
l'homme rustique et sauvage se civilise par
degrés ; ses mœurs, sa législation, sa politique, se forment et font des progrès ainsi
que les sciences et les beaux-arts, et arrivent
à ce degré de perfection au-delà duquel l'esprit humain ne peut aller ; alors les mœurs
se corrompent, le luxe fait des progrès, et
les arts et les sciences retombent dans la barbarie. L'histoire entière du genre humain

nous fournit la preuve convaincante de ce que nous avançons.

Reconnaît-on maintenant ces populations asiatiques qui passèrent, les premières, de l'état sauvage à celui de la civilisation et de la culture de l'esprit ? Que sont devenus ces peuples de l'Asie, de l'Egypte, de la Perse ? combien sont changées ces populations de la Grèce, si orgueilleuses et si enthousiasmées de leur liberté ! Où est la culture des Athéniens et des Egyptiens ? ils languissent aujourd'hui dans la servitude, l'ignorance et la superstition. Les Romains et les peuples de l'Italie ne sont plus ce qu'ils étaient dans les tems florissans de leur république. Fasse le ciel que les populations de l'Europe ne soient pas arrivées au terme fatal de leur décadence ! Le luxe est parvenu, ainsi que nous l'avons observé, au point de corrompre leur physique et leur moral. Au milieu du fracas des armées, on néglige la culture des sciences et des arts, si nous en exceptons celle de cet art meurtrier qui se perfectionne de plus en plus, et toujours au détriment de l'espèce humaine ; l'ignorance, la superstition semblent menacer de déployer de nouveau leurs épaisses ténèbres et de faire retomber les populations dans la barbarie.

Monarques de l'Europe, il est non-seulement en votre pouvoir de retarder cette horrible décadence, mais de redonner à vos
peuples cette splendeur qui naguères distin-
guait vos nations : qu'une paix stable et
une bonne législation ramènent les hommes
à de bonnes mœurs, et leur donnent cette
force de constitution qui seule fait la vraie
félicité ! Princes sages et philosophes, ce
n'est pas par l'étendue de vos royaumes,
ni par le nombre de vos sujets que vous
obtenez le titre de grands : puissiez-vous ne
jamais oublier que ce n'est qu'en rendant
heureuses les populations soumises à votre
domination, quelles que soient d'ailleurs les
limites de vos royaumes et le nombre de vos
sujets.

~~~~~~

CHAPITRE IV.

Des principaux auteurs qui ont traité de l'éducation physique de l'homme. — Origine des fâcheuses coutumes qui ont corrompu celles des Européens, principalement depuis la décadence de l'Empire Romain.

Par l'établissement naturel des sociétés, les hommes, guidés par la force irrésistible de l'amour paternel et par l'expérience, cherchèrent une méthode d'éducation physique, propre à défendre leurs enfans des injures des saisons, et pour suppléer à l'imperfection de leurs sens. Selon les lumières qu'ils acquirent, en avançant dans la civilisation, leurs moyens se perfectionnèrent. A mon avis, Licurgue, aussi grand philosophe que législateur, est le premier qui réduisit en préceptes l'éducation physique et morale. Il enseigna les moyens de fortifier les constitutions des Spartiates, de les accoutumer impunément à toutes les variations atmosphériques et à toutes les fatigues de la guerre ; il sut les rendre indifférens à certaines sensations douloureuses, et même à la faim, prescrivant aux mères les heures où elles devaient alimenter leurs enfans ; c'est lui qui abolit l'usage du maillot, ainsi que nous l'assurent Aristote et Plutarque. Nous connaissons les exercices de la gymnastique, les fatigues qui occupaient la jeunesse. La natation, la lutte, la course, les marches militaires rapides et longues, étaient leurs occupations continuelles ; leur éducation morale n'avait d'autre but que celui de développer chez eux les vertus sociales, l'amour de la patrie, passion qui était chez ce peuple, aussi forte que l'amour de leur religion. On conçoit aisément qu'une telle éducation ne conviendrait nullement aujourd'hui, en raison de l'affaiblissement de nos tempéramens, de la nature des gouvernemens européens, et des préceptes de la religion.

L'ami de l'homme, le vertueux Socrate, développa le germe de l'éducation morale et en jeta les fondemens. Il réforma les mœurs des Athéniens, moins par des préceptes, qu'en les persuadant par l'exemple, et relativement à l'éducation physique, il recommandait à la jeunesse la frugalité et la tempérance. Le divin Platon et le grand Aristote dirigèrent sur l'homme tous les efforts de leur génie : ils en contemplèrent la nature, les

attributs, et ils reconnurent en lui un principe pur, céleste et distinct de la matière :
ils en relevèrent les propriétés, et par un
chemin opposé, ils fondèrent une éducation
morale, en développant l'entendement humain. Le premier, s'appuyant sur ses principes, donna le plan d'une république, que
l'on peut appeler métaphysique ; l'autre,
plus adroit, plus civilisé, donna celui d'une
monarchie modérée. Ils nous ont laissé quelques traités sur l'éducation physique , où
respire la sagesse, comme tout ce qui est
sorti de la Grèce ; mais prolixe en préceptes
d'éducation morale, et variant selon les principes de ceux qui les établissaient. Hippocrate, et tous les médecins célèbres des diverses sectes, jusqu'à Galien, ne parlèrent
qu'incidemment de l'éducation physique :
ils n'avaient d'autre objet que celui de réparer
les désordres et de guérir les maladies qui
survenaient aux enfans. Dans ces tems où
les constitutions physiques étaient encore
dans toutes leurs forces, où les coutumes
étaient simples, non corrompues par la mollesse et le luxe, par les maladies qui ont été
apportées du Nouveau-Monde , l'éducation
physique ne réclamait pas leur attention,
ou, pour mieux dire, elle tendait par elle-

même à fortifier les tempéramens des répu=
blicains : en outre , ils ignoraient les lois de
l'organisme animal , dont les phénomènes
ne nous ont été découverts qu'après une lon=
gue et difficile expérience ; phénomènes in=
variables qui agissent réciproquement sur le
principe physique et sur le spirituel ; enfin les
opérations intellectuelles n'étaient pas encore
susceptibles de cette rigoureuse analyse où
elles ont été conduites par les métaphysiciens
de nos jours , et de plus, ils ignoraient com=
bien il importe, pour la félicité humaine,
de commencer à diriger leurs rapports réciproques dès le premier instant que l'homme
respire.

Quintilien , célèbre orateur, qui vivait à
Rome, du tems de Domitien , et à qui cet
empereur avait confié l'éducation de son ne-
veu , nous a laissé dans ses Institutions ora=
toires, des préceptes d'éducation morale qui
pourraient , encore aujourd'hui , servir de
modèle : nous allons en donner une preuve
en rapportant le passage suivant :

« C'est une erreur » dit-il « de croire qu'il
» y ait peu d'hommes qui naissent avec la
» faculté de bien saisir les idées qu'on leur
» présente et d'imaginer que la plupart d'en-
» tr'eux perdent leur tems et leurs travaux

» en cherchant à vaincre la tiédeur innée de
» leur esprit. Les hommes, au contraire,
» semblent, pour le plus grand nombre, or-
» ganisés de manière à pouvoir également
» penser, retenir avec facilité et promptitude.
» C'est un talent aussi naturel à l'homme,
» que le vol aux oiseaux, la course aux che-
» vaux, la férocité aux bêtes sauvages. La
» vie de l'homme consiste dans son industrie
» et dans son activité, ce qui prouve son
» origine céleste. Les esprits grossiers et
» inutiles aux sciences sont dans l'ordre de
» la nature, commes les monstres, des phé-
» nomènes extraordinaires et rares, d'où je
» conclus qu'il se trouve de grandes res-
» sources chez les enfans, et que si elles
» disparaissent avec l'âge, il est clair que
» l'on ne doit point en accuser la nature,
» mais notre seule négligence. »

Peut-on donner une plus juste idée de la
nature de l'âme et de ses propriétés ? quelle
influence ne reconnaissait-il pas dans l'éducation, pour le développement de l'esprit humain ! Le célèbre Cels, qui vivait à Rome
sous le règne de Tibère, a donné des préceptes pour se conserver en santé, préceptes
qui conviennent encore de nos jours : « Un
» enfant né avec une bonne constitution »

dit-il « ne doit être assujéti à aucune diète :
» on doit l'habituer au bain chaud comme au
» froid : on ne doit faire aucun choix dans
» les alimens qu'on lui donne : sa manière
» de vivre doit être variée : il doit respirer
» tantôt l'air de la campagne, tantôt celui
» de la ville ; tantôt on lui fera faire un
» long exercice musculaire , tantôt on le
» tiendra en repos » mais il ajoute, « que
» les momens d'exercice doivent être plus
» longs que ceux du repos, vu que l'exercice
» fortifie, au lieu que le repos affaiblit. »
Si l'unique objet de l'éducation physique est
de former la constitution de manière qu'au
moyen de l'habitude nous soyons indifférens,
jusqu'à un certain point, à l'action des corps
qui nous environnent et qui agissent sur nous,
tant intérieurement qu'extérieurement ; si
par cette même habitude, nous pouvons également supporter la sobriété comme l'intempérance, la veille comme le sommeil, un
exercice continué comme le repos, quels
autres préceptes sages peut-on donner et qui
soient plus conformes à l'expérience ? Peut-on
avoir des connaissances plus étendues sur les
lois de l'organisme animal ? Plutarque, aussi
grand philosophe qu'historien, qui brillait à
Rome sous le règne de Trajan, nous a laissé

sur l'éducation physique un excellent traité, très-estimé des savans.

Les anciens Romains et toutes les nations qu'ils subjuguèrent portaient la toge pour tous vêtemens; les militaires, seulement en campagne, faisaient usage d'un habit court pour n'être pas gênés dans leurs exercices et pour avoir les jambes et les bras libres. Il est probable que la toge cessa d'être portée chez les nations européennes à cause de l'embarras qu'elle occasionnait; l'artiste ayant trouvé plus de commodités dans l'habit militaire, l'aura adopté ainsi que toutes les classes de la société qui se livrent au travail; des hommes poussés par le désir de plaire au beau sexe, auront choisi dans la suite un ajustement propre à laisser apercevoir leurs membres; les grands, les riches, les courtisans, auront donné aux vêtemens ces modifications infinies que l'on appelle modes. Les femmes, suivant l'exemple des hommes, entraînées par le désir de plaire, n'auront pas tardé, sans doute, à s'habiller de manière à relever leur beauté et à cacher artificieusement leurs charmes; elles finirent enfin par devenir les esclaves et les martyrs de la mode; elles resserrèrent leur poitrine, se comprimèrent le ventre avec des machines qui les laissaient à

peine respirer ; leurs pieds furent renfermés
dans des chaussures tellement étroites, que
l'équilibre nécessaire à la marche se perdait
souvent: mais ce n'est point à ce seul caprice
que la mode se borna ; un des plus beaux or-
nemens, la chevelure, fut transformée de
mille manières, surchargée de graisse et de
poudre, on lui donnait des formes ridicules
qu'une mode déraisonnable semblait rendre
agréables.

C'est probablement cette manière incommode et pernicieuse de se vêtir qui fit imaginer l'inhumaine coutume d'emprisonner les
membres et le tronc des nouveaux-nés dans
des bandes serrées : la fâcheuse habitude du
maillot avait non - seulement l'inconvénient
d'empêcher l'entier développement des muscles de l'enfant, mais encore celui de les
déformer et de donner accès à des affections organiques irréparables. Ces désordres
s'observaient du tems d'Hippocrate, qui les
croyait originaires d'Egypte ; mais il est des
auteurs qui pensent que quelques accidens
ayant obligé d'appliquer des bandages sur le
corps des enfans, et qu'ayant trouvé que, par
ce moyen, on pouvait les manier plus facilement, on s'en est servi depuis au moment
même de la naissance. Les hommes étant

devenus plus délicats, plus efféminés, par les
progrès des arts, le linge aura été inventé , et
l'homme continuellement guidé par le désir
irraisonnable de rendre ses enfans plus beaux,
plus agréables, les a chargés de vêtemens
lourds et nuisibles, et renfermés, à peine
venus au monde, dans une atmosphère étroite,
chargés de pernicieuses exhalaisons. Le luxe,
la galanterie, la dissipation, l'insipide con-
versation, appelée brillante société, s'introduisirent, et les mères nobles n'eurent pas
honte d'abandonner leurs enfans, sortant à
peine de leur sein, ni de les livrer à des mains
vulgaires, mercenaires, ni de se dépouiller,
par cet abandon, du droit le plus sacré. Cet
exemple funeste se propagea dans les classes
inférieures, à la manière des contagions, et
à un tel point que, dans le commencement
du dernier siècle, on osait mépriser, en quelque sorte, une mère un peu fortunée, lorsqu'elle remplissait le devoir que lui prescrit
la nature, celui d'allaiter son enfant.

Locke, ce grand métaphysicien, si profond dans la connaissance de l'entendement
humain, et qui sait nous enseigner le chemin
pour y arriver, plein de philosophie, disciple
du célèbre Sydenham, autre grand-homme,
dont il mit à contribution les lumières sur

l'économie animale, Locke, dis-je, fut le premier qui chercha à détruire cet abus inhumain, en faisant remarquer les pernicieuses conséquences qui résultent de l'emploi du maillot et des corsages à baleines ; il chercha également à persuader de la nécessité où sont les enfans d'être vêtus aussi légèrement l'hiver que l'été ; il assure que nos corps peuvent résister impunément à toutes les impressions auxquelles l'enfance est assujétie ; mais il ne s'est pas étendu au - delà dans son *Traité d'Education physique*, qui n'est point aussi parfait que celui de l'*Education Morale*. Buffon, où le Pline français, dans son *Histoire Naturelle de l'Homme,* parle indistinctement des grands avantages que les enfans retireraient du lait maternel. Il blâme également les abus dont il vient d'être question ; mais un travail aussi immense ne lui laisse pas le tems d'examiner les changemens qui surviennent aux enfans, depuis leur naissance jusqu'à l'âge de quatre ou cinq ans. Le célèbre citoyen de Genève, dans son *Emile,* établit des principes d'éducation physique, mais son système, embelli par son génie et par son éloquence, est bien chimérique. Rousseau manquait des lumières de l'expérience, et il ignorait les lois de l'économie animale, ainsi

8

que tous les changemens physiques qui surviennent aux enfans, et qui méritent toute
l'attention de ceux qui les dirigent. En outre,
en admettant que ses préceptes sur l'éducation physique et morale fussent praticables,
ils ne pourraient être adoptés que pour les
enfans des grands et des riches. Jean-Jacques
mérite de grands éloges et toute la reconnais-
sance publique, pour l'énergie avec laquelle
il a blâmé les mères qui confient leurs enfans
à des nourrices négligentes et mercenaires,
ainsi que pour les raisons qu'il donne pour
les engager à rentrer dans le devoir qui leur
est imposé par la nature. Hume, Condillac,
Helvétius ne se sont occupés que légèrement
de l'éducation physique. Ce dernier, dans la
10ème. sect. du chap. 4ème. de l'*Homme*, dit
seulement que l'éducation physique doit être
dirigée de manière à rendre l'homme agile,
robuste, et il réclame l'usage des exercices
variés de la gymnastique dont se servaient,
pour y parvenir, les Grecs et les Romains.

Quelques grands médecins ont suivi l'exemple de ces illustres philosophes. Mus par cette
philantropie qui doit caractériser ceux qui se
livrent à cette profession, ils se sont récriés
contre l'usage du maillot et des nourrices mercenaires. Nous allons assigner les ouvrages

qui sont les plus généralement connus. En
1762, Bellexferd, citoyen de Genève, fit paraître une *Dissertation sur l'Education physique des Enfans ;* elle fut couronnée par
l'académie royale de Mantoue. Cette dissertation est basée sur l'expérience et sur les
vraies lois de l'économie animale. Il recherche
quelles sont les principales causes de la mort
d'un aussi grand nombre d'enfans, quels sont
les moyens préservatifs et les plus efficaces
pour leur conserver la vie. Il en assigne quatre
principales : 1°. la faiblesse héréditaire trans-
mise par les pères ou par les mères ; 2°.
l'usage des nourrices mercenaires ; 3°. celui
du maillot ; 4°. un allaitement non-suffisam-
ment prolongé, et de là l'usage trop prompt
d'une autre nourriture pour remplacer le lait :
les préceptes qu'il donne pour éviter ces causes
sont clairs, précis et basés sur le raisonnement
et sur l'expérience, particulièrement pour ce
qui regarde les trois dernières. Quant à la
première, c'est-à-dire, à la cause qui est due
à la faiblesse héréditaire, j'espère y suppléer
dans le chapitre suivant.

En 1767, il parut un petit ouvrage composé
par une mère qui, après avoir eu le malheur
de perdre plusieurs enfans en nourrice, se
résolut à nourrir elle - même ceux qu'elle

pourrait encore avoir ; ce qui lui réussit parfaitement. Cet opuscule ne présente rien de
bien remarquable. Bronzet a écrit, selon le
jugement de Wan-Swieten, un excellent
Traité sur l'Education physique des Enfans.
Cet ouvrage est surtout remarquable par
l'opinion erronnée qu'il y émet. Il prétend
qu'il ne faut point allaiter les enfans avec le
lait de femmes, dans la crainte de leur com-
muniquer les vices et les défauts des nourrices : nous aurons occasion de faire remarquer la fausseté de cette assertion.

C'est en 1769 que Rollin, médecin de
Louis XV, fit paraître un ouvrage très-estimé
pour la conservation des enfans. Il est rempli
d'excellentes vues : partout on y reconnaît le
grand médecin-praticien ; mais cet ouvrage
n'est point à la portée de tout le monde, et
particulièrement des femmes qui semblent
être principalement chargées, par la nature,
du soin et de la conservation des enfans.
Leuryc, fils, grand chirurgien, donna un
ouvrage portant ce titre : *les Mères selon
l'ordre de la nature.* Il fait non-seulement remarquer les avantages que les mères retirent
elles-mêmes en allaitant leurs enfans, mais
il cherche encore à en prouver la nécessité.
Dans l'état où se trouvent les constitutions

actuelles, mon expérience s'oppose à cette doctrine, ainsi que je l'observerai dans la suite. Comme cet ouvrage ne semble avoir été écrit que pour les femmes de Paris, il serait possible qu'en raison du climat, de la manière de vivre, elles fussent dans la nécessité d'allaiter leurs enfans.

Le célèbre Tissot, dans son *Avis au Peuple*, ne néglige pas entièrement cet objet. Après avoir traité, avec précision et clarté, *des Maladies des Enfans*, et avoir indiqué les remèdes convenables, il parle, dans un chapitre séparé, de l'*Education physique;* il condamne la coutume de donner trop à manger aux enfans; il décrit les désordres qui peuvent s'en suivre; il prescrit cependant de ne pas les astreindre à une règle trop exacte de vivre. Il veut qu'on les baigne dans l'eau froide, qu'on les meuve le plus possible, qu'on leur fasse respirer le grand air, et surtout que l'on ne répercute, par aucun moyen, les éruptions de la peau, etc. Occupé par une pratique étendue, et par tant d'autres objets également utiles à l'humanité, il n'entre pas dans d'assez longs détails, capables de diriger les parens avec sécurité dans l'éducation physique de leurs enfans.

Fourcroy, ancien officier de marine, a

écrit un *Traité sur l'Education physique*, après avoir consacré nombre d'années à observer les phénomènes que présente l'homme dans son enfance, et s'être instruit de la méthode que suivent les blancs et les nègres Américains, dont les enfans sont tous robustes et bien conformés; méthode qu'il assure avoir mise en pratique avec succès pour ses propres enfans, et pour d'autres en divers climats. L'auteur se rend recommandable par son expérience, et surtout par les raisons qu'il donne, pour engager les mères à remplir le devoir sacré de l'allaitement. Il prétend avoir retiré de grands avantages des bains froids, des vêtemens légers et de l'exposition aux rigueurs des saisons. On doit faire cas de ce qu'il rapporte relativement aux femmes enceintes, aux purgatifs qu'il est utile d'administrer aux enfans avant de leur donner le sein, et sur la dentition et autres maladies des enfans. En un mot, Fourcroy paraît très-instruit par l'expérience, et il n'ignore point les lois de l'économie animale. Cependant, pour les motifs que nous exposerons ci-après, ses préceptes ne peuvent pas être généralement adoptés, surtout ceux qui prescrivent de baigner fréquemment les enfans dans l'eau froide, et de les exposer à toutes les vicissitudes atmosphériques, sans exception de constitution.

Leroy, médecin célèbre, publia, en 1772, un *Traité sur l'Habillement des Femmes et des Enfans*. N'ayant pu me le procurer, je n'en parlerai que d'après ce qu'en dit Fourcroy. Après avoir fait connaître les inconvéniens qui résultent du maillot et des corsages, il décrit très-sagement les maladies auxquelles ils peuvent donner lieu, et fait observer, avec beaucoup de sagesse, les altérations que la dentition apporte au système osseux. Il dit que les os se ramollissent, qu'ils deviennent flexibles par la stagnation du sang, ce qui leur fait acquérir une couleur rougeâtre. Mais je ne sais sur quel fondement il s'appuie pour prétendre qu'à cette époque, où les enfans se réveillent, ils ne marchent qu'avec répugnance, ce qui est la cause de la courbure des os et du rachitis. Enfin Buchan, médecin du collége royal d'Edimbourg, nous a laissé, dans sa *Médecine domestique*, un *Traité d'Education physique* fort estimé, qui contient d'excellentes vues, sans qu'on y trouve néanmoins des préceptes particuliers qui n'aient pas été donnés par ses prédécesseurs (1).

_____

(1) En 1760, Des-Essard a fait paraître un ouvrage

De ce rapide exposé des auteurs classiques qui ont traité de l'*Education physique de l'Homme*, on voit bien clairement que les uns ne se sont occupés que de l'éducation morale, en ne nous donnant que quelques idées sur l'éducation physique ; que les autres, au contraire, se sont spécialement attachés à nous donner des préceptes sur cette dernière, tandis qu'ils n'ont parlé qu'incidentellement de la morale. Ces deux espèces d'*Educations* sont, ainsi que nous l'avons déjà dit, liées l'une à l'autre, et il est important que les pères et les mères s'occupent simultanément de l'une comme de l'autre, étant chargés, par la nature et par la société, du devoir sacré et glorieux d'élever leurs enfans, tant pour leur félicité individuelle, que pour celle de leur famille et de la société. Il est également nécessaire et même indispensable, que les préceptes de l'éducation soient connus de tous ceux qui, par état ou par goût, se livrent à l'éducation de la jeunesse. Un travail qui présenterait, dans un seul cadre, les préceptes de l'éducation physique et morale, ne pourrait être

---

sur l'éducation corporelle des enfans en bas âge, qui contient de bonnes choses : je suis surpris que l'auteur italien, dont l'érudition est vaste, n'ait pas eu connaissance de ce livre, que l'on consultera avec fruit. (*B.*)

qu'utile, en faisant connaître les rapports
réciproques, la gradation avec laquelle les
facultés, tant physiques que morales, se
développent à une époque donnée, les changemens qui s'observent dans les diverses épo-
ques, et les moyens propres pour réussir dans
le but que l'on se propose. Il me semble qu'il
est impossible de pouvoir mettre en pratique
les méthodes proposées par les auteurs, sans
compromettre fréquemment la santé des enfans, attendu l'état de faiblesse et les vices
que l'on remarque dans les constitutions humaines. Ce n'est qu'à une aveugle présomption que nous devons attribuer cette crédulité
mobile de l'homme, et le penchant qui l'entraîne d'un extrême à l'autre, sans qu'il puisse
prendre le parti intermédiaire, qui le conduirait à une modération utile en tout, et si
nécessaire dans l'éducation tant physique que
morale. Par exemple : si l'on observe que tel
phénomène n'est pas l'effet de telle cause,
ainsi qu'on l'avait d'abord cru, on en con-
clut, sans réflexion, qu'elle est impuissante ;
ou bien, si une telle cause est reconnue capable de produire tel effet, on lui attribue
erronément tous ceux qui peuvent survenir,
comme si la nature ne pouvait arriver à ses
opérations admirables et infinies que par un

seul moyen, par une seule voie. La même
chose arrive au mal. Découvre-t-on qu'une
maxime est erronée, on adopte aveuglément
celle qui lui est opposée, sans penser que l'on
peut encore être induit en erreur? Corrige-
t-on un abus, on retombe dans un autre
opposé? Nous observerons, dans la suite de
cet ouvrage, cette même marche de l'esprit
humain.

CHAPITRE V.

Des précautions que doivent observer les hommes avant le mariage; les femmes enceintes, pendant l'accouchement et pendant l'allaitement.

Il est bien facile de remarquer, quand même
on n'aurait aucune idée des lois physiques,
qu'une saine ou une mauvaise constitution
peut dépendre des parens, et devenir un des
phénomènes de la génération. Quel que soit
le système que l'on choisisse, parmi ceux qui
existent, que l'on croie que la fécondation
est produite par l'*aura seminalis* des deux
conjoints, qui avive l'embryon préexistant
dans l'ovaire, ou que l'on pense que les molécules organiques de la semence de l'homme
et de la femme s'unissent dans l'utérus, guidées

par les lois inconnues des affinités organiques
animales, si cet *aura seminalis,* ou les molécules organiques, sont les parties les plus vo-
latiles, les plus élaborées des fluides, tant de
l'un que de l'autre sexe, on ne peut douter
que la bonne ou mauvaise qualité de ces fluides
ne donne à la matière séminale la propriété
de produire des enfans d'une bonne ou d'une
mauvaise constitution, forts ou faibles. Si de
grands maux, un luxe immodéré, la corruption des mœurs, n'eussent, en Europe, concouru à faire dégénérer la race humaine, il
n'eût fallu qu'un petit nombre de préceptes
simples pour rétablir l'état physique de l'espèce humaine, état qui remplit le principal
objet de la nature et de la société, vu que des
liens indissolubles unissent l'homme et la
femme pour reproduire leurs semblables.

Nos premiers pères, exempts de vices, forts
et robustes, d'une humeur égale, dans la vigueur de l'âge, s'unissaient à un sexe heureusement constitué; enflammés l'un et l'autre
d'une ardeur réciproque, ils donnaient à la
patrie de nombreux et de vigoureux enfans.
Mais aujourd'hui, que les mariages ne sont
que le fruit de l'intérêt ou de la politique,
l'amour n'est plus que tiédeur, qu'indifférence;
les embrassemens sont froids, et il en naît des

enfans *délicats* et *faibles*. Aujourd'hui, que l'on voit s'approcher du lit conjugal des jeunes gens flétris par l'incontinence, et même souillés par quelque vice caché, ne doivent-ils pas fournir une semence vénéneuse, propre à laisser chez leurs enfans le germe des plus cruelles maladies? Si aucune loi civile ne vous défend de profaner, de vous jouer de l'objet le plus cher de la nature, la conscience est là pour vous reprocher d'avoir donné la vie à d'innocentes victimes, qui, vivant continuellement sous vos yeux, vous reprochent leur malheur irréparable. Quels remords poignans ne devez-vous pas éprouver, d'avoir trahi la foi, la fidélité conjugale que vous promîtes solennellement aux pieds des autels, et de conduire au supplice votre infortunée compagne, en introduisant dans ses veines un poison lent mais puissant! L'idée de ces remords cruels doit vous rendre plus circonspects, et si vous n'apportez dans le lien conjugal toute la santé que vous avez reçue de la nature, faites au moins attention de n'y apporter aucun virus contagieux pour votre épouse et pour vos enfans.

La nature a assigné un tems pour l'accroissement de chaque animal, et, pendant ce tems, sa nourriture n'est destinée qu'à servir à son développement et à sa perfection. Si, à cette époque, il se dissipe quelqu'humeur, à l'exception de celles qui constituent les éva- cuations naturelles auxquelles il est assujéti par son organisation, ces pertes ne peuvent avoir lieu qu'au détriment de sa santé. C'est selon les climats que la nature a fixé le terme de l'accroissement de la race humaine. En Europe, il est achevé, chez les femmes, vers la quatorzième année, et vers la dix-huitième chez les hommes. En Asie, l'accroissement est plus rapide. Au Mogol, par exemple, il n'est pas rare de voir les femmes devenir mères à huit ans, et les hommes connaissent à dix les douceurs de la paternité. Aux approches de cette époque, on observe tous les signes qui indiquent la surabondance des humeurs que la nature employait auparavant à l'accrois- sement et au perfectionnement de l'individu. Vers cet âge, qui est celui de la puberté, les jeunes filles deviennent nerveuses, leur sein se goufle, elles sont timides et chastes. Il s'écoule chaque mois, par l'utérus, une hu- meur superflue; chez les jeunes gens, la liqueur prolifique s'amasse dans les vaisseaux spermatiques; ce qui est annoncé par un son de voix plus fort, par un port libre et franc, par un regard animé et significatif, par des désirs vagues pour des objets indéterminés. Si la jeunesse s'expose avant un accroissement complet, et avant l'entière perfection de la machine, à l'évacuation de cette humeur prolifique, il en résultera des désordres plus ou moins grands, et l'incapacité de pouvoir donner la vie à des êtres forts et robustes. Il convient donc d'attendre que la nature ait perfectionné son ouvrage avant de marier les jeunes gens, pour ne pas s'exposer à détruire la santé des époux, et pour ne pas voir naître des enfans faibles et débiles.

Outre que les femmes peuvent transmettre à leurs enfans, au moyen de leur semence, une bonne ou une mauvaise constitution, la nature les a encore uniquement destinées à conserver, à nourrir, à développer, dans leur sein, le précieux germe qu'il contient ; c'est à elles surtout à éviter les causes qui pourraient nuire à l'enfant qu'elles portent. Cependant, l'action de ces causes nuisibles n'est pas assez puissante pour contraindre une femme enceinte à mener, pendant tout le tems de la gestation, une vie ennuyeuse, et à se priver de tous les plaisirs de la vie. La femme bien constituée, qui jouit d'une bonne santé, et qui conçoit dans la fleur de l'âge, ne doit point changer subitement ses habitudes ni sa manière de vivre. La conception, la gestation, l'accroissement sont des opérations naturelles, et si la nature ne parvient pas à achever son ouvrage, c'est qu'elle est contrariée par l'action de quelques puissantes causes nuisibles. Or, l'action de ces causes est affaiblie par l'habitude ; quoiqu'enceinte, la femme de l'artiste continue ses travaux domestiques sans en éprouver aucun effet fâcheux. Dans cet état, la villageoise vendange, moissonne au terme de sa grossesse ; elle accouche cependant d'un enfant sain et robuste. La femme du militaire suit son mari dans des marches forcées, et accouche heureusement et à terme. Mais il faut convenir qu e lesfemmes faibles et délicates ne peuvent continuer leurs travaux sans danger d'avorter.

Pendant la grossesse, les femmes doivent éviter les effets d'une extrême sensibilité, les craintes chimériques, les désirs passionnés qui irritent leurs nerfs. Cette irritation se propageant dans les vaisseaux sanguins et lymphatiques de l'utérus, nuit au fœtus, et lorsqu'elle est imprévue ou produite par une violente cause, elle occasionne l'avortement. L'abus trop ordinaire des liqueurs fermentées et inflammables, concourt à augmenter la mobilité nerveuse, et il expose à cette foule

de maux connus sous le nom d'affections
hystériques. On ne doit point être surpris de
voir que les fluides s'enflamment, que la circulation se ralentisse, que la respiration devienne pénible, que la tête s'appesantisse ;
qu'il survienne des douleurs de reins, lorsque
les femmes ne se livrent point à l'exercice,
lorsqu'elles s'abandonnent à une vie molle,
qu'elles passent les trois quarts, et quelquefois plus, de leur existence, étendues sur un
canapé, sur un lit de plume, et lorsqu'elles
font un usage habituel d'alimens succulens.
Ces accidens exigent, pour sauver l'enfant,
de fréquentes saignées qui affaiblissent singulièrement la mère. Les femmes enceintes
doivent s'armer de courage, de force d'esprit,
vaincre leurs dégoûts et leurs terreurs chimériques ; elles doivent mener une vie active,
autant que leur état et leur condition le permettent : que leur vie soit sage, sans toutefois
interrompre tout-à-coup leurs habitudes.

Les gens de l'art ont jusqu'ici remarqué que
les causes qui produisent l'avortement sont
relatives. Puisque la villageoise, la femme de
l'artisan et du militaire peuvent, sans crainte,
se livrer à leurs occupations accoutumées et
fatigantes, pourquoi la femme opulente ne
continuerait-elle pas les siennes avec une

égale sécurité ? Si elle est habituée aux mouvemens de la voiture, à de longs voyages ,
même à courir la poste , elle peut s'y livrer
sans aucun inconvénient, de la même manière qu'elle continue à s'adonner aux plaisirs de la table, etc. En un mot, rien ne
s'oppose à ce qu'elle continue ses habitudes;
car un changement trop prompt dans la manière de vivre, peut occasionner des maladies
aiguës ou chroniques, pendant la grossesse
comme en tout autre tems. En suivant cette
méthode, les femmes seront à l'abri de ces
symptômes fâcheux et extraordinaires qui
surviennent dans le cours de certaines gros-
sesses; symptômes qui ne peuvent être l'effet
que d'un état morbifique et non de la gestation; car, s'il en était autrement, la nature
aurait manqué de prudence, puisqu'elle aurait
entravé son travail, dans le principal moyen
de préserver l'espèce des périls qui pourraient la tromper sur l'objet qu'elle se propose. L'homme sain ne doit pas vivre agité et
tourmenté par la crainte de tomber malade;
la femme enceinte doit être également sans
inquiétude, et ne pas appréhender des accidens qui ne peuvent lui arriver que contre
l'ordre de la nature.

Il est incontestable que la mutation qui

9

s'effectue dans l'utérus après la fécondation, apporte quelques dérangemens dans les fonctions vitales, naturelles et animales, vu que cet organe exerce un empire marqué sur tous les systèmes. Mais, chez les femmes d'un bon tempérament, chez celles qui ont un esprit modéré, et qui ne se laissent point guider par des caprices ou par des fantaisies, ces troubles se réduisent à quelques langueurs d'estomac, au vomissement des alimens et des boissons ordinaires, à des désirs passagers, à l'interruption momentanée du sommeil, etc. Ces incommodités sont de peu de conséquence, et se dissipent chez celles qui sont saines à mesure que la grossesse fait des progrès, et à l'aide de la distraction.

On avait supposé que la nature employait le sang menstruel uniquement à la nourriture du fœtus, et considérant que le petit embryon, dans le principe de sa création, était incapable de se l'approprier en entier, de grands médecins, calculant assez erronnément sur sa quantité, crurent reconnaître la nécessité d'en retirer le superflu, dans la crainte qu'il ne distendît trop les vaisseaux sanguins de l'utérus ; craignant donc que les membranes de ces vaisseaux ne cédassent à l'action des fluides, et qu'il n'en résultât des

hémorragies , le décollement du placenta et
l'avortement , pour prévenir ces dangers , ils
ordonnaient de fréquentes saignées; et comme
ils pensaient que le danger de l'avortement
était particulièrement à craindre à l'époque du
retour périodique du flux menstruel , c'est le
tems que l'on choisissait alors pour pratiquer
ces saignées. Mais aujourd'hui que l'on est
convaincu que les rudimens du fœtus se développent et se nourrissent en vertu de l'attrac-
tion des tubes capillaires du placenta, qui
pompent, à la manière des végétaux, la partie
la plus volatile des humeurs qui circulent
dans l'intérieur de la matrice, et que le superflu du sang qui s'évacuait par les menstrues ,
est employé par la nature à la nourriture de
la substance même de l'utérus, les parois de
cet organe, dans l'état de grossesse, augmentent, non-seulement en étendue, mais encore
en épaisseur. On doit donc en conclure que
les saignées sont inutiles , superflues , même
chez les femmes d'un tempérament sanguin,
à moins qu'elles n'en aient contracté l'habitude , ou que quelques circonstances ne
la réclament, telle qu'une effervescence sanguine ou une disposition inflammatoire. Une
longue expérience m'a convaincu de l'inuti-
lité des saignées, et m'a prouvé que les suites

n'en étaient pas toujours innocentes, particulièrement lorsqu'elles sont faites chez les
femmes d'un tempérament nerveux , chez
les personnes faibles et délicates , etc. ; et il
n'est pas rare de voir paraître des affections
hystériques, des nausées et même le vomissement, ensuite la dépravation des digestions;
c'est alors que les femmes s'affaiblissent, re-
doutent le moment de l'accouchement, et
manquent de cette force et de ce courage si
nécessaires pour seconder les efforts de la
nature. La pratique de la saignée devrait être
interdite aux sages-femmes ; on devrait, au
moins , leur prescrire de ne la faire qu'après
la consultation d'un médecin ; ce serait le
moyen d'éviter de grands accidens.

Nous avons prouvé par le raisonnement et
l'expérience, que la continuation des habitudes que la femme avait contractées avant
l'état de grossesse, ne pouvait nullement être
préjudiciable, ni à elle, ni à son fruit; ces
habitudes ne doivent cependant pas être portées au-delà de certaine limite, parce qu'elles
se convertiraient en causes nuisibles. Les
femmes enceintes doivent néanmoins user de
quelques précautions pour ne pas tomber
dans un de ces états fâcheux auxquels nous
sommes exposés dans toutes les circonstances

de la vie ; car une circonstance qui , hors la
grossesse, ne serait point capable de produire
un état fâcheux, pourrait, dans ce cas, donner
lieu à des accidens : il convient également
qu'elles ne se fassent pas de fantômes des
plus petits objets. Les femmes enceintes devraient jouir de beaucoup de tranquillité,
du calme de l'âme le plus parfait , d'une
grande sécurité pour conserver et conduire
leurs enfans à terme. Ce ne sera pas inutilement que la femme grosse évitera les secousses que peut recevoir le système nerveux;
ces secousses se communiquent au fœtus, et
lui laissent des empreintes morbifiques indélébiles. Il est nécessaire qu'elle respire un air
libre et pur ; qu'elle habite des appartemens
vastes et où le soleil peut pénétrer, et qu'aucune ordure n'y séjourne.

Il est hors de doute que les femmes enceintes doivent observer une continence modérée, particulièrement dans les derniers mois
de la grossesse. L'Auteur de la nature n'ayant
point accordé aux animaux une raison suffisante pour qu'ils puissent éviter les effets pernicieux de l'incontinence dans l'état de gestation, les a doués d'un instinct qui rend les
femelles exemptes de toute excitation vénérienne, et qui leur fait repousser le mâle :

preuve très-convaincante que la nature a
prévu les désordres où les animaux pourraient
tomber, et à tout ce qui pourrait nuire à son
objet principal, qui est la conservation de
l'espèce. Puisque l'homme est doué de la raison, il doit modérer ses passions, et les diriger
vers le but que la nature s'est proposé. Les
femmes doivent donc se ménager, particulièrement dans l'état de grossesse, si elles
veulent être respectées par leur famille et par
la société. Les Mages avaient pour les femmes
enceintes, les attentions les plus délicates;
ils cherchaient à leur procurer ce calme de
l'âme si nécessaire, et ils les exemptaient de
toutes les charges qui entraînent l'ennui, persuadés, avec raison, que la joie et la tranquillité contribuent au parfait développement du germe; c'est sans doute le même
motif qui porte les Orientaux à avoir pour
leurs femmes une espèce de vénération, lorsqu'elles sont enceintes; ils ont pour elles les
plus grands égards, et ils cherchent à éloigner
d'elles tout ce qui est capable de troubler les
fonctions de la nature.

Il serait d'une extrême importance et d'une
grande utilité, tant pour la mère que pour le
fœtus, de pouvoir reconnaître le commencement de la grossesse; mais les signes qui la

font présumer sont très-équivoques, et induisent en erreur, même les plus habiles médecins. Hippocrate, cet observateur exact des phénomènes de l'économie animale, nous dit que la femme, douée d'une bonne constitution, éprouve, au moment de l'imprégnation, des frissons, des grincemens de dents, et qu'intérieurement elle ressent de la chaleur ; qu'il lui survient des convulsions passagères dans les membres et même dans tout le corps, ainsi qu'un engourdissement dans l'utérus. Mais l'expérience journalière nous prouve que nombre de femmes, particulièrement celles qui ne prennent qu'une part peu active au coït, conçoivent sans éprouver aucun de ces symptômes propres à les instruire de leur nouvel état. La conception est encore annoncée par d'autres signes, auxquels nous accordons les mêmes probabilités, tels que les yeux caves, cernés avec une certaine lividité dans le blanc; les vomissemens, la salivation lorsque la femme est à jeun; des migraines, des douleurs de dents : incommodités auxquelles les femmes n'étaient pas sujettes auparavant. Tous les modernes qui ont écrit sur cette matière, restreignent à ces signes les probabilités de la conception. Mais il en est un autre qui me paraît le moins équivoque de

tous, c'est l'engorgement des vaisseaux sanguins et lymphatiques du cou. Lorsque la
conception a eu lieu, ces vaisseaux se gonflent
par le régorgement des fluides que la nature
destinait à l'utérus. Ce signe est celui auquel
les Anciens faisaient beaucoup d'attention.
Ils mesuraient, avec un fil, le cou de la nouvelle épouse, et lorsque le lendemain des
noces ils le trouvaient gonflé, ils en augu-
raient bien pour la conception. Catule fait
allusion à cette coutume, dans son poëme sur
les *Noces de Thétis et de Pélée* :

Non illam nutrix, orienti luce, revisens.
Nesterno collum potuit circumdere filo (1).

Quoique tous les signes que nous venons
de décrire ne soient pas suffisans pour constater l'état de grossesse, et qu'elle puisse
exister sans qu'aucun symptôme ne l'indique,
on ne peut, sans s'exposer à commettre de
grandes erreurs, comme malheureusement
l'*Histoire de la Médecine* nous en fournit de
nombreux exemples, traiter légèrement les
incommodités qui surviennent aux femmes
dans l'âge de pouvoir procréer leurs semblables. Lorsqu'une jeune femme, bien cons-

_____

(1) Le lendemain, au lever du soleil, la nourrice,
la revoyant, ne put lui attacher au cou le ruban de la
veille. (*B.*)

tituée, éprouve quelque malaise, précédé de la suppression des règles, on peut parier dix contre un qu'elle a conçu.

Au moyen des précautions faciles, mais nécessaires, que nous avons décrites, et qui n'exigent pas que la femme grosse vive comme une malade, ainsi que le prétendent quelques individus, elle portera heureusement à terme le fruit renfermé dans son sein. J'ai eu maintefois occasion de voir des femmes s'affliger de ce qu'elles croyaient avoir dépassé le terme de leur grossesse, et se chagriner à tel point qu'elles en tombaient malades. Elles doivent bien se persuader que leurs calculs sont très-souvent faux ; l'expérience doit les en convaincre ; chaque grossesse est accompagnée de mille circonstances diverses, qu'il serait difficile de noter, et qui peuvent modifier certains effets et les rendre dissemblables, ainsi que peuvent l'attester les femmes qui se sont vues plusieurs fois enceintes.

Le terme que la nature a fixé pour la maturité du fœtus, est généralement de neuf mois ; mais comme il est difficile de reconnaître l'instant où la conception a eu lieu, ainsi que nous venons de le dire, et que l'on date la grossesse de l'époque où les règles sont supprimées, on doit nécessairement être induit en erreur, anticiper ou retarder d'un mois environ, parce que l'on ne peut savoir si l'imprégnation a eu lieu immédiatement après la cessation du flux menstruel, ou avant le retour de cette évacuation périodique. En outre, la nature ne paraît pas avoir déterminé, d'une manière précise, le tems nécessaire au développement du germe, dont l'existence, s'il n'était pas arrivé à une époque déterminée, serait compromise. En effet, nous voyons journellement naître, contre l'opinion vulgaire, des enfans non-seulement vivans, mais encore d'une bonne constitution, au terme de sept ou de huit mois. Quelquefois la nature se complaît à prolonger la grossesse jusqu'à dix mois, et les *Annales Médicales* nous fournissent de nombreux exemples d'enfans nés forts et robustes dans le courant du onzième. Un décret de l'empereur Adrien les reconnaissait légitimes. Aussi les femmes qui se trouvent dans ces circonstances ne doivent point s'inquiéter, ni s'abandonner à la crainte, surtout lorsqu'elles n'éprouvent aucune incommodité ; elles doivent attendre, avec calme et patience, le travail de la nature, qui ne se trompe jamais dans ses œuvres.

L'accouchement est annoncé quelques jours d'avance par l'affaissement du ventre;

ce qui rend plus libres les parties supérieures. La femme enceinte ressent des douleurs aux lombes ; elle urine fréquemment, et avec difficulté ; le vagin est humecté par une humeur muqueuse plus abondante qu'à l'ordinaire. Parvenue à terme, elle éprouve un certain malaise, des inquiétudes vagues et sans motifs : ce sont les annonces ordinaires de l'accouchement. Il est important qu'à cette époque elle s'arme de courage et de patience ; qu'elle se persuade bien que, condamnée à enfanter avec douleur, elle n'est cependant menacée d'aucun danger. Je ne saurais trop le dire ; la grossesse, l'accouchement sont des opérations naturelles aux femmes, que la nature accomplit sans secours étrangers. J'ai très-souvent vu des femmes mal conformées, l'être à tel point que le thorax et le bassin ne semblaient former qu'une seule cavité, se délivrer néanmoins heureusement, parce que le bassin se trouvait dans l'état naturel. Pour obtenir cet heureux effet, il suffit de ne point troubler l'œuvre de la nature, et parmi les principales causes nuisibles, nous devons compter la crainte, l'agitation, les affections morales qui s'emparent des femmes au moment de l'enfantement : la plupart s'imaginent des dangers qui ne sont point dans l'ordre de la nature. Les femelles des animaux accouchent naturellement parce qu'elles ne sont point tourmentées par des idées chimériques. C'est pourquoi il est important de ne pas laisser auprès d'une femme en travail d'enfantement, les femmes causeuses, savantes, qui étourdissent par leurs inepties, ou par l'expression d'une compassion mal entendue ; ces sortes de femmes sont plus propres à abattre le courage qu'à le relever. Il faut, au contraire, n'entourer la femme en couches que de personnes expérimentées, capables de soutenir son esprit : tel devrait être le caractère d'une sage-femme (1).

Il importe de distinguer les fausses douleurs des véritables, pour ne point engager la femme à seconder un travail qui n'est point encore commencé, pour ne pas l'épuiser. Les vraies douleurs se font d'abord ressentir autour du nombril, et vont en s'étendant du côté des lombes et du pubis où elles s'arrê-

---

(1) Il y a quelque tems que je fus appelé auprès d'une dame très-aimable, qui était en travail d'enfantement, et dont les douleurs avaient cessé depuis près de trente heures, à la suite d'un propos indiscret tenu par la sage-femme ; je parvins aisément à ranimer le courage de cette dame, par quelques paroles rassurantes, les douleurs se réveillèrent, et je l'accouchai heureusement d'un enfant bien portant. (B.)

tent. Ces douleurs cessent et laissent des intervalles d'un calme parfait, pour reprendre avec plus de vigueur. Lorsqu'on est assuré que la femme éprouve les vraies douleurs de l'enfantement, on doit lui laisser la liberté de pleurer, de crier, de serrer les objets qui tombent sous ses mains. Il doit également lui être permis de prendre la position qui lui est la moins incommode, jusqu'à ce que les douleurs se précipitent; alors on la fait placer sur un lit préparé, où elle doit être couchée horizontalement, la tête élevée, les jambes et les cuisses fléchies. Quelques grands accoucheurs pensent que les femmes d'une petite stature accouchent plus aisément sur une chaise que sur un lit. Une longue expérience m'a prouvé le contraire ; j'ai toujours trouvé plus prompt et plus commode l'accouchement qui se fait sur le lit préparé pour cet objet.

Lorsqu'une femme est en travail, on est assez généralement dans l'habitude, pour soutenir ses forces (ce dont elle n'a souvent nul besoin), de la surcharger d'alimens qui répugnent presque toujours dans ces sortes de cas. Cette coutume est très-nuisible : la digestion ne pouvant se faire pendant les labeurs de l'accouchement, il en résulte quelquefois des indigestions qui changent la fièvre de lait en un état maladif plus ou moins fâcheux. Si la femme s'est bien nourrie pendaut la gros-sesse , qu'elle soit pourvue de forces suffi-santes, on doit, si le travail traîne en longueur, se borner à lui prescrire quelques légers cor-diaux, comme de simples bouillons , qui outre leurs propriétés de soutenir les forces, rani-ment encore les douleurs (1). Mais rien n'est plus dangereux que les liqueurs et les vins généreux que l'on fait prendre assez ordinai-rement ; ils échauffent le sang , disposent à des fièvres , suspendent , après l'accouche-ment , la sortie des lochies , et peuvent de-venir la cause d'affections sérieuses. Mais une pratique utile est d'administrer quelques lave-mens émolliens au commencement du tra-vail; ils évacuent les matières intestinales, et ramollissent les parties adjacentes.(2) Lorsque le fœtus commence à s'engager dans le pas-sage, on eu est informé par le vomissement, qui n'offre aucun danger, par des crampes uni-

(1) Cependant, si la femme était épuisée par le dé-faut de nourriture , il serait convenable de lui faire prendre des cordiaux , quelques cuillerées d'un vin généreux , comme le vin d'Alicante, etc. (B.)

(2) Quand les matières contenues dans le rectum ont été évacuées par les lavemens , le mouvement de pivot qui s'exécute dans l'excavation se fait avec plus do faci-lité. (B.)

verselles, et particulièrement aux cuisses et aux jambes; par la chaleur de tout le corps, et par quelques glaires sanguignolentes (1) qui sortent de la vulve. L'orifice de la matrice se dilate; les membranes s'engagent dans son ouverture; l'eau s'y accumule et forme une poche qui, au tact, ressemble assez à un œuf de poule dont la coquille n'est point endurcie : ce qui annonce qu'un corps rond et dur comprime l'orifice utérin, et fait présumer un heureux accouchement. Cet orifice se dilate de plus en plus; la poche des eaux descend dans le vagin; elle se rompt; les eaux s'écoulent, et le doigt découvre parfaitement la partie qui se présente; les douleurs cessent et reprennent avec plus de vigueur; la femme redouble ses efforts, et met au monde le fruit de ses amours, qui devient l'objet le plus cher de la tendresse paternelle et maternelle. Une sage - femme prudente comprimera le ventre, et, par de légères tractions sur le cordon ombilical, sollicitera la sortie du placenta (2) : la nouvelle mère, harrassée de

---

(1) Ce signe n'est pas sans exception; il arrive souvent que l'accouchement s'effectue sans que la moindre évacuation sanguine ait précédée, surtout chez les femmes qui ne sont point à leur premier enfant. (B.)

(2) MM. Capuron et Gardien prescrivent, avec rai-

fatigues, doit être placée dans un lit propre et convenablement arrangé.

Jusqu'ici nous avons fait observer que la sage-femme et les assistans, n'étaient uniquement que des spectateurs du travail de la nature, et qu'ils n'en devaient seconder les efforts que par des moyens simples et faciles ; de sorte qu'une femme un peu prudente peut en accoucher une autre : c'est ce que nous voyons assez généralement dans les campagnes, où il se rencontre peu de ces cas fâcheux, parce que l'enfantement est presqu'entièrement abandonné aux soins de la nature. Dans les campagnes, les femmes attendent avec patience l'instant où elles doivent être délivrées, au lieu que, très-souvent, les sages-femmes des villes, pour seconder l'impatience des femmes en travail, ou pour se faire valoir, troublent les opérations de la nature, et on ne le fait jamais impunément. Il en est même d'assez orgueilleuses et d'assez présomptueuses pour oser entreprendre des opérations qui eussent été de peu de conséquence, si on eût appelé à tems un habile ac-

son, d'attendre que la nature donne le signal pour délivrer la femme. On ne doit donc exercer aucune traction sur le cordon avant que les douleurs se soient renouvelées. (*B.*)

coucheur. Les manœuvres indiscrètes qu'elles entreprennent quelquefois, conduisent souvent au tombeau et la mère et l'enfant (1). Il serait très-sage, dans toutes les villes et autres lieux où il y a des médecins et des chirurgiens, qu'aucune sage-femme ne pût faire un accouchement sans être assistée par un docteur ; alors s'il se présentait un accident, on pourrait y remédier sur-le-champ, et même sans que la femme en couches s'en aperçût : ce qui serait d'une utilité incontestable. Rien n'épouvante plus une femme que de lui annoncer qu'il faut appeler un accoucheur à son secours ; elle s'imagine qu'elle est dans le danger le plus éminent : ce qui peut donner lieu aux suites les plus fâcheuses, et même cause la mort aux deux individus que l'on aurait infailliblement sauvés, si l'homme de l'art se fût trouvé présent au commencement du tra-

---

(1) Je me souviens d'avoir été appelé, il y a quelques années, chez la femme de J. Robert. La sage-femme du lieu ne sut pas suivre la direction de la vulve ; elle introduisit son doigt dans le canal de l'urètre, sous prétexte de préparer les parties à l'accouchement : elle le dilata tellement, que j'introduisis avec facilité toute la main dans la vessie. Cette victime de l'ignorance accoucha heureusement ; mais elle a conservé une incontinence d'urine qui la rend à charge à elle-même. (B.)

vail, et qu'il se fût assuré de l'état des choses.

Aussitôt que l'enfant est sorti du sein de sa mère, il convient qu'il soit enveloppé dans des linges chauds, particulièrement en hiver. On liera le cordon ombilical à la distance de trois ou quatre travers de doigt du ventre , pour pouvoir, en cas de rupture, le lier de nouveau, et on le coupera à un doigt au-dessus de la ligature. Mais avant de faire cette opération, il faut avoir égard à l'état de l'enfant; s'il naît pâle, faible, il faut, sans le séparer de sa mère , le secouer légèrement, le frictionner, irriter, avec les barbes d'une plume , la membrane muqueuse des narines, et ne faire la section du cordon, que lorsqu'il aura pleinement respiré ; si on le coupait avant, on interromprait la circulation qui se fait de la mère à l'enfant, circulation qui se continue jusqu'à ce que le placenta soit entièrement décolé, et l'enfant courrait le plus grand danger. Si, au contraire , l'enfant naissait livide, violet, plein de sang , il conviendrait, non-seulement de se hâter de couper le cordon, mais encore de le laisser saigner suffisamment, avant d'en faire la ligature.

Ces premiers soins doivent être suivis par d'autres. Le nouveau né sera plongé dans un bain tiède, où, selon la coutume de quelques pays, l'on aura fait dissoudre une petite quantité de savon, qui sert à enlever, avec plus de facilité, cette matière glutineuse qui recouvre la peau, en bouche les pores, et peut empêcher la transpiration insensible, si utile à la santé. On trempe une éponge dans ce liquide ; on commence par nettoyer le visage de l'enfant, puis la tête, ayant soin de ne point appuyer sur la fontanelle, ensuite le cou, la poitrine, et successivement toutes les parties de ce frêle individu. Ce lavage est adopté par les femelles des animaux, car nous les voyons toutes lécher leurs petits après avoir mis bas. On nettoiera également toutes ses ouvertures naturelles, comme les narines, les oreilles ; enfin, on l'essuiera avec des linges doux et un peu chauds, et l'on pratiquera sur le corps de légères frictions, jusqu'à ce que la peau devienne un peu rouge. Ces soins doivent être donnés avec le plus grand ménagement, vu la délicatesse des membres et la flexibilité des os du nouveau né. Il est encore un soin que l'on ne doit pas négliger, celui de s'assurer, 1°. si, en venant au monde, il ne lui est survenu aucun accident (un examen scrupuleux est surtout indispensable, après un accouchement laborieux) ; 2°. si aucune des ouvertures naturelles ne se trouve fermée,

comme l'anus, etc. : s'il existait une fracture
ou une imperforation, il faudrait, pour y remédier, réclamer les soins d'un habile chirurgien.

Il n'est pas rare, après un accouchement
laborieux, de rencontrer le chevauchement
des os du crâne, et une tumeur assez considérable à la tête, qui lui donne une forme
désagréable : il arrive, dans ce cas, que des
sages-femmes imprudentes osent la comprimer fortement pour lui redonner de la
rondeur ; ces compressions occasionnent des
lésions au cerveau, qui, à cette première
époque de la vie, est extrêmement mou : ces
lésions entraînent nécessairement des suites
fâcheuses. Cette défectuosité de la tête se
répare dans la suite par la seule pression
que l'atmosphère exerce sur tout le corps. Il
faut donc éviter d'y porter des mains indiscrètes ; s'il existait une fracture ou un autre
accident, il faudrait en référer à un homme
de l'art, surtout s'il se montrait quelque tumeur à la partie postérieure de la tête. Tout
cela étant fait, on examine le filet de la langue ; s'il est trop avancé, on en fait la section,
parce que, dans cet état, il est un obstacle
à la succion.

L'habillement du nouveau né doit consister dans un béguin de toile simple en été, et de futaine en hiver; d'une chemise de toile, et d'une brassières en toile ou en futaine.

L'enfant étant ainsi habillé, on le couche alternativement, tantôt à droite, tantôt à gauche, sur une paillasse placée dans un panier d'osier fait pour cet usage, et on le couvre convenablement selon la saison.

Les gens éclairés ont généralement abandonné la coutume du maillot, et celle de garotter les tendres membres du nouveau né. Cette dernière avait, non-seulement l'inconvénient d'empêcher les mouvemens musculaires des extrémités, si nécessaires à chaque individu, mais elle rendait encore la respiration très-pénible, gênant la circulation des fluides; ce qui donnait lieu aux obstructions du bas-ventre, vu que les solides, encore très-faibles, cédaient facilement à l'action des fluides. Il en résultait également des congestions aux poumons et au cerveau. De là, on voyait survenir un état soporeux, des palpitations, des anxiétés, la toux, etc. Il m'est arrivé maintefois d'être appelé par des mères qui se plaignaient de ce que leurs enfans, nouvellement nés, ne faisaient que dormir, et qu'on avait de la peine à les réveiller pour leur donner le sein; d'autres, au contraire, me disaient que leurs enfans étaient agités, et continuellement inquiets sans cause manifeste. Après un examen attentif, je reconnaissais la cause de leur maladie, et l'on ne tardait pas à voir reparaître sur ces malheureuses victimes d'une coutume barbare, cet air d'hilarité qui annonce une parfaite santé.

Les pauvres gens, et particulièrement ceux de la campagne, conservent encore la pernicieuse habitude de garoter leurs enfans. Cette manière de les arranger leur est très-commode, soit qu'ils portent leurs enfans, ou qu'ils les laissent dans leur lit pendant qu'ils vaquent à leurs affaires, et ils semblent encore y tenir par économie ; mais la méthode que j'ai proposée est, non-seulement aussi facile, très-peu dispendieuse, et chaque classe de la société peut la mettre en pratique. C'est aux curés, aux gens instruits et amis de l'humanité, à faire sentir aux villageois et au peuple, tous les dangers de leur coutume, et à les persuader de tous les avantages qui peuvent résulter, pour leurs enfans, d'embrasser une méthode qui présente les mêmes avantages que la leur, sans en avoir les inconvéniens, et sans être plus coûteuse.

Une heure environ après la naissance, il convient de donner au nouveau né quelques

cuillerées d'eau miellée, et de lui continuer
cette boisson pendant huit à dix heures, pour
délayer et faciliter la sortie du méconium,
dont une partie s'est déjà évacuée à l'instant
que la respiration s'est établie, laquelle a déterminé le mouvement péristaltique des intestins, et y a fait verser, en abondance, la bile
qui sert à délayer les matières glutineuses,
arrêtées dans le tube intestinal. Malgré cette
évacuation, entièrement due à la nature, il
est utile de donner au nouveau né une légère
quantité de sirop de chicorée composé. C'est
le minoratif que je préfère pour cet objet ; il
facilite l'action de la bile : ce moyen est surtout indiqué, lorsque la peau de l'enfant est
d'une couleur jaunâtre, et on doit le lui continuer tout le tems que l'organe cutané con-
servera cette teinte, quand même le nouveau
né aurait déjà commencé à téter. Ce n'est que
vingt-quatre heures après la naissance que la
mère doit lui donner le sein. Le premier lait
maternel est légèrement purgatif ; la nature
l'a rendu clair, léger, savonneux et peu nourrissant, pour aider à délayer et évacuer les
premières voies des matières qu'elles contiennent, et pour ne fournir au nouveau né
qu'un aliment nécessaire au développement
de ses organes digestifs. Mais laissons, pour

un instant, le nouveau né, et retournons à la mère qui réclame d'autres soins.

J'ai toujours observé que l'accouchement n'avait aucune suite fâcheuse, lorsque l'accouchée, après avoir été délivrée et replacée sur son lit, se livre à un sommeil doux et paisible, propre à ramener le calme, la tranquillité d'esprit, et à faire cesser cette agitation nerveuse produite par les douleurs de l'enfantement. Les vicères du bas-ventre et du thorax, qui avaient été déplacés pendant les derniers mois de la grossesse, reprennent paisiblement leur situation respective ; les muscles de l'abdomen, la peau, les vaisseaux utérins se resserrent, reprennent leur ton, les humeurs superflues se dégorgent. D'après l'avis de Wans - Wieten, grand praticien, toutes les fois que la nature ne suffisait pas, j'ai administré, avec succès, une potion calmante, lorsque la nouvelle accouchée ne recouvrait pas la tranquillité de son esprit, qu'elle était tourmentée par des insomnies, par des douleurs de ventre ; douleurs que j'attribue, pendant les premiers jours, au replacement des viscères, et au resserrement de l'utérus. La prompte évacuation de l'amnios, la sortie de l'enfant et du placenta, laissent un vide qui permet aux fluides de se porter en abondance dans les vaisseaux du bas-ventre et de l'utérus ; ce qui occasionne de l'irritation aux solides devenus plus sensibles, et des douleurs plus aiguës que l'on ne rencontre pas chez les primipares, parce que les enveloppes du bas-ventre et les vaisseaux ont conservé plus d'énergie pour revenir sur eux - mêmes après la délivrance (1). C'est donc à tort que les sages-femmes et les assistans rejètent l'usage modéré des calmans pendant les premiers jours, dans la crainte que l'odeur du médicament n'irrite les nerfs, ou qu'il n'arrête l'écoulement des lochies. J'ai, au contraire, observé qu'après un doux sommeil de peu d'heures, les lochies coulaient plus librement, et que les antispasmodiques, au lieu d'agacer les nerfs, enlèvent toute espèce d'irritation : dans ce cas, on a recours au lodanum liquide, que l'on administre étendu dans l'eau de tilleul et de cannelle.

La femme en couches , soit qu'elle donne

---

(1) Pour éviter, en partie, les tranchées des femmes en couches, il convient de leur serrer le bas-ventre ; cette compression empêche l'afflux des humeurs, facilite les contractions utérines, et elle est d'un avantage incalculable pour prévenir les pertes. (B.)

le sein à son enfant, ou qu'elle en soit empê-
chée par quelques raisons que nous ferons
remarquer, doit, pendant les premiers huit
jours, observer une diète convenable. Avant
la fièvre de lait, sa nourriture ne doit consister qu'en légers bouillons, en un peu de
poulet tendre. On peut mettre dans le bouillon quelques cuillerées d'huile d'olive de première qualité, et pour boisson ordinaire,
on fera prendre une légère limonade convenablement sucrée. C'est le moyen d'éviter l'engorgement des mamelles, que la femme
allaite ou non ; les mamelons se formeront
bien et sans crevasses ; l'enfant trouvera, dans
le sein de sa mère, une quantité suffisante de
collostrum ou lait, propre à le nourrir et à
le purger pendant quelques jours. Si la mère
est dans l'impuissance de nourrir, on fait sur
le sein quelques fomentations résolutives,
telle que l'eau et le vinaigre, et le lait qui
montait, est contraint de se porter aux vaisseaux utérins, d'où il s'évacue avec les lochies.
La fièvre de lait survient, mais elle est peu
intense, que la femme nourrisse ou qu'elle ait
été privée de donner le sein à son enfant.
Lorsqu'elle est terminée, on augmente la
nourriture de l'accouchée ; on lui permet des
œufs frais, de l'eau rougie, et les huit jours

étant écoulés, peu-à-peu elle reprend sa manière ordinaire de vivre. Si, pendant ce tems,
le ventre était constipé, on prescrirait l'usage
de quelques lavemens simples. L'air de la
chambre doit être fréquemment renouvelé.
Il faut avoir soin, surtout en hiver, que le
courant d'air ne frappe pas sur le lit de l'accouchée ; que la plus grande propreté soit
observée, et lorsqu'on la changera de linge,
on évitera qu'il soit humide, froid ou trop
chaud.

Il a existé un tems où l'on avait un soin
extrême de tenir l'accouchée renfermée ; on
empêchait la circulation de l'air et l'introduction de la lumière dans sa chambre ; elle
était donc condamnée à ne respirer qu'un air
dense et méphitique ; elle était nourrie avec
des alimens échauffans ; on ne changeait
point son linge, qu'elle conservait tout le tems
de ses couches, quoique imprégné d'acide
carbonique ; on excitait la transpiration, en
l'étouffant sous de lourdes couvertures, ce
qui, selon l'opinion du tems, facilitait la
sortie des lochies. Pendant plusieurs semaines,
elle était forcée de garder le lit, et ne pouvait s'exposer à l'air libre, ni se livrer à aucun
genre de travail qu'à l'expiration des quarante
jours. Ces précautions étaient portées à un

tel excès, qu'elles débilitaient excessivement les nouvelles accouchées, et les exposaient aux fièvres dites puerpérales, aux hémorroïdes, aux fleurs blanches, aux inapétences, et autres dérangemens remarquables. Aujourd'hui on est tombé dans un excès contraire. Les primipares surtout se font une gloire de ne s'assujétir à aucune règle. Après trois ou quatre jours, elles s'exposent à l'air libre, quelle que soit la saison, s'alimentent selon leur caprice; n'évitent point les odeurs fortes et nuisibles; et, comme si l'accouchement n'était plus rien, elles se hâtent de reprendre leurs occupations et leurs exercices ordinaires. Malheureuses ! vous connaissez peu les dangers auxquels vous vous exposez pour toute votre vie! Si vous ne ressentez pas, sur-le-champ, l'effet de votre témérité, tôt ou tard vous aurez à vous repentir d'avoir osé abuser de votre santé. Il est incontestable que l'accouchement développe la sensibilité; de sorte que si l'on s'expose si promptement après à de fréquens coups d'air, il peut en résulter des migraines continuelles; l'irritation des nerfs olfactifs, produite par les odeurs, se propage aux nerfs de l'utérus, tant il existe de rapport entre la matrice et les divers systèmes : cette irritation dispose à la

suppression des lochies, aux affections hystériques, aux douleurs dans la région de
l'utérus. Les mauvais alimens ou leur abondance donnent lieu aux indigestions, aux
fièvres. La marche trop prompte, en activant
la circulation des fluides, attire une trop
grande quantité de sang à l'utérus, dont les
vaisseaux encore faibles cèdent à l'afflux des
humeurs, d'où il résulte des dispositions aux
pertes utérines, à l'inflammation, à des leu-
corrhées rebelles et souvent incurables. Les
femmes doivent donc être plus circonspectes,
et ne pas se laisser séduire par la mode, par
un excès de courage, ni par le désir de se
distinguer des autres qu'elles taxent de pusillanimes et de délicates. Je crois inutile de
rapporter des exemples des maux nombreux
dont j'ai été témoin, qui n'étaient dus qu'aux
inconséquences commises pendant la durée
des couches. Que les femmes se persuadent
donc bien que toutes les incommodités qui
leur surviennent, après un accouchement
naturel et heureux, n'ont d'autre origine que
leur imprudence.

Dans le chapitre précédent, nous avons
fait remarquer que de grands-hommes et
d'illustres médecins s'étaient justement récriés contre l'abus inhumain des mères qui,

pour se livrer au luxe, à la mollesse, à la dissipation, abandonnent leurs enfans à des mains étrangères et mercenaires. Aujourd'hui, on est tombé dans un extrême tout opposé, et qui peut également être fâcheux et pour la mère et pour l'enfant. On a voulu persuader à toutes les femmes que, pouvant enfanter, elles pouvaient aussi nourrir, sans avoir égard à certaines circonstances, à leur tempérament. Leur santé et celle de leurs enfans se sont trouvées singulièrement compromises : cet objet, du plus grand intérêt, mérite d'être discuté clairement et avec quelques détails.

On ne peut nier que la nature n'ait placé, dans le sein de la mère, l'aliment le plus convenable aux organes digestifs et non encore perfectionnés de l'enfant, et que, par conséquent, il ne doit uniquement recevoir de soins que de celle qui lui a donné la vie. Mais l'opinion de cet extravagant Stelmonzio, rempli des chimères de l'alchimie, est des plus erronée; car il prétend que le lait maternel, ainsi que tout autre, n'est qu'un moyen employé par la nature pour abréger les jours de l'homme ; que c'est un aliment pour les animaux; qu'il est capable d'accumuler sur l'homme tous les maux, que, sans cette loi naturelle de la lactation, ses jours ne seraient point bornés ; et il promet de détruire tout le mal qu'a produit le lait, pourvu qu'on fasse usage, matin et soir, de quatre gouttes de sa liqueur de Vie. Mais, vu la détérioration de l'espèce humaine, produite par les causes que nous avons fait observer dans le second chapitre, il convient d'examiner et de discuter scrupuleusement, quel est, aujourd'hui, le plus utile à l'existence humaine ou de donner le sein maternel, ou de substituer au lait un autre aliment, qui ne soit pas imprégné d'aucun des vices qu'on reproche au lait ; et, dans le cas qu'il n'en existât aucun, si l'on ne pourrait pas recourir à un lait étranger, qui eût, avec celui de la mère, le plus d'analogie possible : le simple bon sens suffit pour s'attacher à la seconde partie de cette question. Sans s'appuyer sur les connaissances physiques ou physiologiques, quel est l'homme qui ne puisse concevoir que les solides ainsi que les fluides du fœtus se modèlent dans l'utérus sur ceux de la mère, et que, parvenu à la lumière, le lait maternel développe, consolide l'individu, et que c'est principalement de notre mère que dépend la bonne ou mauvaise constitution dont nous jouissons ? N'est-ce pas de cette manière que les imperfections se propagent héréditairement, et qu'elles augmentent à mesure qu'elles se renouvellent, ainsi que nous le prouve l'expérience ?

Tout nous démontre que le lait maternel doit être préféré , étant plus homogène à la nature du nouveau né, comme étant aussi celui qui renferme en soi, dans les premiers jours, une qualité suffisamment nourrissante et savonneuse, propre à délayer et à évacuer le méconium contenu dans les premières voies. Le lait provoque une *transpiration douce* ; il dispose les organes digestifs à recevoir une nourriture plus substantielle. Le lait a un caractère individuel , qui dépend de l'énergie et de la qualité des sucs gastriques de la femme qui, d'après les lois des affinités animales, le rendent plus homogène aux enfans. Mais, ne peut-on pas rencontrer, plus ou moins, toutes ces qualités dans un lait étranger, en choisissant une nourrice qui ait un tempérament, un âge qui approchent du tempérament et de l'âge de la mère, et qui soit accouchée à-peu-près en même tems ? Cependant, si l'on ne peut réunir ces conditions, à quel parti devra s'arrêter la prudence humaine ? Transmettra-t-on à l'enfant des vices qui le rendront à charge à lui-même, et inutile à la société, si on le prive des avan-

tages que l'expérience nous indique, surtout ,
quand elle nous apprend qu'on peut y suppléer par l'art, et qu'il n'y a rien de dangereux dans les moyens qu'elle enseigne? Une
plante qui, dans son propre sol , est nourrie
avec de mauvais sucs, languit, dégénère,
l'art ne répare-t-il pas la stérilité du terrain ,
ne le renforce-t-il pas en lui apportant des sucs
étrangers? Ce serait en accélérer de plus en
plus la dégénération, et même l'éteindre, que
de l'abandonner à la pauvreté de son ancien
sol ; il faut donc lui donner d'autres sucs que
ceux que la nature lui avait destinés.

On prétend qu'une mère atteinte de quelques affections peut, au détriment de son
enfant, retirer de grands avantages de l'allaitement, parce que le sang se dépure des mauvaises humeurs qu'il contient , les mamelles,
en ce cas, étant une voie continuelle de décharge. Cette opinion vulgaire est contraire
aux intentions de la nature, et peut avoir les
suites les plus graves ; mais quand même on
en obtiendrait le succès désiré, existe-t-il des
lois divines ou humaines , qui autorisent une
mère à infecter son enfant, par la voie de la
lactation, pour se délivrer d'une maladie?
D'abord, la tendresse maternelle, l'amour du
prochain , dont ne sont pas exemptes les

nourrices étrangères, répugnent à ce moyen.
On pourra objecter que l'art peut corriger les
mauvais venins absorbés avec le lait ; que les
enfans éprouvent des révolutions que produit
la nature , et qui les purifiant, chassent les
mauvaises humeurs, et consolident leur tempérament. Cela est vrai , mais ces révolutions
sont insuffisantes pour éteindre et corriger les
vices contractés dans l'utérus, et qui prennent
encore de la force par la lactation maternelle. Pour le bonheur du genre-humain, si
cela n'était pas ainsi, on ne verrait pas autant
de victimes innocentes payer les fautes de
leurs parens, surtout si, à cette époque , les
effets fâcheux se manifestaient et se développaient avec toute leur énergie. On voit des
enfans arriver à l'âge de trois ans avec tous
les caractères qui semblent indiquer une brillante santé ; mais ensuite ils commencent à
languir ; il leur survient des engorgemens, des
obstructions dans le système glandulaire, qui
ne paraissent être dues à aucune cause sensible ; d'autres , bien formés, bien nourris ,
maigrissent , leurs os se déforment ; chez
d'autres encore , nous voyons survenir un
état de pâleur , un teint scorbutique ; etc.
l'expérience nous fournit de nombreux exemples de ces faits. Ces maladies ne viennent

pas seulement des virus qu'ils apportent en naissant, et qu'ils ont sucés avec le lait, mais encore de la mauvaise qualité des alimens dont ils ont été nourris après le sevrage, incapables cependant de produire de telles altérations, si les fluides et les solides n'eussent été imprégnés de quelques vices.

Mais les mères dont les fluides sont souillés de vices, sont-elles réellement dans le cas de retirer quelqu'avantage de la lactation, ou peuvent-elles allaiter au moins sans nuire considérablement à leur santé, en rendant leurs enfans de plus en plus valétudinaires ? Un chyle doux, homogène, capable de réparer les pertes que la nature fait par l'exercice de la vie, maintient les fluides et les solides dans un état naturel de force, de réaction, propriétés qui sont les siennes, ainsi que nous l'enseigne la physiologie, et qui constituent l'état de santé. Les individus qui ont contracté quelqu'affection dans l'utérus, ont les forces digestives dépravées ; la digestion ne fournit point un chyle susceptible de réparer les pertes de la vie, ni qui soit capable de maintenir les fluides et les solides dans un degré naturel de force, et de là, nous voyons ces malheureux se décolorer, s'affaiblir, végéter sans force musculaire : s'ils ont l'appa-

rence d'une bonne santé, l'empreinte des
vices qui circulent dans leurs veines, ne peut
demeurer longtems cachée aux yeux d'un médecin éclairé. Ainsi, dans des circonstances
aussi fâcheuses, reconnues telles par tous les
praticiens, les efforts de la nature et de l'art
ne peuvent qu'être inutiles. Comment, en
effet, se flatter de parvenir à corriger la
trempe des humeurs viciées, à donner aux
solides le ton, l'énergie nécessaires, et comment oser espérer d'obtenir ces changemens
par le moyen du lait? Le lait conserve toujours la nature du chyle, dont il diffère peu.
On ne trouve aucune raison physiologique ou
chimique pour qu'il se décharge des humeurs
hétérogènes qu'il contient; comme il n'a pas
assez de force pour réparer les pertes journalières, il en aura moins encore, à mesure que
les organes lactifères s'altèrent par la nature
des alimens. Les pertes continuelles obligent
à une nourriture plus abondante; on sur-
charge alors l'estomac d'alimens; quoique
bien choisis pour l'usage, ils ne subissent pas,
en raison de la nature des sucs gastriques
viciés et de l'atonie des fibres musculaires,
une élaboration propre à fournir un chyle
doux, homogène, nourrissant, et c'est pour
cela que les digestions se dépravent et que les

désordres augmentent. Les nourrices se décolorent de plus en plus, elles s'affaiblissent, le système nerveux devient très-mobile, et elles ne tardent pas à être assujéties à cette nombreuse foule d'affections hystériques, qui ne cessent point si l'on n'enlève la cause qui les a produites, et qu'imprudemment on a laissé subsister. Dans ces circonstances fâcheuses, le malheur serait moindre, si le germe des affections maladives ne passait pas dans le lait, et avec lui dans les organes de l'enfant, où il prend une nouvelle énergie, et porte la destruction chez ces innocentes victimes.

Malgré ces raisons péremptoires, confirmées par l'expérience journalière, de grands médecins et quelques philosophes enthousiasmés exigèrent, dans le dernier siècle, que les mères se livrassent à ce devoir, et la pernicieuse opinion du vulgaire s'affermit de ces autorités respectables. Le célèbre Morton, médecin anglais, soutint qu'il avait connu quelques mères menacées de phthisie, et qu'elles s'en étaient préservées en allaitant leurs enfans. Linné, professeur à l'université d'Upsal, dit, selon ce que rapporte Bellexferd, qu'il a vu des femmes tourmentées depuis longtems du scorbut, de cachexie, etc., et qu'elles ont guéri en donnant le sein à leurs

enfans; que non-seulement elles avaient re-
couvré la santé, mais qu'elles en avaient la
fraîcheur et l'embonpoint. A quelles funestes
erreurs la prévention conduit quelquefois les
grands-hommes ! Peut-il jamais exister un
médecin sensé qui ose donner à une femme
malade le conseil d'allaiter son enfant?

Je suis loin de vouloir mettre en doute les
exemples donnés par ces grands-hommes,
mais souvent nous voyons la nature se com-
plaire à produire des phénomènes singuliers
et souvent opposés les uns aux autres. Par
exemple, si un individu s'est délivré d'un accès
de fièvre à la suite d'un coup d'épée au travers
du ventre, faudra-t-il, dans une semblable
circonstance, consulter et adopter le même
moyen ? Il est probable que les menaces de
phthisie, qu'exagérait la crainte, étaient l'effet
d'un tempérament délicat, non entièrement
développé, comme il arrive souvent, et que
l'âge consolide. Peut-être le scorbut n'était-il
que local, et la cachexie seulement apparente ;
quoiqu'il en soit, aucun de ces exemples n'est
accompagné des circonstances nécessaires qui
puissent empêcher qu'ils ne soient rejetés par
le simple bon sens, ce qui d'ailleurs s'accorde
avec l'expérience des siècles. Bellexferd, par-
tisan de la lactation maternelle, exempte de

ce sacré devoir non-seulement les femmes
attaquées de quelque vice, parce qu'elles ne
peuvent conserver dans leur sein qu'un chyle
mal conditionné, qu'une liqueur vicieuse,
corrompue, altérée, mais encore chez lesquelles on observe des défauts considérables,
et qui sont d'une faible constitution, traînant
une vie pénible, languissante, et qui ont des
dispositions aux fièvres hectiques, à la phthisie, etc. (*Loc. cit.*) Enfin, j'ai vu des mères
délicates dont le système nerveux était très-
mobile, dont une cause légère troublait le
sommeil et la digestion, exemptes néanmoins
de tout vice; je les ai vues, dis-je, assaillies,
après quelques mois d'allaitement, par des
migraines hystériques, par des inappétences,
par des vomissemens, des langueurs, maigrir
et dessécher, et pour les rétablir, il m'a suffi
de leur prescrire de sevrer leur enfant, et
quelques semaines après le sevrage, j'ai eu
le plaisir de les voir reprendre leurs forces et
leur coloris.

Dans des circonstances aussi fâcheuses,
malheureusement trop fréquentes, il convient
de recourir à une nourrice étrangère, qui
soit exempte de toute corruption. Wans-
Vieten (*Morbis puerperium*) exige que la
femme que l'on destine à cet emploi, ait de

bonnes couleurs ; que les yeux soient vifs ; qu'elle ait les gencives colorées et consistantes ; que ses dents soient blanches, sans tache, sans carie ; qu'elle n'ait aucune éruption cutanée ; que son haleine soit douce, sans mauvaise odeur, et que le nez ni la peau n'en répandent pas ; que toutes ses fonctions s'exécutent selon l'ordre de la nature, qu'enfin elle soit dans l'âge de vingt à trente ans. Les mamelles ne doivent pas être flasques ; il convient qu'elles soient d'une grosseur moyenne, elles ont plus de lait ; les mamelons doivent avoir une couleur rosée, n'être ni trop gros, ni trop petits. En comprimant le sein, on doit découvrir, autour de l'aréole, de petits tuyaux remplis de lait ; s'ils sont trop gros, le lait abondant avec trop de précipitation, peut suffoquer le nourrisson. Il est des auteurs qui pensent que pour un enfant du sexe masculin, il faut choisir une nourrice qui soit accouchée d'un enfant mâle, et si c'est pour un enfant du sexe féminin, on prendra une nourrice qui ait une fille. Je partage l'opinion de Wans-Vieten, et je crois avec lui que toutes informations, à cet égard, sont parfaitement indifférentes.

On convient généralement que le bon lait n'a aucune odeur désagréable, qu'il est blanc,

doux, sucré ; qu'il se mêle avec l'eau , qu'il
se délaie et s'incorpore avec elle ; qu'il est
légèrement consistant, et qu'étant répandu
sur l'ongle ou sur une glace un peu inclinée ,
il doit en parcourir l'étendue en y laissant
quelques-unes de ses parties. Si, au contraire ,
il ne coule que difficilement ou point du
tout, c'est une preuve d'une densité vicieuse ;
enfin, le bon lait doit être d'un bleu azuré et
presque diaphane. D'après ce que nous avons
dit, chacun conçoit combien est difficile le
choix d'une bonne nourrice , si l'on veut
rencontrer chez elle toutes les qualités énon-
cées, et que, selon moi, l'on n'a pas besoin
de trouver réunies chez une femme pour en
faire une excellente nourrice ; il suffit qu'elle
ait les qualités essentielles qui sont : une
bonne santé, un bon tempérament, un âge
qui ne passe pas trente-cinq ans , qu'elle ait
une quantité suffisante de lait , et qu'il soit
d'une bonne qualité. Quant à sa consistance ,
on le rendra, à l'aide du régime, plus ou
moins fluide „ selon que l'état de l'enfant
paraîtra l'exiger.

Les mères qui, en raison des causes morbifiques dont nous avons parlé, sont dans la
nécessité de confier leurs enfans à des nourrices étrangères , doivent, autant que pos-

sible, les avoir auprès d'elles, tant pour éviter
les dangers auxquels ils sont exposés en res-
tant renfermés dans des habitations étroites,
que pour avoir constamment l'œil sur eux.

Un autre soin, qu'il ne faut pas négliger,
c'est d'observer les défauts moraux dont
une nourrice peut être atteinte, ils influent
plus qu'on ne pense sur son physique; ce
qui peut, par la suite, occasionner, chez son
nourrisson, de grands désordres. Une mère
attentive, qui aura auprès d'elle la nourrice
de son enfant, s'apercevra bientôt si elle est
colère, triste, mélancolique, inquiète, etc;
ces affections morales rendent le lait âcre,
produisent des accidens fâcheux, et portent,
dans le physique des enfans, le germe d'une
infinité de maux, ainsi que les *Annales de
la Médecine* nous en fournissent de nombreux exemples. Une femme qui s'adonne au
vin, est encore une mauvaise nourrice; dans
ces cas, il faut tâcher de diminuer ces défauts, ce qui n'est pas facile, surtout lorsqu'ils ont passé en habitude; alors on se
hâtera de choisir une autre nourrice, et
d'autant plus promptement que l'on verra le
jeune enfant se détériorer au lieu de se développer.

La nourrice doit habiter avec son nour-

risson une chambre exposée au midi, où
l'air doit circuler librement, et être nettoyée
au moins une fois par jour. On n'emploiera,
pour l'un comme pour l'autre, que des linges
bien secs et bien propres. L'enfant doit être
tenu avec la plus exacte propreté ; elle lui est
très-nécessaire, on la considère comme un
second aliment : l'oubli de ce devoir a souvent des effets fâcheux. La propreté facilite
la transpiration insensible, et la malpropreté
qui l'empêche, donne lieu à des accidens :
les miasmes putrides étant absorbés, perver-
tissent les humeurs, les digestions ; par leurs
acrimonies, ils occasionnent des excoria-
tions ; il survient des plaies souvent opiniâtres et sanguinolentes, qui tourmentent,
agitent et fatiguent le nourrisson.

Il est important que les nourrices ne fassent usage que d'alimens doux, nourrissans,
légèrement savonneux, tels que les viandes
blanches, les œufs, le laitage, les herbages,
les fruits, etc. On veillera à ce qu'elles n'en
prennent point qui soient âcres, forts, échauffans, tels que les viandes salées, ainsi que des
végétaux aromatiques, comme l'ail, le poi-
reau, etc. : l'abus du vin et des liqueurs spiritueuses est très-contraire. Cependant, si
la nourrice était accoutumée à une sem-

blable nourriture, il ne conviendrait pas de changer brusquement sa manière de vivre; un changement soudain lui nuirait; ce ne sera donc que par degré qu'on pourra la ramener à un régime plus convenable à son nourrisson. Pendant les premières semaines, la nourriture doit être plus légère, consister en bouillons, soupes, et une petite quantité de viande. Il convient d'user de toutes les précautions nécessaires, pour maintenir chez elle cette tranquillité et le calme de l'esprit si utiles à la santé. Les nourrices ne doivent point vivre dans l'oisiveté; elles doivent s'occuper, faire de l'exercice : celui des extrémités supérieures facilite la sécrétion du lait. Si elles sont de la campagne, il serait avantageux qu'elles allassent quelquefois, avec leurs nourrissons, respirer l'air libre des champs, surtout si elles habitent une grande ville, où l'atmosphère n'est jamais aussi pur, ni aussi élastique : le changement d'air est très-avantageux aux enfans. Une bonne nourrice sera continuellement occupée des besoins de son nourrisson; elle trouvera la récompense de ses peines en le voyant prospérer et croître, et elle sera bien plus estimable que les mères qui, pour s'adonner à la mode, ou se livrer à leurs occupations domestiques, abandonnent leurs enfans à des soins mercenaires après leur avoir donné le sein : les nourrices étrangères s'attachent à leurs élèves, en leur fournissant une nourriture qui est une partie d'elle - même, au lieu que rien ne sollicite l'attachement des domestiques.

On prétend que, par les menstrues, les femmes se débarrassent de tout ce que les fluides contiennent d'impur. Cette opinion vulgaire, erronnée, est partagée par quelques auteurs ; et, d'après cette idée, ils pensent que le lait est de mauvaise qualité lorsque la nourrice n'est point menstruée ; ils supposent qu'à l'époque de cette évacuation, il s'opère dans la machine une révolution, qui en altère la nature et lui donne une mauvaise qualité. Aujourd'hui, que cette erreur paraît généralement reconnue, nous sommes convaincus que l'évacuation ou la suppression des règles, n'influe en aucune manière sur la nature de cet aliment ; que, tout au plus, pendant l'écoulement, sa quantité peut être momentanément diminuée : effet du rapport intime et invariable qui existe entre l'utérus et les mamelles ; mais, après cette évacuation, il ne tarde pas à redevenir aussi abondant. A l'exemple de Wans-Vieten, j'ai examiné si la menstruation apportait quelque changement au lait. Je n'en ai jamais remarqué aucun, si j'en excepte une diminution sensible, et sans qu'il en résulte le moindre préjudice pour l'enfant. L'expérience ayant démontré cette erreur, les nourrices ne doivent donc plus s'abandoner à la crainte, ni avoir des inquiétudes, lorsqu'elles sont surprises par le retour de leurs mois.

C'est encore l'expérience qui m'a guidé dans la conduite que j'ai tenue envers les nourrices mariées. Je n'ai jamais exigé qu'elles fussent éloignées de leur mari : si les mères qui nourrissent leurs enfans ont le droit de se livrer aux devoirs conjugaux pendant l'allaitement, pourquoi veut-on en priver une nourrice étrangère? Il existe des femmes d'un tempérament ardent, la privation du coït les rendrait inquiètes, et leur occasionnerait de l'agitation, etc. ; mais si elles devenaient enceintes, il y aurait moins d'inconvénient de donner une autre nourrice à l'enfant, que d'obliger la femme à se priver des jouissances vénériennes ; la violence des désirs, qu'elle ne pourrait satisfaire, la jetterait dans un état de tristesse, de mélancolie, d'inquiétudes, qui altérerait son lait, et l'enfant ne recevrait qu'une nourriture capable d'altérer sa santé.

J'ai remarqué maintefois le lait d'une femme grosse, et toujours j'ai vu que pendant les premières semaines, il éprouvait des variations sensibles : il était plus limpide, plus délayé, moins doux, preuve évidente qu'il doit être moins substantiel, moins nourrissant, étant privé de sa partie sucrée ; or, si tous les praticiens reconnaissent pour cause première du rachitis, le défaut d'un aliment proportionné aux organes digestifs de l'enfant, aliment qui, pour être convenable, doit être doux, nourrissant, léger, pénétrant, qui donc ne reconnaîtra pas, dans une femme grosse, comme qualité malfaisante, la dépravation de la digestion, et par conséquent un chyle délié, âcre, incapable de le nourrir et de le développer ? Je ne doute pas que, si l'on examine scrupuleusement la chose, on ne parvienne à reconnaître ces résultats dans nombre de circonstances, quoiqu'une trompeuse apparence semble démontrer le contraire. On ne saurait douter que les lois de la génération ne réclament les fluides artériels sanguins qui servent à l'orgasme de l'utérus, pour être employés au développement de l'embryon, et même à l'augmentation graduée de la matrice ; d'après cela, et malgré une succion continuée, le sang doit abandonner les vaisseaux sanguins des

mamelles, ce qui ne peut s'opérer sans une
révolution et sans diminuer la quantité et la
qualité du lait : il devient âcre, limpide, peu
substantiel et peu nourrissant. En effet, les
enfans qui ont sucé pendant plusieurs semaines
le lait d'une femme grosse, maigrissent, s'affaiblissent, se décolorent, sans autre cause
manifeste ; et chaque fois qu'il m'a été présenté des enfans rachitiques, je me suis constamment convaincu qu'ils avaient sucé le lait
d'une femme grosse. J'ai fait malheureusement cette remarque sur deux de mes enfans ;
l'un et l'autre prirent pendant deux mois le
sein de leurs nourrices, qui étaient enceintes,
et ils furent attaqués du rachitis, quoique mon
épouse ainsi que moi nous n'ayons pu leur en
transmettre aucun ferment. Les apophyses se
grossirent, quelques os se courbèrent ; l'âge
et un traitement convenable rétablirent le tout
dans l'état naturel.

Il me semble qu'il n'est pas impossible de
concilier l'opinion de ce grand praticien avec
celle que je viens d'énoncer ; il convient pour
cela de recourir aux constitutions et aux
maladies endémiques produites par divers
climats. Les Allemands, bien différens des
Italiens, de ceux surtout qui habitent les
contrées méridionales de l'Italie, se nour-

rissent d'alimens très - subtantiels , boivent assez abondamment des liqueurs excitantes, et jouissent d'un tempérament fort et robuste. Il est possible que leur lait ne soit point altéré pendant les premiers mois de la grossesse, ou qu'il ne le soit que faiblement , et de manière à ce qu'il ne puisse pas transmettre le germe du rachitis, leurs enfans étant plus robustes, cette maladie n'étant pas d'ailleurs endémique en Autriche, ainsi qu'elle l'est en Italie et en Angleterre. Cependant, Wans-Vieten ne regarde pas le lait d'une femme grosse comme innocent dans tous les cas ; le passage suivant semble l'indiquer : *Nec videtur adeo metuendum esse* (1).

Il est facile aux personnes qui ont de la fortune, de se procurer à la maison une nourrice qui ait les qualités réquises, et de veiller à ce qu'elle ne tombe pas dans certains désordres nuisibles à son nourrisson ; mais les artisans, les pauvres, dans le cas où les femmes se trouvent dans l'impossibilité de nourrir, se voient forcés de confier leurs enfans à des nourrices souvent éloignées , et ne peuvent être scrupuleux sur le choix; souvent ils les mettent entre les mains des femmes

_____

(1) Il ne paraît pas être si à craindre. (*B.*)

malsaines , de celles qui ne savent ou ne
peuvent observer aucune règle dans leur régime , vivant d'alimens sans choix , n'ayant
pas les moyens de se donner ceux qui leur
seraient salutaires. La plupart de ces nourrices sont obligées de mener une vie dure et
fatigante ; leur esprit est, en outre, toujours
inquiet ; alors, le lait âcre, échauffé qu'elles
donnent à leurs malheureux nourrissons ,
ne peut que leur être nuisible ; et , quoiqu'habitant la campagne , elles vivent renfer-
mées dans des chambres humides , étroites,
enfumées , où l'air n'est que rarement renouvelé. Obligées de se livrer à des travaux fatigans, pour se procurer les objets de première
nécessité, elles laissent leurs nourrissons dans
l'ordure, sourdes à leurs plaintes innocentes,
effet des mauvais traitemens qu'ils reçoivent.
A peine sont-ils arrivés à l'âge de deux ou
trois mois qu'on les oblige d'avaler de pernicieux alimens , source de désordres irréparables. D'après une telle conduite envers les
enfans, on ne doit pas être étonné que les
parens soient obligés , assez fréquemment,
de les retirer de nourrice avant l'époque du
sevrage , et toujours dans un état de langueur et de dépérisssement. Heureux encore
si ces petits malheureux ne rentrent pas dans

la maison paternelle pâles, maigres, déchar-
nés, atteints de hernies inguinales, de la
chute du rectum ; pleins d'obstructions dans
le bas-ventre, écrouelleux, épileptiques, difformes, etc. !

Mais, si tel est le destin des enfans sur-
veillés de tems à autre par leurs parens, quel
doit être celui de ces infortunés qui ne reçoivent la vie que d'un criminel commerce, et
abandonnés, en naissant, à des nourrices mercenaires, sans choix relativement aux tempéramens et aux habitudes ? La plume se refuse
à tracer un tableau si horrible, si propre à
arracher des larmes, je ne dis pas à l'âme la
plus sensible, mais à la plus endurcie ! Chargé
de visiter de ces enfans dans des pays où les
magistrats ne prenaient aucun soin de ces
victimes innocentes, je les ai vues, presque
toutes, succomber à leur cruel destin. Que
tous les gouvernemens, et particulièrement
ceux de l'Italie, se persuadent que, sur quatre
parties des sujets que la nature leur accorde,
il en est trois qui succombent dans l'enfance ;
qu'ils portent donc enfin leur attention jusqu'à eux, ainsi que l'exigent les lois divines
et humaines, et même leurs propres intérêts !

Mais, dans l'état général d'infectiou où se
trouvent aujourd'hui les constitutions, et

particulièrement dans celui de la dépravation
des mœurs, comment éviter que l'enfant ne
reçoive le venin de certaines maladies, en
faisant usage du premier aliment que la nature lui assigne ? Quelle que soit la sollici-
tude du Gouvernement, elle sera insuffisante
pour corriger promptement cette dépravation qui n'est pas l'œuvre d'une génération,
mais celle d'une infinité. Mais, comment
donc parvenir à corriger, anéantir cette
semence destructive ? Peut-être y aurait-il
moins d'inconvéniens à nourrir les enfans
avec le lait des animaux, pur et sans mélange, puisqu'il se rapproche de celui de la
femme ? Cette méthode a été proposée, dans
le dernier siècle, par Vandermout et Broaget.
D'après ce que rapporte Wans-Vieten, ces
auteurs préfèrent le lait des animaux, parce
qu'il ne contient le germe d'aucune maladie;
au lieu que celui de la femme peut imprimer
à l'enfant qu'elle nourrit, des marques morbifiques indélébiles, qui le conduisent à traîner une vie malheureuse. Les enfans, après
avoir sucé, pendant plusieurs semaines, un
mauvais ferment, et avoir été nourris avec
des alimens sans choix et mal adaptés, digé-
reront-ils plus facilement et avec plus d'avantage le lait des animaux qui ne peut leur

manquer? Le lait d'ânesse, celui de chèvre, de brebis, de vache, n'offre-t-il pas, ainsi que celui de la femme, un mélange de nourriture animale et végétale? Ces diverses espèces de lait ne sont-elles pas composées des mêmes principes? Soumises à l'analyse chimique, n'en retirons-nous pas les mêmes résultats? Ces laits ne diffèrent entr'eux que par la prédominance de quelques-uns de leurs principes constitutifs : tel est le lait d'ânesse, par exemple, plus abondant en crême que les autres, qui se rapprochent plus ou moins de la nature de celui de la femme.

La diversité dans la proportion des principes qui entrent dans la composition des divers laits, ne les rend pas d'une nature différente, et ne suffit pas pour les faire considérer comme un aliment hétérogène pour le nouveau né. On ne peut cependant pas nier qu'ils ne soient beaucoup plus substantiels que celui de la femme, et, par conséquent, beaucoup plus difficiles à être digérés par des organes délicats, qui n'ont point encore acquis toute leur énergie ; mais l'art peut aisément obvier à cet inconvénient. Par exemple, le lait de vache, dans les premiers jours de la naissance, serait trop substantiel; hé bien, on le réduit en petit-lait, à l'aide du repos et d'une douce chaleur, sans employer aucun acide. Préparé de cette manière, on en a retiré de grands avantages ; ou bien, on le mélange avec une décoction de corne de cerf sucrée, selon l'avis de Practical (*Voyez* Sinclair), et l'on diminue progressivement la quantité de cette décoction, à mesure que l'enfant se développe, et que ses organes digestifs prennent de la force.

Les objections contre l'usage du lait des animaux, ne se bornent point à celles dont nous venons de parler. On prétend qu'à mesure qu'on l'extrait de l'animal, il s'en évapore cette partie aromatique agréable, qui est, comme on a raison de le dire, composée de la partie la plus subtile et la plus élaborée du sang. En outre, l'enfant n'étant pas contraint de mettre en action les muscles délicats des joues, de la langue, les glandes salivaires ne rendent pas ce suc si nécessaire à la digestion, même du lait ; car on sait que la salive, tout en l'atténuant, empêche qu'il n'acquière de l'acidité dans l'estomac. Pour éviter cette perte, et autres semblables inconvéniens, il suffit d'adapter auprès de l'animal un instrument fait avec un cuir doux, qui entre dans la bouche de l'enfant ; et si quelques circonstances s'y opposent, il faut traire le lait à mesure qu'on en a besoin ; si on le garde , il faut le tenir bien bouché , et dans un bain-marie, afin de lui conserver une douce chaleur; et, dans tous les cas, il est important de bien nétoyer le vase où on le met, afin qu'il n'y reste pas la plus petite partie de lait , qui ne tarderait pas à s'aigrir, et qui communiquerait son acidité à celui que l'on y mettrait ensuite.

N'est-il pas à craindre que le lait des animaux n'influe sur le moral des enfans, qu'ils ne contractent la stupidité , la lâcheté de l'ânesse, la luxure de la chèvre , l'entêtement de la vache ? que , dans l'utérus , le fœtus ne reçoive , par la génération et par son développement , des empreintes physiques analogues à celles de ses parens , et qu'elles n'en forment la constitution d'une trempe semblable ? Comme l'influence que le physique exerce sur le moral est prouvée , il peut être assujéti aux mêmes passions que les parens : opinion fréquemment confirmée par l'observation , et que j'ai adoptée ailleurs ; mais l'expérience nous prouve le contraire, relativement à la prétendue influence que l'on veut qu'exerce le lait sur le moral des enfans. En effet, nous voyons journellement, dans la même famille, que des frères , des sœurs élevés avec le même lait, par la même mère, nourris, après le sevrage, avec les mêmes alimens, ont, les uns, tel caractère, les autres tel autre, et quelquefois tout opposé. L'histoire de Moïse nous représente Abel, doux, humain, amoureux; Cain, au contraire, fier, cruel, envieux, vindicatif : passions qui le portèrent à devenir le premier fratricide, et à transmettre des crimes à ses descendans: cependant, ils avaient sucé le même lait. Combien étaient différentes les inclinations, de Jacob et d'Esaü, quoiqu'allaités par la même mère; quelle différence de caractère entre Romulus et Remus ! Ils ont, l'un et l'autre, été nourris du même lait, qu'ils aient pris le pis d'une louve, ou, ce qui est plus probable, d'une femme ainsi appelée; l'un était rusé, adroit, trompeur; l'autre pusillanime, d'un esprit lent, et qui ne put l'empêcher d'être la victime de son frère : le hasard, l'éducation, forment l'esprit et les mœurs, selon qu'ils trouvent la disposition organique du *sensorium*. L'opinion émise par Vandermond et Broaget, n'est fondée que sur un argument spécieux, lorsqu'ils prétendent qu'il convient de nourrir les enfans avec le lait des animaux, par la raison qu'il ne leur communique pas, ainsi que celui de la femme, les vices répandus dans la société, et qu'on doit surtout le mettre en pratique aujourd'hui, en raison de l'immoralité du siècle.

Si le lait humain et celui des animaux n'influent pas sur le moral de l'homme (ce qui est incontestablement prouvé, tant par la physiologie que par l'expérience), ils n'en portent pas moins toute leur action sur le physique qu'ils rendent sain et robuste, quand ils sont de bonne qualité ; débile et infirme s'ils sont de mauvaise nature. Cette raison puissante, unie à tous les désordres qu'apportent des nourrices mercenaires et sans choix aux tendres rejetons qui leur sont confiés, suffit pour appeler toute l'attention, tous les soins des gouvernemens, pour inviter le médecin sage et prudent, attaché à des établissemens publics, de consacrer, à cet objet intéressant, quelques momens, pour procéder à des expériences, qui répondent aux désirs de tous les hommes animés de l'amour de l'humanité. Bellesxerd prétend que, dans les environs de Paris, Schamousset, instruit en médecine, essaya de nourrir des enfans avec le lait des animaux ; mais qu'il ne fut pas heureux dans son entreprise, puisque nombre de ces enfans moururent, et que les autres, presque mourans, furent envoyés en nour-

rice. Pour pouvoir juger de cette entreprise ,
et établir si c'est à la nature du lait que l'on
doit uniquement attribuer le défaut de réussite, il serait nécessaire de connaître toutes
les circonstances qui l'accompagnèrent ; il
conviendrait de pouvoir préciser l'état de la
santé des enfans soumis à cette épreuve. Ils
auront naturellement été pris parmi ceux qui
doivent le jour au mystère, ou à des parens
infortunés, réduits, par la misère, à abandonner leurs enfans. Nous avons prouvé que
ces malheureux ne recevaient dans l'utérus
qu'une existence précaire, et qu'ils succom-
baient à la moindre cause. Il serait important
d'examiner la méthode qui fut employée. Les
Réflexions de Bellesxerd nous indiquent que
le lait était bouilli, et non employé récem-
ment extrait de l'animal. « En effet, dit-il,
» un lait qui a bouilli et qui n'est point frais,
» n'est pas une nourriture salubre pour les
» enfans , etc. » : cette méthode est généralement réprouvée aujourd'hui. Il serait indispensable de connaître la constitution de
l'année, de savoir s'il ne régnait aucune maladie épidémique, exerçant ses ravages sur
les enfans. Enfin, il ne faudrait pas ignorer
quel était l'état de l'atmosphère, la situation
du lieu, l'intelligence des servans, etc., etc.

Mais, tous les jours ne voyons-nous pas que des expériences faites dans l'intention de vérifier une vérité utile, salutaire, avantageuse, sont infructueuses, et qu'on obtient quelquefois des résultats opposés; qu'ensuite, reprise par des mains habiles, guidées par de nouvelles lumières, des vérités, encore douteuses, sont consolidées et couronnées du succès désiré? L'inoculation de la variole, à combien de revers ne fut-elle pas assujétie! Tantôt elle fut proscrite, tantôt on en réclama l'usage, en France comme en Angleterre : le tems et les nombreuses expériences sanctionnèrent enfin cette méthode. L'emploi du mercure, de l'antimoine fut proscrit, ainsi que l'écorce péruvienne. On emploie, aujourd'hui, ces médicamens avec succès : ce sont, entre les mains des praticiens éclairés, des moyens puissans pour triompher des maladies chroniques opiniâtres.

J'aurais désiré pouvoir procéder à quelques expériences sur cet objet; mais, manquant de protection capable de me garantir des clameurs du vulgaire et des moyens nécessaires, j'ai dû abandonner ce projet, et je me borne à rapporter quelques faits qui prouvent en faveur de la méthode d'allaiter les enfans avec le lait des animaux.

En 1785, dans un village de nos montagnes, étant à visiter un malade, j'observai, dans une cabane rustique, un enfant de six à sept ans, qui se jeta avidement sur une jatte de lait. Il remplit un gobelet qu'il tenait à la main, et l'avala d'un trait. Je demandai à la mère quelle était la cause de cette espèce de transport. Elle me répondit que, peu après ses couches, son lait s'était dissipé, et qu'elle s'était déterminée à nourrir son enfant avec le lait de chèvre; que, depuis, il avait conservé cette avidité pour le lait : l'enfant était coloré, fort et robuste pour son âge. J'en parlai à plusieurs curés de ces montagnes; ils m'assurèrent tous qu'un vingtième des enfans étaient nourris par des chèvres, ce qui était loin de les empêcher de devenir forts et robustes. Dans le village dit le *Spedaletto*, de la direction de Norcia, on m'indiqua sept enfans de la même famille, tous vivans, forts, bien portans, nerveux, qui avaient été nourris par des chèvres ; et, sur ce fait, on me raconta quelques anecdotes qui prouvent, de la part de ces animaux, une certaine affection, un amour particulier pour leurs élèves. Une chèvre, après avoir allaité un enfant, fut rendue à son maître, d'où elle s'échappait pour aller voir son nourrisson, quoiqu'elle en

fût éloignée de près de trois lieues. D'autres,
en revenant du pâturage, se rendent, à la
hâte, auprès de leurs nourrissons, leur présentent spontanément la mamelle, et se placent de manière à leur faciliter la succion.
J'ai connu deux jeunes français, avec lesquels
j'ai conversé, bien formés, nerveux, jouissant
d'une brillante santé, et ayant beaucoup d'esprit, qui avaient été nourris, l'un, par une
vache, et l'autre, par une chèvre. Buffon
atteste avoir connu des villageois robustes,
qui n'avaient eu pour nourrices que des
brebis. (*Histoire Naturelle.*)

On ne peut douter, d'après le rapport des
voyageurs, que des populations du Nord ne
nourrissent leurs enfans qu'avec le lait des
animaux, et ce sont les vieilles femmes qui
sont chargées d'en avoir soin. En Suisse,
selon ce qui m'a été dit par des personnes qui
connaissent parfaitement ces contrées, les
habitans ne nourrissent leurs enfans qu'avec
le lait des animaux (1). Si ces enfans, au
moyen du climat, naissent plus forts et plus

_____

(1) J'ai observé, dans quelques endroits de la Russie,
que les femmes coupaient le pis de la vache, qu'elles
le faisaient sécher, et qu'ensuite elles l'adaptaient à l'ex-
trémité d'une vessie remplie de lait de vache, qu'elles

robustes , par cela même ils sont plus en état
de digérer un lait plus dense et plus substantiel. L'influence des climats s'exerçant également sur le lait des animaux , comme sur
tous les corps organisés , il s'en suit que la
faiblesse des enfans du midi de l'Europe n'est
point un obstacle à la réussite de cette méthode : le lait des animaux, dans ces climats,
étant moins substantiel, ne surchargera pas
les organes digestifs. Je terminerai ce chapitre, en invitant encore les gouvernemens,
pour l'amour de l'humanité, à charger d'habiles médecins de répéter ces expériences ; et
je tiens pour certain que, par le moyen de
cet allaitement, on parviendrait à détruire
une des plus funeste causes qui enlèvent les
trois quarts des enfans, lorsqu'à peine ils ont
vu le jour.

---

donnent à leurs enfans à la place du sein. A Conflans,
en Savoie, j'ai connu une famille nombreuse dont un
seul des enfans fut nourri au pis de la vache, et c'est
le plus fort de la famille. (*B.*)

CHAPITRE VI.

De l'Education physique des Enfans, jusqu'à l'âge de sept ans, qui forme la première époque.

La nature a organisé les animaux, et particulièrement l'espèce humaine, de manière à ce qu'ils puissent résister à l'action des corps qui les environnent et qui agissent continuellement sur eux, et pour qu'ils déploient plus d'énergie à l'époque de leur entier accroissement. Sans cette propriété, ils eussent été exposés à être anéantis au moment de leur naissance. Les végétaux eux-mêmes n'auraient pu, en hiver, résister à la violence des aquilons, et en été, aux ardeurs d'un soleil brûlant ; le fœtus animal, à l'action de l'atmosphère, de la lumière, du son, qui agissent sur ses organes délicats et à peine ébauchés, à l'instant même où il sort de l'utérus : il n'aurait pu résister à cette révolution subite qui s'opère dans les organes de la respiration et de la circulation sanguine. Semblable à un jeune arbuste, qu'un cultivateur ploie et dirige pour le rendre plus robuste et plus fécond, l'enfant se prête sans peine et contracte facilement les habitudes que lui impriment les soins bien-

veillans de ceux qui sont chargés de son éducation physique, et qui le dirigent de manière
à ce qu'il soit utile à la patrie.

Les auteurs qui ont traité de l'éducation
physique des nouveaux-nés ne sont point
d'accord entr'eux, relativement au degré de
chaleur dans lequel ils doivent être tenus.
Michel Berminghan soutient que le nouveau-né doit être tenu chaudement, et il veut
que la mère le réchauffe sur son sein et le
conserve dans son lit, à l'exemple des animaux, qui couvent leurs petits après leur naissance. « C'est une loi de la nature, dit-il ; loi
» que les mères se dispensent de suivre pour
» leur commodité et par mollesse.» Fourcroy,
dans l'ouvrage que nous avons cité, veut le
contraire : il prétend qu'une chaleur excessive est pernicieuse à ces êtres faibles et délicats, qu'elle les débilite, et met en fermentation leurs humeurs ; en conséquence, il
conseille de faire respirer le nouveau-né dans
une atmosphère élastique et souvent renouvelée, pour qu'elle ne se remplisse pas d'exhalaisons malfaisantes. Cet avis est également
celui de l'observateur Tissot. Je l'ai suivi avec
succès dans ma pratique, et en particulier
pour mes sept enfans.

L'exemple des animaux, qu'apporte Berminghan, n'est d'aucune importance; chacun connaît la différence qui existe entre l'organisation de l'homme et celle de l'animal : l'Auteur de la nature a dû accorder aux animaux des moyens faciles et simples de conserver leur espèce, vu que leur organisation est imparfaite en comparaison de la nôtre, et que leur raisonnement est on ne peut pas plus borné. Elle a fourni, par exemple, aux animaux herbivores une trempe par laquelle, à peine nés, ils peuvent supporter sans peine le froid, le chaud, et toutes les intempéries atmosphériques, sans avoir besoin d'être couvés par leur mère : au contraire, les carnivores, les ovipares, naissant plus faibles, ont besoin d'être réchauffés par la chaleur maternelle et d'être protégés contre les impressions trop vives ; mais la nature ayant doué l'homme d'un raisonnement supérieur, qui l'a conduit à inventer tant de choses pour les commodités de la vie, tant de sciences, et l'ayant fait le plus parfait des animaux, elle l'a abandonné, pour ainsi dire, à son expérience, et lui a laissé le choix d'inventer les moyens les plus convenables pour préserver ses enfans de l'action brusque des corps externes qui sans cesse agissent sur eux : elle lui a laissé encore le choix de l'aliment qui leur convient après

13

l'usage du lait. Nous avons donné les raisons
qui nous portent à conseiller de placer le nouveau-né dans un panier destiné à cet usage :
nous ne pensons pas qu'il soit nécessaire d'y
revenir ; nous observerons seulement qu'il
convient de le couvrir plus ou moins, selon
la saison et selon l'état de faiblesse ou de vigueur dans lequel il est né, sans que la mère
soit obligée de le réchauffer sur son sein ou
dans son lit ; car, outre les inconvéniens dont
nous avons parlé, il pourrait être suffoqué,
ainsi que nous en avons de trop funestes
exemples.

Tous les Auteurs qui ont traité de l'*Education physique*, sont d'avis que l'on doit
journellement laver les enfans avec de l'eau
froide, quelle que soit la saison ; ils diffèrent
cependant entr'eux, relativement au degré
de froid qu'elle doit avoir. Fourcroy, fort de
sa propre expérience, et de l'autorité de
Tissot, veut que, douze heures après la naissance, l'enfant soit lavé avec de l'eau froide,
depuis le sommet de la tête jusqu'aux pieds,
sans avoir égard à la constitution, ni à la
saison, et que ce lavage soit continué chaque
jour. Jean-Jacques est bien d'avis que l'enfant
soit lavé, mais il ne veut point qu'il le soit
d'abord avec de l'eau froide ; il pense, avec

raison, que l'on doit commencer à employer
de l'eau tiède, et n'arriver que, par degré, à
l'emploi de l'eau froide. Tout changement
soudain et violent jette, non-seulement les
animaux, mais encore tous les corps organisés dans un état morbifique, parce que les
affinités organiques et animales ne peuvent
résister à des perturbations aussi violentes ;
perturbations utiles, lorsqu'on en contracte,
par degré, l'habitude, l'individu pouvant, par
l'effet de cette habitude, les supporter impunément. Nous voyons, chaque jour, un degré
subit de froid, succéder à une température
modérée, rendre languissant, et quelquefois
détruire le tendre végétal : la même chose
s'observe à la suite d'une excessive et soudaine chaleur qui succède au froid.

Quoique nous ayons fait observer que la
Nature prévoyante a disposé les corps animaux et organisés, pour recevoir les impressions des agens externes qui ne cessent d'agir
sur eux, sans quoi leur existence ne serait que
précaire, il ne s'en suit pas de là qu'on ne
doive user d'aucune précaution : il existe des
limites qu'on ne doit transgresser que graduellement. Comment l'enfant, habitué dans
l'utérus à un bain continuellement tiède, où
il nage, où il est accoutumé à un certain

degré de chaleur qu'il reçoit de la mère, pourrait - il supporter impunément la soudaine et forte action des lotions froides, surtout s'il est d'une constitution faible et délicate ? En crispant tout-à-coup les tendres vaisseaux cutanés, en répercutant de la circonférence au centre, les fluides de la peau et des extrémités, n'en résulterait-il pas un engourdissement dans les systèmes grandulaires et absorbans ; et, d'après les lois de la circulation, les fluides concentrés ne se porteront-ils pas, avec violence, à la poitrine et à la tête ? La soustraction imprévue du calorique, tandant sans cesse à s'équilibrer, ne sera-t-elle pas capable de faire tomber le nouveau-né dans une langueur mortelle, surtout s'il est d'une constitution grêle, le calorique étant pour l'enfant le premier stimulant de la vie ?

Une conduite opposée à celle de l'immersion à l'eau froide semble nous être indiquée par les soins que la Nature a pris pour ne point exposer les enfans, à leur sortie de l'utérus, à l'action subite des corps environnans ; elle a recouvert tous les organes d'un corps gras, pour les défendre des impressions soudaines et violentes. Dans le conduit auditif, on trouve une espèce de gluten qui

préserve les nersf acoustiques de la première
action des sons ; dans les narines, pour préserver les nerfs olfactifs de l'irritation qu'oc-
casionneraient les premières odeurs ; dans la
trachée artère, dans les bronches, pour mitiger l'action de l'air vital qui s'y introduit et
qui les dilate ; sur les membranes de l'œil, à
qui il donne une apparence compacte, pour
corriger la vibration des rayons luminuux ;
sur toute la superficie du corps, afin qu'il ne
soit pas trop irrité par l'air atmosphérique
qui le presse de toute part ; enfin, l'œso-
phage, l'estomac, le tube intestinal, se trouvent recouverts de cette matière, pour que les
premiers alimens ne leur fassent pas éprouver
une irritation trop vive. Les organes de l'enfant, à peine ébauchés, se trouvent, par
cette sage prévoyance de la nature, presque
insensensibles à l'action des corps environnans ; et cela devait être, pour ne point aven-
turer son existence, qui eût été compromise
par un changement violent et subit. D'après
ces raisons, j'ai cru qu'il était plus convenable
et plus conforme aux vœux de la nature, de
n'arriver que par degrés à l'usage des lavages
froids, particulièrement chez les enfans grêles
et d'une constitution délicate, quoique je
n'ignore pas que, chez quelques nations, même

chez celles qui habitent les climats du Nord,
on a la coutume de plonger les enfans, à
peine nés, dans l'eau froide, ainsi que le pra-
tiquait Fourcroy. Les Lapons, par exemple,
laissent leurs enfans dans la neige, jusqu'à ce
qu'ils soient presque engourdis, et que la respiration leur manque ; alors ils les plongent
immédiatement dans un bain chaud, et con-
tinuent, pendant un an, à les laver, trois fois
par jour, dans l'eau froide (Buffon) : les
peuples du Septentrion adoptèrent cette méthode.

Il sera utile de connaître exactement si une
telle pratique peut avoir des résultats heureux, et le nombre des enfans qui résistent à
de si cruelles coutumes. Quoique les climats
influent sur les tempéramens, si cette méthode avait des succès heureux, on les obtiendrait généralement ; mais, quel est l'homme
sensé qui osera la proposer, dans nos climats,
sans la modification dont nous avons parlé?
Les avantages que l'on retire des lotions
froides sont très-remarquables ; elles donnent
de la consistance à la peau, la renforcent ;
concentrent la chaleur naturelle ; et la réaction réciproque des fluides et des solides deve-
nant plus énergique, les fonctions vitales et
animales s'exécutent avec plus de vigueur ;

la transpiration cutanée devient régulière :
on sait que c'est dans cette fonction que consiste une des principales sources de la force
des systèmes et de la santé. En habituant
l'enfance aux lavages froids, on la rend, en
quelque sorte, impassible aux changemens
atmosphériques ; elle sera bien moins sujette
aux fluxions, aux rhumes, aux catharres,
aux inflammations, et autres affections produites par des coups d'air. L'expérience journalière prouve ces effets salutaires. Tous les
individus accoutumés aux bains froids, conservent un tempérament fort et robuste, et
sont bien moins sujets aux maladies que ceux
qui n'en font point usage : les premiers peuvent impunément supporter le plus haut degré
de froid. Pendant que les enfans font usage
des lavages froids, il faut éviter de les échauffer, soit en les couvrant trop, soit en leur
permettant de s'xposer à l'action du feu ; le
calorique dilatant les fibres cutanés, les débi-
literait, et les rendrait sensibles à l'action du
froid ; exciterait l'humeur de la transpiration, qui s'évaporerait, en abondance, par
les sueurs ; alors la constitution, loin de se
fortifier, s'affaiblirait. On aura donc soin de
les couvrir légèrement, malgré la rigueur de
l'hiver ; et ils habiteront une chambre vaste,

bien aérée, où l'air soit souvent renouvelé : leurs alimens et leurs boissons ne seront point échauffans, ainsi que nous le ferons observer dans la suite.

L'homme et chaque animal, en entrant dans le monde, doit, ainsi que nous l'avons dit ci-dessus, s'habituer à l'action des corps externes qui agissent sur son physique ; il doit également s'habituer à l'action des alimens destinés à le stimuler intérieurement ; parce que toute impression nouvelle et brusque l'agite et le trouble. C'est pour cette raison que ceux qui président à l'éducation physique des enfans, doivent modérer l'action de la lumière, afin qu'elle n'agisse que graduellement sur les pupilles ; la vibration des sons, pour éviter d'exciter trop vivement les nerfs acoustiques, celle des alimens et des boissons sur l'estomac et les intestins, et l'on ne doit habituer que par degré l'enfant à recevoir ces diverses impressions ; car, c'est par le moyen de l'habitude que l'organisme humain supporte, à un très-haut degré, l'action des divers corps, sans qu'il en résulte aucune altération morbifique : cette puissance est tellement forte, qu'elle rend homogènes les substances, dont l'action violente, sur l'estomac et les intestins, leur a mérité le nom de vénéneuse. Je lis, dans l'*Histoire de Mitridate*, roi de Pont, qu'il s'habitua aux poisons les plus puissans, et qu'il ne put en trouver ensuite pour se délivrer de l'existence dans la crainte de tomber vivant au pouvoir des Romains. J'ai connu un jeune russe qui avala, en ma présence, une once d'opium en substance, et de la meilleure qualité, sans rien éprouver que quelques tremblemens dans les membres et un léger assoupissement, plusieurs heures après l'avoir pris : il s'était habitué à cette substance, pour calmer des convulsions spasmodiques dont il était affecté. L'*Histoire de la Médecine* nous prouve, par de nombreux exemples, la force de l'habitude relativement aux alimens et aux boissons. Un grand nombre d'individus, accoutumés à ne vivre que de pain, de végétaux et d'eau, sont forts et robustes, jouissent d'une santé inaltérable, et parviennent à une heureuse vieillesse ; d'autres, en suivant un régime opposé, se nourrissant d'alimens alcalins, âcres, inflammables, et buvant du vin, des liqueurs, vivent également heureux et longtems. Que notre tempérament soit fort ou faible, à l'aide de l'habitude, nous supportons le jeûne en comparaison de ceux qui n'y sont point accoutumés. On rapporte que

Charles XII, roi de Suède, qui réunissait à un corps de bronze, qu'il s'était fait par l'habitude, une âme intrépide et ferme, avait resté trois jours sans prendre aucun aliment, ni aucune boisson, sans cesser de se livrer à ses exercices fatigans et habituels, et sans que son physique en fût altéré.

L'habitude peut encore nous porter à supporter d'autres sensations. Les Spartiates rendaient leurs enfans presque insensibles à la douleur, au moins la souffraient-ils sans se plaindre, et sans qu'elle pût ébranler leurs résolutions. Les enfans des Romains recevaient la même éducation physique, et l'histoire de ces peuples nous apprend qu'ils supportaient, sans laisser échapper la moindre plainte, les douleurs les plus vives. Scévola brûla sa main sans effroi, pour avoir manqué le coup qu'il destinait à Porsenna. Pour ne pas manquer de foi à sa patrie, Régulus souffrit les plus horribles douleurs. Un sclave se fit massacrer, plutôt que de découvrir le lieu où Marius, son maître proscrit et persécuté, s'était réfugié. Epicaris, esclave, qui, dans un tems, avait été le favori de Néron, digne d'un meilleur sort, en raison de ses vertus sociales, souffrit, avec constance, les plus grands tourmens, plutôt que de révéler les

complices de la conspiration contre un mons-
tre aussi exécrable. La lecture de l'histoire
de cette république nous fait apercevoir avec
quelle force ces républicains supportèrent les
douleurs les plus vives ; quels sentimens élevés de liberté, de bonne foi et de fidélité
développait en eux l'éducation morale. L'habitude rend les Japons indifférens à la douleur, et même à la mort. Les Bonzes, à la
Chine, se flagellent cruellement, et ils inven-
tent, avec la même tranquillité, des moyens
pour accroître la force des douleurs. L'habitude nous met à même de supporter le plus
haut degré du froid. Il n'y a qu'un instant que
nous avons parlé de l'usage des Septentrio-
naux, qui plongent leurs enfans dans la neige.
Tillet et Marantin, d'après Buffon, soutiennent que des enfans supportèrent, assez long-
tems, la chaleur d'un four, chauffé à 120
degrés : chaleur suffisante pour cuire de la
viande de boucherie. Le principal objet de
l'éducation physique est donc de rendre, par
le moyen de l'habitude, la trempe humaine
inaltérable à l'action des objets environnans,
et à celle des corps qui agissent intérieurement, et desquels dépend l'existence. Si cette
action outre-passe certaines limites, elle produit des dérangemens physiques ; mais on

peut, à l'aide de l'habitude, dépasser ces mêmes limites, sans qu'il en résulte aucun incouvénient.

La première habitude qu'on doive faire contracter à l'enfant, est celle de lui faire supporter les diverses variations atmosphériques, sans que sa santé en soit altérée. Après l'avoir habitué, par degré, aux lavages froids et journaliers, pendant les premiers jours de son existence, on l'habitue aux bains froids, où il doit rester environ une demi-heure. Lorsque sa peau aura acquis plus de densité, plus de consistance, on pourra commencer à le plonger, immédiatement après sa sortie du bain froid, dans un bain chaud, et l'on doit, peu-à-peu, augmenter le degré de chaleur, jusqu'à ce que l'on soit parvenu à le porter aussi haut que l'homme peut le supporter. Ce bain ne doit être pris que par immersions, autrement le calorique qui tend à s'équilibrer, raréfierait et enflammerait le sang, ce qui serait suivi de désordres plus ou moins grands. Il me semble que ce n'est qu'à l'âge de six ou sept ans que l'on doit employer cette méthode, parce que ce n'est qu'à cette époque que les affinités animales commencent à déployer leur énergie, époque à laquelle l'enfant peut

supporter, sans altération, les divers et soudains stimulans du froid et du chaud. Les
habitans de l'Amérique méridionale, couverts
de sueurs, se jètent dans l'eau froide pour se
rafraîchir, sans en être incommodés (Buffon).
Les Russes, après s'être fatigués et roulés
dans la neige, se mettent dans un bain très-
chaud, sans en éprouver aucun effet fâcheux ;
et la jeunesse de l'ancienne Rome, inondée
de sueurs, fatiguée par la course, se jetait
dans le Tibre. Mais, sans aller chercher des
exemples dans l'antiquité, dans l'Amérique,
dans le Nord, la partie méridionale de l'Europe nous en fournit assez. Nous voyons un
grand nombre d'individus qui ont contracté
cette salutaire habitude ; et j'ai connu des
hommes fort robustes, qui supportaient, sans
altération, les changemens les plus brusques
de l'atmosphère, le passage subit du froid au
chaud et du chaud au froid.

Le nouveau-né ne doit être exposé que
graduellement à l'action de la lumière. Si l'organe de la vue, extrêmement délicat, surtout
au moment de la naissance, était fortement
excité par la lumière, il pourrait en être affai-
bli ; ses vaisseaux s'obstrueraient, et l'individu se trouverait disposé à la cataracte ou à
la goutte sereine. On évitera donc que les

rayons lumineux ne le frappent vivement, et l'on aura soin qu'ils lui arrivent directement et non d'une manière oblique, parce que, s'ils parvenaient de cette dernière manière, ils n'exciteraient que les muscles d'un œil, et l'autre s'affaiblirait par le défaut de stimulant; alors les pupilles n'étant pas dirigées vers le même point, il en résulterait cet état connu sous le nom de strabisme ou de loucher. Les sons forts et soudains peuvent également offenser l'organe de l'ouïe, et le disposer à des imperfections. Combien ne rencontra-t-on pas de maladies incurables, qui affectent la vue et l'ouïe, maladies que l'on croit contractées dans l'utérus, et qui ne sont réellement dues qu'au défaut de précaution, qu'à l'action vive et soudaine de la lumière et du son! Accoutumez, par degrés, les organes de l'enfant à l'impression de l'atmosphère, de la lumière, des sons; placez-le dans un berceau couvert convenablement selon la saison; facilitez la sortie du méconium; enlevez ce corps gras dont il est couvert; nétoyez-le, chaque jour, avec une éponge et de l'eau tiède; diminuez graduellement la chaleur de cette eau, pour ne l'employer ensuite que froide; nourrissez-le, dans les premiers jours, avec un lait savonneux; que

ce soit celui de sa mère, d'une nourrice,
d'une chèvre, d'une vache, etc.; tenez-le
proprement, et changez-le chaque fois que
ses langes seront mouillés : tels sont les premiers soins qu'exigent les enfans. Qui ignore
que la propreté soit un second aliment? J'ai
vu des enfans qui ne se développaient pas,
qui devenaient pâles et maigres, parce que
l'on n'avait pas le soin de les tenir proprement. Enfin, je ne saurais trop le répéter,
la chambre habitée par les enfans, doit être
tenue très-proprement; l'air doit y être fréquemment renouvelé, et l'on ne peut trop
veiller à ce que les linges, les couvertures,
le lit soeint constamment blanchis : ces soins
doivent être portés à l'extrême rigueur. La
plupart des enfans de la classe indigente ne
succombent, ou ne demeurent languissans
que parce qu'ils ne sont pas tenus assez proprement : la malpropreté est une cause de
maladie plus puissante qu'on ne paraît le
croire.

Pendant les premiers mois, l'enfant téte
ordinairement trois ou quatre fois dans la
journée; le reste du tems est employé au
sommeil, qu'il faut bien se garder de troubler:
il lui est nécessaire et indispensable pour sa
santé. Cette manière de vivre lui est avan-

tageuse ; elle facilite le développement des
forces digestives, empêche les indigestions
qui surviendraient si le lait était trop substantiel et pris en trop grande quantité. Si,
malgré ces précautions, il était rendu par
le vomissement, il faudrait en rechercher
promptement la cause ; s'il était dû à la faiblesse des organes digestifs, il conviendrait
de donner moins souvent le sein à l'enfant,
ou de ne lui laisser prendre qu'une petite
quantité de lait à la fois ; s'il était dû à la
mauvaise qualité de cet aliment, il faudrait le
corriger au moyen du régime que l'on prescrirait à la nourrice ; et si ce moyen était insuffisant, on la remplacerait. Quelquefois le lait
s'aigrit sur l'estomac ; il occasionne des vomissemens, des coliques, des convulsions, la diarrhée, etc. ; dans ces cas, on administre une
légère dose de sirop de chicorée, qui évacue
les matières âcres, et qui empêche qu'il s'en
forme de nouvelles. Dans de semblables circonstances, j'ai donné, avec succès, la poudre
d'yeux d'écrevisses, à la dose de 2 dragmes,
unie à 4 grains de canelle en poudre, le tout
divisé en huit paquets, dont un par jour dans
une cuillerée d'eau ou de lait. La nourrice,
en donnat le sein à son nourrisson, aura soin
de lui faire prendre, alternativement, tantôt

ùne mamelle, tantôt l'autre, pour que, dans
ce changement de position, ses tendres membres se trouvent tantôt comprimés et tantôt
libres; par-là, ils acquièrent un développement égal, et autant de solidité l'un que
l'autre.

On est assuré que le lait convient au nourrisson, et que ses organes marchent vers un
entier développement, lorsqu'il grandit progressivement, qu'il est convenablement coloré, qu'il conserve cet air d'hilarité qui lui
est ordinaire en bonne santé, que son sommeil est paisible, que ses excrémens sont jau-
nâtres et liés, non verdâtres et liquides. Parvenu à l'âge de quatre ou cinq mois, il a
besoin d'une nourriture plus consistante et
plus copieuse; le lait, ordinairement, lui est
insuffisant; et d'ailleurs, si la nourrice continuait à le nourrir uniquement avec son sein,
elle s'affaiblirait et altérerait sa santé. Il convient encore d'accoutumer l'enfant, de bonne
heure, à digérer des alimens plus denses :
l'estomac n'ayant point contracté à tems cette
habitude, il ne pourrait s'y faire que difficilement. Cette augmentation indispensable
doit être proportionnée à la plus ou moins
grande activité que déploient les organes digestifs, et à l'accroissement du petit individu.

14

Chaque nation choisit, selon les climats,
les alimens que l'on suppose être de facile digestion et propres à cet âge encore si tendre.
En Europe, on a généralement la coutume
de se servir de farine de grains, que l'on
délaie dans du lait animal, et que l'on fait
convenablement cuire. Cette pratique est généralement condamnée par tous les praticiens,
parce que le grain contient beaucoup de gluten, qui n'est point atténué par la fermentation ; ce qui le rend difficile à digérer par
des estomacs faibles, dont les sucs gastriques n'ont point encore déployé toute leur
activité, et son mélange avec le lait des animaux en augmente la tenacité ; en outre,
ce lait, uni avec celui de la nourrice, forme
une masse dure, produit un chyle dense,
imperméable, qui obstrue les viscères délicats
du bas-ventre, et occasionne, par la suite,
des infirmités graves. Une longue expérience
m'a prouvé qu'une bouillie faite avec des
croûtes de pain blanc, de l'eau simple, un
peu de sel ou de sucre, était la nourriture
qui convenait le mieux à cet âge, par la facilité avec laquelle cet aliment est altéré par les
forces digestives ; il forme un chyle tenu, coulant et très-nourrissant : on rendra les croûtes
de pain encore plus utiles au but qu'on se pro-

pose, en les faisant sécher ou rôtir ; elles sont d'ailleurs, de cette manière, plus solubles dans l'eau. On réglera la quantité que doit en prendre l'enfant, selon la facilité avec laquelle il digère. D'autres personnes font usage d'une bouillie épaisse, faite avec de la farine d'orge ou d'avoine, et que l'on délaie avec une petite quantité de lait ; quoique ces farines soient solubles dans l'eau, que leur gluten soit inférieur à celui du grain, elles ne laissent pas, chez les enfans grêles, de faire craindre des engorgemens aux viscères abdominaux. Ces motifs m'ont toujours porté à préférer la bouillie faite avec le pain ; et j'ai cru remarquer, ainsi que je l'ai dit plus haut, que le mélange du lait de la nourrice avec celui des animaux, était toujours difficile à digérer ; qu'il s'aigrissait facilement sur l'estomac, et que l'on pourrait peut-être lui attribuer les affections vermineuses auxquelles les enfans sont sujets, soit que les molécules organiques, en demeurant libres, prennent la forme des vers et s'animalisent, les forces digestives ne pouvant convertir en la nature de nos humeurs un lait mixte, ou bien, soit que la semence de ces insectes se trouve dans le lait, et que les forces digestives ne puissent les détruire. Les substances huileuses et grasses m'ont toujours paru pernicieuses, telles que les huiles et le beurre, que quelques personnes ajoutent aux bouillies, dans la vue de les rendre plus agréables au goût, mais qui, au fait, ne les rendent que plus difficiles à digérer.

La bouillie faite avec des croûtes de pain séchées et le lait maternel, sont les seuls alimens que l'on doive permettre à l'enfant, et ils sont suffisans pour produire un chyle doux, convenablement actif et nourrissant. Dans les premiers mois, il est inutile de lui donner une boisson quelconque. Cependant, s'il était constipé ou trop relâché, ce serait une preuve d'échauffement; alors, on pourrait lui donner une légère quantité de décoction d'orge ou d'avoine : je préfère l'eau simple, quelquefois miélée ou sucrée. L'usage du vin est pernicieux : c'est à tort que certaines nourrices en donnent à leurs nourrissons, persuadées que l'eau débilite, et qu'elle ne s'allie point avec le lait; le vin, au contraire, disent-elles, fortifie et préserve des affections vermineuses. Le vin est un stimulant trop fort pour des fibres aussi mobiles que celles de l'estomac d'un enfant; il est capable de les exciter à des mouvemens convulsifs; par son usage continuel, elles s'en-

durcissent ; le chyle prend un caractère morbifique ; il devient âcre, augmente la chaleur
déjà surabondante à cet âge , dispose à des
stases , à des fièvres inflammatoires.

L'enfant étant nourri , pendant les premiers mois, d'un lait simple, qui est un chyle
presque élaboré ; fortifié par des lavages
froids , qui avivent la transpiration insensible , et la chaleur naturelle étant surabondante chez lui, ainsi que nous l'avons dit, il
n'a nul besoin de l'exercice musculaire, qui est
si nécessaire pour le développement ultérieur
de la machine , et pour compléter ses forces
digestives. Comme on a reconnu l'impuissance de lui procurer cet exercice , on a cru
pouvoir y suppléer par l'art , en l'agitant dans
son berceau à l'aide d'un mouvement ondu-
latoire. Lorsque ce mouvement est doux ,
léger et sans secousses, il est agréable, et facilite les digestions , la circulation des fluides ,
et oscille les vaisseaux lymphatiques ; et, en
accélérant la circulation dans le sensorium ,
il occasionne une douce pression , suivie d'un
sommeil paisible ; mais les nourrices mercenaires et quelques mères imprudentes abusent
de ce moyen. Fatiguées des plaintes, des cris
de leurs enfans qui refusent de se livrer au
sommeil, tantôt parce qu'ils sont inquiétés

par de mauvaises digestions, ou parce qu'ils
éprouvent des coliques, des tranchées, un
prurit, une cuisson, etc., elles cherchent à
provoquer le sommeil en les secouant horriblement, et, à tel point, qu'il en résulte une
pression démesurée, et des mouvemens dé-
sordonnés dans le sensorium, ce qui les jette
dans un assoupissement morbifique (1). De
sorte que les enfans habitués à être bercés,
ne doivent l'être que légèrement ; et qu'ils le
soient ou non, toutes les fois qu'ils se plain-
dront, il faudra rechercher, avec soin, le
motif de leurs cris : unique moyen que la
nature leur a accordé pour exprimer leurs
besoins, et pour se faire délivrer de la cause
qui produit chez eux une sensation pénible et
douloureuse. Les personnes aisées peuvent
procurer du mouvement à leurs enfans, en
les mettant dans un petit chariot que l'on
traîne dans la chambre et même à l'air libre :
cet exercice est beaucoup plus utile que celui

(1) L'habitude que contractent les enfans, d'être
bercés, exige quelquefois des secousses violentes pour
leur procurer le sommeil ; mais ce sommeil n'est qu'un
état de stupeur, voisin de l'apoplexie. Chez d'autres
enfans, le mouvement le plus léger produit des vomissemens, des convulsions : il vaudrait donc mieux ne
jamais les bercer. (B.)

du berceau. En les portant au bras, on doit
être très-attentif à ce que les membres ne
soient pas trop comprimés, pour éviter que
les os, presqu'encore dans un état gélati-
neux, ne se vicient pas, et l'on doit, alternativement, les porter, tantôt à droite, et
tantôt à gauche. L'enfant n'étant point gêné
par des ligatures, son tronc et ses extrémités
demeurant libres, accoutumé à des lavages
froids, commencera de bonne heure à exercer
les muscles locomoteurs ; il étendra, fléchira
ses membres à volonté, et ne tardera pas à
se tenir assis sur son petit lit. A cinq ou six
mois, on peut le placer sur un tapis ou sur
une natte de jonc ; la mère ou la nourrice
dirigera ses premiers pas en l'attirant auprès
d'elle, et en lui accordant le sein pour prix
de ses efforts. De cette manière, on verra
le nourrisson se développer, devenir fort,
robuste, conserver cette hilarité, apanage de
l'enfance ; et, à peine aura-t-il atteint sa première année, qu'il marchera seul.

L'existence humaine est des plus incer-
taines, depuis le moment de la naissance
jusqu'à l'âge de trois ans. En effet, la majeure
partie des enfans succombe pendant cet intervalle ; la vie est pour eux un contraste
continuel, un état violent ; il faut qu'ils

s'accoutument à toutes les diverses impressions nouvelles que produisent sur eux les
nombreux objets qui les environnent ; à
toutes celles qu'occasionnent les alimens. Les
affinités organiques animales s'exercent sans
cesse pour vaincre l'action des stimulans inso-
lites, afin que cette action ne trouble point
l'équilibre nécessaire entre les fluides et les
solides, ce qui constitue l'état de santé, ou
pour le rétablir lorsqu'il est rompu. Enfin,
ce n'est pas sans de graves perturbations physiques que s'exécute le prompt développement
de leurs organes, et la dépuration de leurs
humeurs ; c'est pourquoi nous les voyons très-
sujets aux fluxions, à la toux, aux catharres,
à la fièvre, jusqu'à ce qu'ils se soient habitués à l'action de l'air atmosphérique ; ils le
sont aux indigestions, aux coliques, aux
vomissemens, aux diarrhées, jusqu'à ce que
les forces digestives se soient accoutumées
aux nouveaux alimens : pendant toutes ces
variations, des symptômes très-manifestes
nous démontrent leur état de souffrance physique. Le mouvement accéléré, prépondérant
des fluides, et la souplesse des solides à laquelle on doit l'allongement des plus petits
vaisseaux, le développement et l'augmentation des organes, et, en particulier, du sys-

tème osseux, ne peuvent s'exécuter sans que
la machine n'en reçoive de graves altérations. La dentition nous en fournit des preuves
convaincantes ; quoiqu'elle s'opère très-heu-
reusement, elle ne laisse pas que d'altérer les
fonctions animales ; ce qui nous est indiqué
par l'inquiétude, par des insomnies, des vomissemens, des diarrhées, des coliques, etc.,
qui surviennent à cette époque, ainsi que la
fièvre, des pétéchies, des convulsions. Si
aucune cause nuisible ne vient troubler les
efforts de la nature, elle sortira toujours vic-
torieuse de la lutte qui s'est établie, et avec
d'autant plus de facilité, que la petite machine aura acquis plus de force et de développement. Il faut qu'une éducation physique, sage et prévoyante en seconde les
efforts, augmente les forces de l'enfance, et
éloigne tout ce qui pourrait en troubler les
opérations. La méthode que je propose étant
basée sur une longue expérience bien entendue, est la plus propre à préserver les
enfans de ces pertubations violentes, et à les
conduire heureusement à perfectionner et à
consolider, par degré, leur constitution si
délicate et si sensible.

Les humeurs se dépouillent de tout ce
qu'elles ont pu recevoir d'hétérogène dans

l'utérus ; et si la Nature était incapable de les éliminer par la voie de la transpiration cutanée, qui est presqu'insensible, rendue plus active par les froids lavages, elle les dirigerait vers la peau, particulièrement à la tête et à la face, où l'on remarque fréquemment des éruptions connues sous le nom d'accores ou croûtes de lait. Ces croûtes disparaissent à mesure que les forces digestives se fortifient, et à l'aide d'un régime doux et rafraîchissant que l'on fait suivre à la nourrice, en lui faisant éviter tous les alimens aromatiques, âcres, et l'excès du vin ; il faut surtout s'opposer à toute espèce d'application sur ces éruptions. C'est cet âge (celui de trois ou quatre mois) que l'on doit choisir pour vacciner. D'après une loi constante de la nature, tous les corps animaux et organiques supportent d'autant plus aisément l'action d'un nouveau stimulant, qu'ils sont moins éloignés de leur naissance ; de sorte que l'enfant supportera plus facilement celui du virus vaccin naturellement doux, ainsi que nous l'avons observé dans le second chapitre. En vaccinant à cet âge, on évite l'inconvénient de pratiquer cette opération à l'époque de la dentition. Il est vrai que, généralement, tous les vaccinateurs ne considèrent point la vaccination

comme nuisible à la dentition et réciproquement ; mais je crois qu'il est plus prudent de
vacciner avant ou après la pousse des dents.

La dentition commence ordinairement vers
le sixième ou le septième mois après la naissance ; quelquefois cependant elle retarde jusqu'au dixième, et même jusqu'à la fin de la
première année ; et il est des individus chez
lesquels elle se fait plus promptement ; il y
a des enfans qui naisssent même avec des
dents ; Louis XIV, dit-on, vint au monde
avec les mâchoires armées chacune de deux
dents. Les incisives moyennes de la mâchoire
inférieure, sont les premières qui percent les
gencives ; leurs correspondantes de la supérieure se montrent ordinairement quinze jours
ou trois semaines après ; les incisives latérales
inférieures commencent à pointiller ; leurs
correspondantes supérieures sortent ensuite.
Après la sortie de ces huit premières dents,
la nature semble se reposer quelque tems ; car
ce n'est que dans le cours de la seconde année,
que les quatre conoïdes ou angulaires rom-
pent leurs enveloppes ; celles de la mâchoire
inférieure, qu'on appelle mercières, viennent
d'abord, et les supérieures ou œillères percent
ensuite. Peu après la sortie de ces douze dents,
on voit paraître les petites molaires, et les

quatre autres ne se montrent qu'à dix-huit ou vingt mois, et quelquefois elles retardent jusqu'au vingt-huitième. La nature n'exécute point un travail aussi remarquable sans que les divers systèmes ne soient troublés ; aussi cette époque est-elle la plus difficile, la plus périlleuse de l'enfance. Les enfans souffrent beaucoup, surtout quand les premières incisives commencent à pousser, et leurs souffrances augmentent encore à la sortie des canines ; c'est alors qu'ils deviennent tristes, faibles inquiets ; ils maigrissent ; leurs digestions s'altèrent ; la diarrhée survient, ainsi que l'inapétence ; des coliques se font sentir ; la fièvre se déclare, et l'on voit paraître des convulsions et quelquefois l'épilepsie. Cet air souffrant se fait remarquer lorsqu'on les porte sur les bras, et surtout quand on les oblige à marcher : preuve évidente que la dentition intéresse et trouble le système osseux qui, à cette époque, est plus faible, plus sensible et plus douloureux : si l'enfant renfermait quelques fermens de rachitis, cette maladie se déclarerait. Les gencives sont d'abord rouges et gonflées, ensuite elles deviennent blanchâtres ; l'enfant éprouve du soulagement en les pressant avec ses petits doigts : on cherche à imiter cet acte en lui attachant au cou , par le moyen d'un ruban , un corps dur et lisse , d'ivoire ou de corail , qu'on lui apprend à promener sur ses gencives, parce que l'on pense que ce corps peut amincir la membrane qui recouvre la dent : ce qu'il y a de certain, c'est qu'il diminue momentanément la douleur ; on se servira avec plus d'avantage d'un morceau de réglisse ou de guimauve (1).

Si les enfans ne sont atteints d'aucune infirmité, et qu'ils aient été élevés de la manière dont nous l'avons indiqué, ils passeront, sans danger et sans les secours de l'art, les orages de la dentition. Il est essentiel, néanmoins, que , pendant cette éruption , la nourrice évite les alimens et les boissons qui peuvent l'échauffer et aigrir son lait. Une nourrice attentive distinguera, dans cette circonstance comme dans les autres , si c'est aux douleurs de la dentition ou aux besoins d'alimens qu'on doit les cris de son nourrisson. Les cris occasionnés par le besoin d'alimens sont moins aigus et plus continus ; d'ailleurs , ils sont accompagnés de certains gestes ; l'œil de l'enfant

_____

(1) En effet, ces racines ne contondent pas la gencive, comme le corail ou l'ivoire ; ces moyens doivent donc être abandonnés. (*B.*)

ne quitte pas la nourrice ; il la suit partout ;
on voit qu'il éprouve un déplaisir sensible
lorsqu'elle s'éloigne, et le sourire règne sur
ses lèvres lorsqu'elle se rapproche, particulièrement si elle lui montre le sein. Les cris
que lui arrache la dentition sont bien plus
aigus, et s'interrompent par intervalles lorsque les douleurs cessent, et ne sont point
calmées par la présence de la nourrice, ni
même par la succion. Pendant le cours de
cette éruption, on aura soin d'alimenter les
enfans simplement avec le lait ; il contribue
à appaiser les ardeurs qu'ils éprouvent, et
qui sont augmentées par la bouillie ; car ils
ne peuvent supporter dans la bouche aucune
substance capable d'augmenter l'irritation qui
déjà y existe. Si la diarrhée devient inquié-
tante, opiniâtre, on administre quelques lave-
mens de lait, de décoction d'orge ; et si les
digestions ne se rétablissent pas, on pres-
crira quelques cuillerées de sirop de chicorée.
Dans cet état de souffrance, les enfans ont
besoin d'être gouvernés avec beaucoup de
ménagement. On ne doit point les forcer à
rester debout, encore moins à marcher. Il
arrive quelquefois que la membrane de la
gencive résiste à la sortie de la dent, qui ne
peut la diviser sans produire des douleurs

véhémentes, sans exciter le mobile système nerveux, à la suite de quoi l'on voit souvent paraître des convulsions spasmodiques. Il convient alors de recourir à l'incision de la gencive, pour donner accès à la sortie de la dent, et pour arrêter les symptômes fâcheux qui s'étaient montrés. Si on en excepte ces circonstances, qui heureusement sont fort rares, j'ai toujours vu la dentition s'accomplir par les seuls efforts de la nature, lorsque l'individu n'est entaché d'aucun vice. A peine cette crise est-elle terminée, que l'enfant reprend cet air d'hilarité, qui est un indice certain de son bien-être. On ne doit point cesser les lavages froids ; on continuera à le laisser en pleine liberté, placé sur une natte ou sur un tapis, exposé aux changemens de l'atmosphère, éloigné de la chaleur artificielle, légèrement vêtu, même en hiver ; il doit être nettoyé chaque fois qu'il en a besoin, et au bout de dix mois, ou à la fin de la première année, on aura le plaisir de le voir marcher seul et sans soutien. Les moyens qu'on emploie assez généralement pour soutenir les enfans et les faire marcher, sont extrêmement nuisibles ; ils peuvent déprimer le sternum, courber l'épine dorsale, et faire varier les points naturels des os, d'où il résulte des difformités, et la privation de cet équilibre si nécessaire pour assurer la marche de l'enfant.

On n'est point d'accord sur le tems qu'on doit allaiter les enfans. Les uns pensent qu'il faut leur donner le sein jusqu'à l'âge de quinze ou dix-huit mois ; mais l'estomac s'accoutumant toujours de plus en plus au lait, ne digérera qu'avec peine tout autre aliment ; les organes digestifs s'altéreront, et les enfans dépériront et deviendront languissans. D'après cela, il en est qui veulent que l'allaitement ne soit pas prolongé au-delà de l'année, et, tout au plus, au-delà de quinze mois. D'autres sont d'avis, considérant le lait comme un chyle presque formé, qu'il convient d'en nourrir l'enfant jusqu'à ce que les organes digestifs soient parfaitement développés, et qu'ils aient acquis la force nécessaire pour convertir une autre espèce d'aliment dans la nature animale ; et ils fixent l'époque du sevrage après la deuxième année, époque où la dentition est complètement achevée, ces organes étant nécessaires pour déchirer, broyer les alimens, et pour les préparer à l'action des forces digestives : cette opinion se rapproche de celle des anciens, qui avaient la coutume de ne sevrer les enfans que lorsque le lait se tarissait de lui-même. Je crois que l'on ne peut, d'une manière précise, fixer l'époque du sevrage; qu'elle doit être subordonnée au plus ou au moins grand développement des forces et des organes digestifs. Néanmoins, et, en général, il convient de ne pas sevrer avant l'année et après le dix-huitième mois. A cette époque, les dents incisives, les canines sont généralement sorties; elles suffisent pour inciser, déchirer les alimens légers que l'on emploie pour nourrir les enfans de cet âge, particulièrement si l'on a suivi les préceptes que nous avons donnés, et qui sont propres à faciliter leur développement. Dans le cas où l'éruption des dents n'aurait pas eu lieu, il conviendrait de prolonger l'allaitement, et l'on se conduirait de la même manière, si l'enfant était atteint de quelques-unes des maladies auxquelles il est exposé à cet âge, dans la crainte de désordonner ses digestions : en lui continuant le lait, il faut soumettre la nourrice à un régime convenable. En un mot, l'allaitement prolongé ne peut être que nuisible à la mère et à l'enfant. Le lait seul certainement ne suffit pas pour alimenter un enfant qui est à son quinzième ou dix-huitième mois; en supposant qu'il suffise, l'estomac étant habitué à ce léger aliment, ne pourrait, par la suite, en supporter un autre plus solide et plus consistant; et, en outre, le lait mêlé avec d'autres alimens, pourrait dégénérer, s'aigrir, produire des dérangemens dans les digestions; occasionner des coliques, des diarrhées, ainsi que je l'ai plus d'une fois observé. Les nourrices, en se dépouillant de la partie la plus nourrissante de leurs humeurs, ne pourront en réparer les pertes, et s'exténueront sans aucun avantage pour leur nourrisson. Enfin, elles seront moins disposées à concevoir; et si elles devenaient enceintes, l'enfant qu'elles porteraient dans leur sein, participerait de leur état de faiblesse.

Si les constitutions n'avaient pas été détériorées par les causes que nous avons examinées en détail (*chapitre II*), une nourriture végétale jusqu'à l'âge de trois ou quatre ans, aurait été suffisante pour opérer le développement complet des enfans, et pour les rendre actifs et robustes; mais, vu la faiblesse générale où elles sont tombées aujourd'hui, j'ai reconnu que les forces digestives étaient insuffisantes pour surmonter cet état de faiblesse à l'aide d'un régime végétal : les végétaux disposent les enfans aux crudités, aux vomissemens, aux acidités, etc., et leur état de faiblesse augmente. J'ai donc substi-

tué au lait, et avec avantage, les bouillons
gras, avec lesquels on fait leur soupe, au lieu
de se servir d'eau : il est bien entendu qu'ils
doivent être faits avec des viandes blanches,
dépouillées de leurs parties graisseuses, particulièrement pendant les premiers mois. A
cet aliment on ajoute, par degré, quelques
légumes cuits, des fruits doux, des œufs
frais, etc. : alimens faciles à être digérés, et
qui ne laissent aucun résidu putride, comme
ceux qui sont trop succulens : ces derniers se
corrompent aisément, et ils produisent des
fièvres, des affections vermineuses, avec d'autant plus de facilité, que les enfans les avalent
sans presque les mâcher. L'eau pure, de
bonne qualité, doit être la boisson ordinaire
de l'enfance, et les parens doivent bien se
persuader que la chaleur qui prédomine à cet
âge, et qui augmente à mesure que les enfans
se développent, est suffisante pour maintenir
l'estomac dans toute son activité, et que leurs
fluides n'ont aucun besoin de boissons stimulantes et excitantes ; mais ils doivent également-
ment être modérés dans l'emploi des délayans
et des rafraîchissans tels que l'eau. J'ai toujours reconnu que l'usage prématuré du vin
et du régime animal était pernicieux, particulièrement avant trois ans. Au contraire,

la privation du vin, jointe à un régime composé de bouillons gras, de légumes, d'œufs frais, évite les indigestions, les fièvres, les vers, etc. Ce régime doit être continué jusqu'à l'âge de trois ou quatre ans; et ensuite, par degré, on accoutumera leur estomac à la variété des alimens, quoiqu'il serait plus avantageux, s'il était possible, de les maintenir toute leur vie dans un régime aussi simple : ils seraient bien moins exposés aux nombreuses maladies qui affligent le genre humain.

La quantité des alimens et les heures de les administrer doivent varier, être relatives à l'activité des forces digestives et au plus ou moins prompt développement de l'individu. Les enfans, aussitôt qu'ils commencent à marcher, sont dans un mouvement continuel. En les nourrissant avec des alimens simples, et faciles à être pénétrés par les sucs gastriques, le calorique abondant chez eux, les digestions se font promptement, la faim se réveille aussitôt, et demande à être satisfaite. C'est pourquoi, à cette époque, on nuirait à leur développement, si on laissait leur estomac dans un état de vacuité; ils souffriraient et tomberaient en langueur; de sorte qu'il est impossible de préciser la marche à suivre dans l'administration des alimens. Il

convient d'en donner chaque fois qu'ils en
réclament; cependant, il faut distinguer si
leurs demandes sont l'effet de la glouton-
nerie ou du besoin : on s'en assurera en exa-
minant attentivement leur physique et leurs
évacuations naturelles. Ce que nous venons
de dire doit également se rapporter à la quantité qu'il faut leur en donner chaque fois :
cette quantité sera en raison relative de leur
développement. En général, l'enfant qui marche, dissipe plus que celui qui reste assis ; le
premier a donc besoin d'une plus grande
quantité d'alimens que le second.

Nous avons établi que les enfans devaient
exercer leurs muscles locomoteurs, étant
placés sur une natte ou sur un tapis. On les
voit d'abord qui marchent sur les mains et
sur les pieds ; ils exécutent des mouvemens
variés qui les disposent à se redresser sans
aucun soutien ni appui. Parvenus à marcher
seuls, les os du crâne ayant pris de la consistance, ils vont la tête découverte ; la nuit
même ils ne supportent pas la plus légère
coëffure, et souvent on les voit courrir nu-
pieds, quelle que soit la saison. Lorsqu'à l'aide
des lavages et des bains froids, leur peau aura
été fortifiée, qu'ils auront été accoutumés à
l'air libre, sans qu'on ait jamais permis qu'ils

se réchauffent à la chaleur artificielle, ils ne courront aucun danger ; l'insensible transpiration cutanée ne sera point altérée, et on ne les verra point atteints de fluxion, de rhume, de catarrhe, etc., mais on les verra se fortifier de plus en plus. Pour acquérir la preuve des avantages qu'apporte une telle méthode, nous n'avons pas besoin d'aller là chercher en Amérique ou chez les nations du nord de l'Europe. Nous n'avons qu'à parcourir nos campagnes, et nous apercevrons tous les enfans de deux ou trois ans, chez lesquels on a suivi la méthode proposée, être forts, robustes, bien colorés, et jouissant de la meilleure santé, si toutefois ils n'ont pas contracté, dans l'utérus, ou par l'usage des mauvais alimens, quelques infirmités, ainsi que, malheureusement, on ne l'observe que trop fréquemment. Ceux qui jouissent d'une bonne constitution, sortent de leur habitation presque nus, sans bas, sans souliers ; et si, par accident, ils sont mouillés ou qu'ils se baignent, ayant été accoutumés aux lavages froids, on n'a besoin que de les essuyer et de les changer de vêtemens : par cette seule précaution, on évitera toute espèce d'indisposition.

En suivant une semblable méthode, il ne

faut point tomber en contradiction avec soi-
même : pendant la nuit, on évitera de renfermer les enfans dans des chambres trop
échauffées, de les charger de couverture, et
de permettre qu'ils approchent du feu. J'ai
fréquemment remarqué cette contradiction,
et, plusieurs fois, elle m'a valu des reproches
de la part des parens que j'avais décidés à
élever leurs enfans selon le régime froid.
Nous observerons que si l'on adopte ce régime, dans toute sa rigueur, avant que la peau
ait acquis une densité entière, une force nécessaire que leur communiquent les lavages
et les bains froids gradués, et avant qu'elle
n'ait été rendue presqu'indifférente à l'action
du froid et du chaud, il peut en résulter des
conséquences fâcheuses. Il est encore essentiel que les enfans que l'on soumet à cette méthode d'éducation physique, jouissent d'une
bonne constitution, et qu'ils ne soient affectés
d'aucune infirmité. Nous n'avons, jusqu'ici,
parlé que des altérations inévitables, effets
des changemens physiques que les forces animales produisent, dans le développement des
organes, de l'enlèvement de ces matières
graisseuses dont ils sont recouverts en naissant, et de la dépuration des fluides. Ces altérations principales sont : l'évacuation du mé-

conium, les coliques occasionnées par l'irritation du nouvel aliment, les symptômes que produit la dentition, les aigreurs et les éruptions cutanées. Ces divers phénomènes cessent par les seuls efforts de la Nature : l'art ne doit que les favoriser. Nous avons encore fait mention des défectuosités qui peuvent se rencontrer au moment de la naissance, afin d'y remédier sur-le-champ. Nous allons passer maintenant à l'examen des maladies qui se montrent dans la suite, soit par une disposition héréditaire, ou comme étant propres à cet âge, tant pour pouvoir les combattre à tems, par les moyens que nous offre la médecine, que pour modifier la méthode d'éducation physique, selon la nature des maladies. Nous allons d'abord parler des secondes.

Une lymphe dense, visqueuse produit fréquemment, à la bouche des enfans, de petits ulcères ronds, superficiels, connus sous le nom d'aphthes. Cette affection est accompagnée d'une chaleur cuisante, qui les inquiète et les empêche même, quelquefois, de prendre le mamelon ; et lorsque le besoin extrême d'aliment les y entraîne, ils donnent des marques sensibles d'une vive douleur. Dans ce cas, les nourrices doivent adoucir leur lait, le délayer à l'aide d'une boisson faite

avec l'orge ou la racine de réglisse, et elles
auront soin d'éviter les alimens gras, âcres
et échauffans. On emploiera, avec succès,
quelques cuillerées de petit-lait de chèvre bien
dépuré ; il les adoucit, il les dompte (1) : s'il
existe un état de constipation, on adminis-
trera une légère dose de sirop de chicorée.

Les enfans sont assez souvent sujets à un
amas de mucosités, qui produisent des catar-
rhes, des toux convulsives, dont la cause
principale réside dans l'estomac. En pareille
circonstance, un doux vomitif, ou quelques
grains de racine d'ipécacuanha dans du bouillon, suffiront pour détruire ces symptômes ;
ou, s'ils sont trop jeunes, on emploiera la
racine d'iris de Florence, ou d'yeux d'écrevisses dans une petite quantité de décoction

_____

(1) Les aphthes cèdent assez généralement à un
traitement local, à des injections émollientes dans l'intérieur de la bouche ; quelquefois, pour appaiser les
douleurs qu'ils occasionnent, il est nécessaire de les
toucher, à l'aide des barbes d'une plume ou d'un petit
pinceau, trempé dans un mélange de miel et de lau-
danum. S'ils ont un aspect grisâtre, s'ils occupent particulièrement les bords onduleux des gencives, on peut
les considérer comme produits par une inflammation
diphthéritique ; dans ce cas, on les cautérisera légèrement avec l'acide hydrochlorique, ou avec le nitrate
d'argent fondu. (B.)

de chardon-bénit. Les digestions des enfans s'altèrent facilement, soit en raison de la délicatesse de leur estomac, ou de la variété des alimens dont on les nourrit. On les rétablira aisément en prescrivant quelques légers purgatifs, et en leur donnant ensuite, tous les deux jours, quelques cuillerées de décoction de quinquina : on aura surtout soin de modérer la quantité des alimens, et de supprimer celui qui aurait pu occasionner ces dérangemens. La dentition difficile, les vers, les amas de matières corrompues dans l'estomac et dans les intestins, la mauvaise qualité du lait, peuvent produire de grands désordres, et occasionner des convulsions qui, souvent, dégénèrent en épilepsie : cette maladie se guérira, après la dentition, quand on aura évacué l'estomac et les intestins, soit avec la manne ou le sirop de chicorée, à des doses proportionnées à l'âge et aux forces de l'enfant.

Les maladies fébriles, les exanthèmes, et particulièrement la variole, la rougeole, en irritant le système nerveux, donnent lieu aux convulsions. Nous ne parlerons point du traitement qui convient à ces affections, il doit être confié à un médecin. Les convulsions sont toujours un symptôme de quelques maladies,

quoique les enfans y soient plus ou moins
sujets en raison de la mobilité de leurs nerfs :
la pratique de la médecine nous enseigne qu'il
y en a qui n'en sont point assaillis, tandis que
d'autres s'en trouvent affligés par la plus légère
cause. On est assez généralement dans l'habitude de prescrire aux enfans atteints de convulsions, des remèdes chauds, âcres, des
liqueurs spiritueuses, des sels volatils, des
narcotiques, etc. ; comme ces moyens sont
par eux-mêmes capables de les produire par
l'effet de leur action stimulante sur les nerfs,
il convient de ne pas les administrer ; il en est
de même des toniques : dans le cas où les convulsions seraient occasionnées par un état sa-
bural, si on en renferme la cause, on ne fera
que les accroître. Les anodins, les narcotiques sont par fois utiles ; mais il ne faut en
user qu'avec la plus sévère circonspection, et
seulement après avoir enlevé la cause qui y a
donné lieu. Dans le moment de l'accès convulsif, j'ai observé que quelques cuillerées d'infusion de quinquina, dans laquelle on a mis
une dixaine de gouttes de liqueur anodine,
est très-utile : une fois que les premières voies
ont été débarrassées des matières qui les sur-
chargeaient, et qui sont, ainsi que nous l'avons
observé, la première source des convulsions,

on calme avantageusement et peu-à-peu l'irritation avec le sirop de pavot blanc, administré à petites doses.

Il nous paraît à propos de relever ici une erreur que commettent surtout les nourrices mercenaires, et qui a quelquefois des suites fâcheuses ; je veux parler de l'emploi des opiacés : fatiguées par les inquétudes et les pleurs des enfans, inquiétudes et pleurs occasionnés par quelques causes morbifiques, ou par le mal-aise que produit le développement de leurs organes ; elles recourent, pour assoupir et faire cesser leurs cris, à la thériaque, aux opiacés, médicamens échauffans qui diminuent et suspendent quelquefois leurs évacuations naturelles, retiennent dans les premières voies les matières putrides, obstruent les vaisseaux si petits et si délicats de l'enfant, d'où naissent des maladies chroniques.

Les enfans sont assez généralement disposés aux affections vermineuses, attendu que leurs sucs gastriques et leur bile n'ont point encore acquis cette activité dissolvante propre à détruire la semence qui s'est introduite avec les alimens, ou pour empêcher que les molécules organiques surabondantes, qui ne se sont point assimilées à la nature animale, ne se changent

en vers ; mais on attribue trop généralement
à ces insectes leurs dérangemens, et on les
tourmente inutilement avec des médicamens
dont l'usage n'est pas toujours sans inconvénient. La cause première des vers est, avec
raison, attribuée aux mauvaises digestions, car,
lorsque cette fonction s'exécute bien, il est
rare que les enfans y soient sujets, et s'il leur
en survient quelques-uns, comme on l'observe
même chez les personnes les plus saines, leur
santé n'en est point altérée.

Le premier remède qu'il convient d'employer, pour y remédier, est celui de régler
les enfans de manière à ce que leurs digestions
ne se dérangent pas, et si cela arrivait, il faudrait se hâter de les rétablir, en administrant
d'abord un léger purgatif, et passer ensuite à
l'emploi des amers ; je préfère, dans ces cas,
la décoction ou l'infusion de quinquina, selon
l'âge. Lorsque, malgré l'usage de ces moyens,
les vers ne disparaissent pas, j'ai recours et
avec succès, particulièrement s'il y a de la
fièvre, à quelques grains de mercure doux, unis
à la scammonée et avec un peu de sucre, que
je fais administrer dans une cuillerée d'eau ou
de bouillon. On prévient les dispositions aux
vers, en faisant prendre tous les matins quelques cuillerées d'eau bouillie avec le mercure

coulant, ou un peu d'huile commune, mêlée avec le suc de limon ; dans certaines circonstances, j'ai employé avec beaucoup de succès la teinture de mars, ou la limaille de fer, selon les dispositions de l'estomac.

Nous avons fait observer que lorsque le lait était pris en trop grande quantité, il se digérait mal, qu'il s'aigrissait sur l'estomac, qu'il produisait des acidités et autres symptômes ; nous avons également fait remarquer que pour dissiper et prévenir ces accidens, il convenait que le nourrisson n'en prît pas une aussi grande quantité, et qu'il fît usage des purgatifs et des poudres absorbantes ; mais si ces aigreurs sont dues à un état de faiblesse de l'estomac, ce qui est annoncé par l'odeur qu'il exhale, tant par la bouche que par la transpiration et ses excrémens délayés et verdâtres, il faut se hâter de réclamer les conseils d'un médecin éclairé.

Dans le troisième chapitre, nous avons parlé des avantages que l'on retirait de la vaccination; mais si ce préservatif de la variole arabe n'avait pas été employé et qu'elle se manifestât, il serait convenable d'évacuer les premières voies à l'approche de la fièvre, et l'on devra tenir la même conduite au début de la rougeole, de la scarlatine, et lorsqu'il sur-

vient quelques engorgemens glandulaires. Ensuite, on passera à un régime rafraîchissant,
à une diète convenable , jusqu'après la sup-
puration de la variole , la desquamation des
autres phlegmasies , et jusqu'à ce qu'enfin
l'engorgement glandulaire se soit dissipé. Que
la variole soit confluente ou discrète, son traitement est le même. Si l'enfant était encore
à la mamelle, on aurait soin de prescrire à la
nourrice un régime convenable , pour rendre
son lait plus doux et plus délayant. Après que
ces maladies ont parcouru leurs périodes, on
purgera le convalescent avant de permettre
qu'il soit exposé à l'air libre , dans la crainte
de répercuter la matière de la transpiration
insensible : j'ai vu, dans plus d'un cas, où ces
moyens avaient été négligés , des enfans devenir hydropiques.

Les enfans ont les fibres extrêmement faibles , elles se relâchent facilement ; et, dans
leurs pleurs continuelles, celles de l'anneau ,
apportant peu de résistance, cèdent aux contractions réitérées du diaphragme et des muscles du bas-ventre ; le péritoine, les intestins
pénètrent dans les ouvertures, ce qui les assujétit à des ruptures ou hernies. Dans ce cas ,
on tâchera d'éviter les cris, et on fera rentrer l'intestin en couchant l'enfant sur le dos ,

et en le repoussant convenablement : quelquefois il rentre de lui-même, en faisant
prendre cette position. Immédiatement après
sa rentrée, on couvre l'anneau avec une com-
presse imbibée de vin ou d'eau fraîche, et
l'on appellera un chirurgien pour y appliquer
un bandage convenable, qui empêchera une
nouvelle issue et procurera une entière guérison assez facile à obtenir à cet âge. Pour
les mêmes raisons, les enfans, en bas âge,
sont encore assujétis à la chute du rectum :
il faut employer les mêmes précautions, et le
faire rentrer ; mais, pour y parvenir, ils doivent être couchés sur le ventre. Un lait trop
nourrissant, l'usage des farineux non-fer-
mentés, celui des alimens difficiles à digérer,
soit par leur nature ou par le défaut des sucs
gastriques et de la bile, produisent un chyle
cru, dense, qui traverse difficilement les
vaisseaux, où il s'arrête quelquefois, et occasionne des obstructions plus ou moins rebelles
dans les viscères abdominaux ; dès-lors les
enfans pâlissent, se bouffissent ; la diarrhée
ou la constipation survient. En pareilles circonstances, on sent aisément qu'il convient
de leur donner des alimens plus légers ; d'employer la rhubarbe, les savonneux, et de
passer ensuite à l'usage des absorbans, des

poudres martiales, et surtout, autant que possible, de leur faire prendre de l'exercice : l'air de la campagne est des plus avantageux dans des cas analogues.

Nous avons fait remarquer les dérange-mens qui peuvent survenir aux enfans, et nous avons indiqué les moyens que l'on doit employer au moment qu'ils surviennent, dans la vue de prévenir ceux qui précèdent l'éducation physique, et de les reconnaître à tems pour consulter un médecin qui doit en diriger la cure. Excepté les incommodités auxquelles ils sont naturellement sujets, pour l'entier développement de leurs organes, si on adopte la méthode proposée avec les précautions convenables, ils seront moins sujets aux maladies, la majeure partie des causes pouvant, ainsi que nous l'avons déjà observé, s'éviter par une bonne éducation physique, propre à rendre leur constitution plus forte, plus robuste et moins sujette à s'altérer.

Il me reste à parler des divers virus que les enfans peuvent avoir contractés dans l'utérus. Nous avons fait remarquer, dans le chapitre second, que la siphilis, le scorbut, le rachitis avaient principalement contribué, dans ces derniers siècles, à débiliter la race humaine en Europe. Les parens qui ont transmis quelques souillures à leurs enfans doivent, pour réparer en partie leurs erreurs , faire tous leurs efforts pour les corriger, s'ils ne peuvent les éteindre : ils atteindront ce but, en leur donnant un bon lait, pur et exempt de tout vice. J'ai vu un très-grand nombre d'enfans, nés avec d'aussi funestes germes, chez lesquels on parvint à les mitiger, et même à les éteindre, en leur donnant le sein d'une bonne nourrice. Nous avons prouvé que lorsqu'une mère était affectée de quelques vices, elle ne devait point allaiter, dans la crainte d'aggraver sa situation, et d'altérer, de plus en plus, sa constitution. Lorsque des parens ont eu le malheur d'engendrer des enfans malsains, l'amour paternel, celui de l'humanité doivent parler à leur cœur, et les engager à faire les plus grands sacrifices, pour tâcher de réparer leurs fautes ; et, s'ils sont dans l'infortune, ils doivent les nourrir avec le lait de vache ou de chèvre. Nous avons rapporté ailleurs les raisons qui pouvaient décider à faire cette substitution, et l'expérience nous a prouvé qu'on en retire les plus grands avantages. J'insiste, de nouveau, pour que cette substitution ait lieu, afin de ne pas transmettre, de génération en génération, les germes des plus funestes maladies qui détruisent les constitutions, et quand même ce changement pourrait être suivi de quelques inconvéniens, l'art peut les dissiper, et ils seront toujours d'une conséquence inférieure à ceux que produit la transmission du virus qu'ils reçoivent avec le lait humain, et qui les affaiblissent et même en éteignent la majeure partie.

Les enfans qui ont contracté quelques maladies dans le sein maternel, naissent ordinairement maigres, faibles, et, quoiqu'à terme, ils sont à peine formés. Le virus vénérien attaque le système glandulaire qui se durcit ; le scorbutique se manifeste par la tuméfaction du visage, des jambes, où l'on remarque des taches jaunes, bleues, et par le sang qui sort facilement des gencives. Le rachitis est annoncé par la tuméfaction des os spongieux, par le relâchement et le gonflement des articulations, par l'abaissement des côtes, et par la distortion de la colonne épinaire : ces malheureux, nourris avec un lait sain, se fortifient, et il convient de prescrire à la nourrice un régime convenable à la nature de leur affection.

J'ai reconnu, dans une infinité de cas, que la méthode d'éducation physique proposée, adoptée avec circonspection, était avantageuse toutes les fois que l'on y arrivait par degré et selon le développement ou l'état de faiblesse de l'enfant. En effet, si les virus, selon leur nature, impriment aux solides une inertie, une torpeur qui affaiblissent leur réaction et le mouvement des fluides qu'ils dépravent, il s'en suivra que la nutrition s'opérera difficilement et imparfaitement, et que le développement des systèmes et des organes languira : de là naîtront des engor- gemens, des dérangemens dans les fonctions qui en dépendent. Quelle méthode à employer plus convenable que celle qui tend à corro- borer les solides, à rendre libre la circulation des fluides, à rétablir l'équilibre, l'action réci- proque des uns sur les autres, et à leur rendre leur nature douce et homogène ! On parvient à remplir ce but à l'aide d'un bon lait, des lavages froids, par le libre exercice des membres et des organes que des ligatures ne doivent point comprimer, à l'aide de l'exer- cice musculaire, de l'énergie des digestions et de la transpiration cutanée, principale régu- latrice des fonctions de l'économie animale. Alors si, par ces moyens, on ne parvenait point à éteindre ou à corriger ces virus, la constitution des enfans serait tellement dété- riorée, qu'il se présenterait des symptômes des plus graves, et qui exigeraient les secours les plus efficaces de l'art.

Mais, cessons de nous entretenir des commencemens de l'existence altérée par quelques affections graves, auxquelles l'enfance est assujétie par l'action des causes étrangères, et continuons notre examen en considérant le développement naturel et l'heureux accroissement des enfans qui se font selon l'ordre et les fins que s'est proposés la Nature, et l'unique objet de ce travail, afin que l'homme puisse mettre à profit, durant le cours de son existence, toute l'énergie dont il a été doué; c'est le seul moyen d'être heureux et utile à la Société.

Lorsque les enfans commencent à marcher seuls, s'ils ont été élevés selon la manière que nous avons indiquée, ils acquerront plus d'assurance; ils ne tomberont que difficilement; accoutumés à se retenir sur leurs mains, ils s'en serviront en cas de chutes, qui ne peuvent jamais être dangereuses, à moins que, par négligence, on ne les ait exposés dans des lieux périlleux; de sorte que ces bourrelets dont on charge et dont on embarrasse leur tête, pour les préserver des chutes, deviennent inutiles.

Il est nécessaire de leur donner des alimens chaque fois qu'ils en réclament, pourvu que les forces digestives soient en bon état, et que la digestion des derniers alimens soit achevée, ce qui a lieu très-promptement à cet âge, en raison de leur chaleur naturelle ; c'est pourquoi leur nourriture doit être souvent renouvelée, leur développement et leur nutrition étant très-actifs : ils souffriraient beaucoup si on leur laissait l'estomac vide. Leurs alimens doivent être simples, de facile digestion, et tirés du règne végétal, si nous en exceptons le bouillon destiné à faire leur soupe. On aura soin d'en augmenter la quantité, ainsi que nous l'avons établi, à mesure que les enfans prendront de l'accroissement ; et on évitera, avec le même soin, de leur donner des choses douces, échauffantes et aromatiques, dont ils sont extrêmement avides, et auxquelles, par un abus condamnable, on les habitue pour calmer leurs cris et satisfaire leurs fantaisies : ces substances douces dérangent les digestions, échauffent le sang, disposent aux fièvres aiguës. Mais ces effets fâcheux sont plus particulièrement le produit de l'usage du vin, des boissons stimulantes, spiritueuses, qui, étant capables d'irriter et de dessécher les fibres des adultes, et de les disposer à des maladies graves, peuvent, dans un âge aussi tendre et aussi mobile, agir d'une manière encore plus fâcheuse. Leur sommeil doit être long et réglé, pour que la sensibilité et la mobilité de leur système nerveux ne soient pas trop affectées par l'action continuée des objets externes ; et c'est pour cela que la Nature prévoyante leur a accordé un sommeil doux et facile.

Ce n'est pas sans de graves inconvéniens que l'on assujétit les enfans aux médecines de précaution, et à tous ces médicamens préservatifs : les uns et les autres ne doivent être prescrits que lorsque le médecin les aura jugé néccessaires. Le médicament ainsi que le préservatif le plus assuré, est celui de régler leurs digestions. Les mauvaises digestions, chez les enfans bien constitués, sont les principales causes de leurs maladies ; mais ceux qui auront été élevés d'après la méthode indiquée, y seront difficilement sujets. La Nature ne tarde pas à susciter une fièvre éphémère, pour dépurer les humeurs de ce qu'elles contiennent d'hétérogène. Ce mouvement fébrile doit être respecté, lorsqu'il n'existe aucune épidémie qui puisse affecter les enfans, ni quand il ne leur survient aucun symptôme d'irritation nerveuse ; il ne faut que diminuer la quantité de leurs alimens : la Nature se suffit à elle-même.

Les enfans doivent être libres de courir, de rire, de folâtrer, en plein air, tant l'hiver que l'été : on ne doit craindre ni le froid, ni les coups de soleil. Quand les enfans pleurent, il ne faut pas toujours leur accorder ce qu'ils veulent : leurs cris suppléent au défaut d'exercice musculaire, et avivent la circulation du sang, particulièrement dans la poitrine. Il convient, cependant, avant de les laisser pleurer, de s'assurer si leurs cris ne sont pas l'effet de quelque cause douloureuse : dans ce cas, il faut l'enlever aussitôt; mais, ordinairement, ils sont le produit de l'opposition qu'ils rencontrent dans leurs volontés; ne les grondez pas, ne les menacez jamais, et, surtout, évitez de les intimider : la peur peut leur être fatale.

Aucun changement ne doit s'effectuer dans la méthode d'éducation physique, jusqu'à l'âge de trois ans; mais, après ce terme, jusqu'à celui de sept, il convient d'habituer, par degré, et de plus en plus, les enfans à l'action des corps externes, principalement à celle de l'atmosphère, et des substances qui agissent sur les forces digestives. Aux simples lavages d'eau froide on substitue les bains froids, dans lesquels on les met tous les matins, en

les habituant à y rester chaque jour davantage, jusqu'à ce qu'ils puissent les supporter
pendant une heure. On prolongera le tems de
leurs promenades, qui doivent avoir lieu, à
l'air libre, à toutes les heures de la journée,
le matin comme le soir, l'hiver comme l'été,
et l'on continuera à les tenir éloignés du feu :
ils seront légèrement couverts dans leur lit,
et ils ne doivent être vêtus que modérément.
Que leurs amusemens et leurs jeux enfantins
soient alors portés jusqu'à une légère fatigue ;
par exemple : Pendant quelques heures, on
les exercera au saut, à la course, à porter
des objets plus ou moins pesans, selon leurs
forces. On aura soin de veiller à ce qu'ils se
servent avec autant de facilité d'une main que
de l'autre, pour les rendre ambidextres : leur
sommeil doit être réglé ainsi que les heures
des repas. On les fait coucher de bonne heure,
pour que l'on puisse les lever avec le soleil :
cette coutume influe singulièrement sur leur
bien-être. Graduellement, on variera la qualité de leurs alimens. Aux bouillons gras, aux
végétaux, aux fruits, aux œufs frais, on ajou-
tera du poisson, du laitage, et enfin quelques
viandes blanches, tendres, bien cuites, et en
petite quantité ; ce régime doit être prescrit
avec circonspection et selon les forces diges-

tives : on continuera de leur donner de l'eau
pure pour boisson. Leurs repas seront réduits
à quatre par jour, ainsi qu'on le pratique
assez généralement, c'est-à-dire, au déjeûner,
au dîner, au goûter et au souper. Cependant,
il peut arriver qu'ils aient encore faim pendant
l'intervalle d'un repas à l'autre ; dans ce cas,
il n'y aurait aucun inconvénient à ce qu'on
leur accordât un peu de pain, et même quelquefois du fruit bien mûr. On diminue la
quantité de leur soupe ; on les accoutume à
des alimens plus solides, en veillant à ce
qu'ils les triturent bien. Chacun sait que la
première digestion s'opère dans la bouche.
Les alimens, pour être facilement altérés par
les forces digestives, doivent être broyés,
triturés, et exactement mêlés avec la salive,
qui abonde dans la bouche pendant la masti-
cation. La propreté ne doit pas êre négligée :
l'atmosphère de leur chambre doit être fréquemment renouvelée. Leur lit sera propre,
et l'on en bannira les matelas de laine, les
lits de plumes, dans la crainte de les échauffer, et de les disposer aux fièvres, aux sup-
pressions de la transpiration ; ces lits ont
encore l'inconvénient de les rendre faibles,
moux, délicats : une simple paillasse, remplie
de paille bien sèche doit leur suffire.

Nous terminerons ce chapitre par observer, que l'on ne doit point fatiguer la mémoire des enfans par des préceptes, des fables, des histoires dont ils ne sont point en état de comprendre la signification, la moralité, ni même les termes. Forcer la mémoire avant que l'organe mystérieux du cerveau soit entièrement développé et corroboré, c'est la même chose que si l'on fatiguait les muscles, encore imparfaits, par de longues courses, de pénibles travaux ; ce qui les jetterait dans une mortelle langueur, et en arrêterait, pour toujours, le développement complet. Cet âge doit être seulement guidé par l'exemple. On sait que les hommes se distinguent des autres animaux par l'imitation, la curiosité : faites observer en pratique aux enfans ce que l'on veut qu'ils apprennent et qu'ils exécutent. Quand leur raisonnement commence à les servir, vous leur ferez remarquer, selon les circonstances, la nature et l'importance de leurs actions, et vous en déduirez des conséquences qui soient justes. En un mot, cette première époque de l'existence, la plus heureuse, et qu'ils ne peuvent apprécier, doit être entièrement consacrée au parfait développement des organes, et, à l'aide de l'éducation physique, à les rendre aussi forts que

le permet la trempe humaine. Lorsque cette
éducation est bien entendue , l'action des
corps externes agit sur eux, jusqu'à certaines limites, sans les altérer ; mais, sans le
secours de cette éducation, l'action des corps
se convertirait en cause nuisible, et couperait
la trame de leur existence.

CHAPITRE VII.

Seconde époque de l'éducation physique des enfans,
depuis l'âge de sept ans jusqu'à celui de quinze ; âge
où commence la puberté.

LES ENFANS qui ont passé la première
époque de leur âge , ont parcouru cet état de
la vie, environnés, comme nous l'avons fait
observer, de mille dangers , qui rendent leur
existence très-douteuse et incertaine. A l'aide
de l'éducation physique que nous avons proposée, on éloignera, non-seulement les périls,
mais on rendra encore leur constitution plus
forte et plus robuste, et beaucoup moins
sujette aux dérangemens accidentels et aux
maladies. Le principal objet que nous nous
proposons de traiter dans ce chapitre, a pour
but de mettre, graduellement, en activité leurs

puissances physiques, afin qu'ils soient plus utiles à eux-mêmes et à la Société ; de les former de manière, que les dangers de la vie qu'ils doivent parcourir, diminuent, et pour donner une certaine élégance à leur démarche.

La méthode d'éducation physique qui convient aux enfans du sexe masculin, dans la première époque, doit être adoptée pour ceux du sexe féminin ; ils en retireront les mêmes avantages. Toutes les fonctions physiques s'exécutent d'après les mêmes lois. Les organes qui distinguent les sexes et qui les modifient demeurent imparfaits et sans action, jusqu'à l'âge de puberté. Les enfans de l'un et de l'autre sexe ont les mêmes appétits, les mêmes besoins, les mêmes inclinations : on remarque en eux une même physionomie, un son de voix semblable, et les mêmes manières (1). Je trouve qu'il est très-utile que leurs habillemens soient les mêmes. L'habit de garçon a l'avantage de disposer le beau sexe

_____

(1) Nous pensons d'une autre manière que l'auteur. Les inclinations du sexe sont différentes de celles des hommes : déjà on s'aperçoit de ce sentiment de coquetterie qui commence avec leur vie, et qui ne cesse qu'à la mort. Le son de voix est beaucoup plus doux chez les filles ; le système nerveux est plus mobile ; aussi

à l'agilité, de lui donner une démarche plus assurée, les membres n'étant point incommodés par des vêtemens plus ou moins gênans. Mais la Nature, ayant destiné le sexe à la conservation et à la reproduction de l'espèce, les femmes sont obligées de passer leur jeunesse, lorsqu'elles sont enceintes, tantôt dans un état de faiblessse et d'altération, tantôt à allaiter ou à soigner leurs enfans. Pour remplir le but que la Nature s'est proposé, leur éducation physique doit donc tendre à les rendre saines, robustes et fécondes. Chez les peuples civilisés, le sexe n'étant point assujéti à des travaux très-fatigans, il n'y a point de nécessité que l'on cherche, au moyen de l'éducation physique, à en former des amazones, des femmes infatigables et courageuses. Il ne s'en suit pas de là que l'on doive, lorsque les filles sont parvenues à cette époque, leur interdire le mouvement et l'exercice ; on doit, au contraire, les leur conseiller, mais pour remplir un tout autre objet. On cherchera à développer en

sont-elles plus exposées aux convulsions, etc. Les bornes d'une note ne permettent pas d'établir ici les différences très-tranchantes qui existent entre les enfans de l'un et de l'autre sexe, même au moment de la naissance. (*B.*)

elles ces grâces si séduisantes et qui leur sont propres ; cette modestie, cette pudeur qui les distinguent ; cet air doux et attrayant qui en fait remarquer le caractère. C'est pourquoi j'ai jugé convenable de traiter séparément de leur éducation physique à cette seconde époque. L'éducation qui convient à un homme, ne peut convenir à une femme pour la rendre aimable et utile à la Société. La danse est un des exercices musculaires, propres à faire obtenir ces avantages, et à développer et corroborer leurs organes délicats. Le chant excite les organes de la voix, rend la circulation sanguine plus active dans les poumons, fortifie ces organes ; mais les muscles locomoteurs qui avivent la circulation sanguine, qui facilitent les digestions ; la respective séparation des humeurs dans le système glandulaire, et la transpiration insensible, demeurent inactifs, étant retenues dans l'intérieur de leur maison, pour veiller à leurs travaux domestiques. Elles obvient aux inconvéniens que cette inaction peut entraîner, en s'assujétissant à de longues promenades périodiques qu'elles font en plein air. Cet exercice est très-utile à leur santé ; par ce moyen, elles fortifient leurs nerfs, et se rendent moins sujettes aux vapeurs hystériques, aux convulsions, etc. L'époque de la puberté passe sans colique, sans migraine, sans faiblesse, sans ces malaises qu'éprouvent les personnes délicates : l'exercice continuel à l'air libre et pur de la campagne, empêche que la villageoise s'aperçoive des changemens qui s'opèrent chez elle, lorsqu'elle parvient à cet âge où elle peut devenir mère.

Lorsqu'on voudra faire prendre aux filles les habillemens de leur sexe, on évitera de les serrer, et de les renfermer dans des corps de baleines durs et non flexibles. Les pernicieux effets qu'ils produisent ont été relevés, par de grands écrivains, dans le cours du dernier siècle. Ces corps avaient disparu de la toilette des femmes; mais, aujourd'hui, ils reviennent à la mode sous le nom de corsets. Ces corsets sont, à mon avis, également fâcheux et préjudiciables à la santé ; ils compriment fortement, non-seulement le thorax, les côtes, mais encore une portion des os des îles ; et, au moyen d'un large et long morceau de baleine ou de métal, la poitrine et le ventre se trouvent aussi comprimés.

Cette machine, nouvellement inventée, pour réparer et corriger le grand relâchement du sein et du ventre que l'on rencontre chez le sexe, et particulièrement chez les femmes

qui ont eu des enfans , n'est qu'un effet
vicieux , d'une mode fort dangereuse ; maintenant ces organes, abandonnés à eux-mêmes,
se relâchent , même à la fleur de l'âge. Les
filles doivent particulièrement abandonner cet
usage , qui empêche la circulation du sang
dans les poumons , gêne leur libre développement ; la respiration devient difficile, les
dispose à des toux convulsives , à des cra-
chemens de sang , à l'asthme et même à la
phthysie. Le busc comprimant fortement les
viscères abdominaux , les déplace , d'où il
résulte des engorgemens , des obstructions
rebelles; les glandes mammaires, n'étant pas
exemptes de compression, peuvent devenir
squirrheuses, ainsi que l'utérus ; les os, encore
tendres , étant comprimés , la répartition des
sucs n'étant pas égale, la nutrition ne peut se
faire convenablement ; il s'en suit que leur
développement n'a pas lieu conformément
aux vœux de la Nature, et qu'ils se tordent et
se déforment. Pour maintenir leur sein , elles
doivent se borner à employer un corsage, fait,
simplement, avec une toile douce, sans busc :
il suffira seul pour le soutenir doucement,
sans le comprimer, ni l'incommoder. Cessons
de nous entretenir de l'éducation physique
du sexe , et revenons à celle des garçons.

Il ne suffit pas à l'homme, et à chaque animal, d'avoir reçu de la Nature une forte constitution et un corps bien organisé ; il doit encore, à l'aide de l'exercice continuel de ses membres, exciter les systèmes, et particulièrement les muscles locomoteurs. Quand même il serait possible de conserver un individu sain jusqu'à l'entier développement de sa machine, sans qu'il se livrât à l'exercice des membres, quelle que fût sa bonne constitution, quelle que fût son organisation, un tel individu ne serait jamais capable d'aucune action animale, et ne pourrait se soutenir sur ses pieds. Les stimulans convenables doivent mettre en activité tous les systèmes, tous les organes, non-seulement de la machine animale, mais encore des végétaux : sans stimulant, il n'y a point de vie ; bien qu'un individu puisse vivre et croître, étant convenablement nourri, sans qu'il exerce ses muscles locomoteurs, et que ces muscles soient privés des stimulans qui agissent sur les systèmes vitaux, comme la respiration, la circulation sanguine, la digestion, mais il sera inactif et sans action. D'après une autre loi de l'économie animale, tous les systèmes, tous les organes réagissent en proportion de la force des stimulans qu'ils souffrent ; bien entendu que ces stimulans doivent agir d'une manière proportionnée, car s'ils agissaient avec trop d'énergie, ils pourraient altérer et détruire les organes : il suit de là, que l'activité des organes sera plus grande et plus énergique, en raison de la force et de la fréquence des stimulans qu'on y appliquera par gradation, ayant fait observer dans le chapitre précédent, que chaque stimulant imprévu et violent est contraire et très-nuisible aux corps organisés. Une troisième loi, qui émane de la première, est qu'en exerçant de préférence tels muscles, les autres s'affaiblissent non-seulement par le défaut de stimulant, mais encore par la dépense trop grande que la Nature est obligée de faire de l'esprit d'animalisation, pour fournir aux premiers un stimulant suffisant à leurs mouvemens continuels. Cette loi est prouvée par l'expérience journalière : les artistes qui exercent journellement les bras, les mains, ne conservent pas une égale force dans les extrémités inférieures; ceux qui agissent de préférence avec la main droite, ont la gauche beaucoup plus faible, c'est pourquoi nous avons prouvé l'utilité qu'il y avait de rendre les enfans ambidextres.

L'homme est aussi supérieur aux animaux, par son intelligence, qu'il les surpasse par la perfection de son physique : ses membres sont symétriques, son port est majestueux, sa dé-

marche fière, sa tête s'élève vers le firmament,
son tact est délicat; il conserve d'une manière
merveilleuse l'équilibre de son tronc, de sa
tête, de ses extrémités, ce qui le rend capable
des mouvemens les plus variés, comme des
plus accélérés, et ce qui lui permet de changer de position à tout instant, sans aucun soutien et sans jamais perdre l'équilibre; ses articulations sont en plus grand nombre, elles
sont plus flexibles, comme celle des bras, des
cuisses, des jambes, des pieds, et surtout celles
des mains, qui sont composées d'un grand
nombre de parties telles que les doigts qui sont
eux-mêmes formés de beaucoup de pièces, et
où se multiplient les articulations, ce qui leur
donne la facilité de pouvoir prendre, serrer,
mouvoir et diriger les corps en diverses
directions : l'incommensurable célérité avec
laquelle les membres se meuvent, par le moyen
d'une infinité de fébrilles musculaires, soumises à la volonté, forme une propriété, un
composé de puissances, de mouvemens et d'actions, que ne peut imiter aucun autre animal.
En effet, quel est l'animal qui peut imiter la
souplesse du tronc, de la tête, des extrémités,
comme nous l'observons chez les sauteurs?
ce merveilleux équilibre chez les danseurs?
ce saut vertical par lequel l'homme franchit

neuf chevaux rangés les uns contre les autres,
un cavalier étant placé sur le cheval du milieu
du groupe, comme l'exécutait un Anglais
nommé Ireland, et de nos jours, un Français
connu sous le nom de Picq? Buffon, dans
son Histoire naturelle de l'homme, rapporte
que quelques peuples sauvages, comme les
Lapons, sont tellement agiles à la course,
qu'avec des sandales de sapin, et armés d'un
bâton ferré à l'une de ses extrémités, ils mon-
tent et descendent les montagnes les plus es-
carpées, et qu'ils poursuivent et atteignent
les animaux les plus habiles à la course.

Mais cessons de nous entretenir de ces exercices qui prouvent l'ordre surprenant avec
lequel la machine animale se trouve mue, et
qui ne servent, dans la société, qu'à exciter
l'admiration et l'étonnement; et examinons
la force physique dont est capable un homme
sain et robuste, force qui forme sa félicité
réelle et le vrai trésor de l'Etat, puisque c'est
par elle que s'augmentent les arts mécaniques,
militaires, et l'agriculture, ainsi que les arts
libéraux, les sciences, la politique, la diplo-
matie. Nous avons prouvé que c'était en raison
de la force physique, que l'entendement humain développait toute son énergie. Les anciens jouissaient d'une force prodigieuse; les

historiens nous en ont transmis de nombreux exemples. Quoique l'histoire d'Hercule soit un peu fabuleuse, il est incontestable qu'il a existé, et qu'il était doué d'une force étonnante : les érudits prétendent que toutes les preuves de valeur qu'on lui attribue, furent dans la suite imitées par divers autres individus qui prirent le titre d'Hercules : les Thébains, les Egyptiens, les Phéniciens, ont eu leur Hercule, ainsi que l'Inde, l'Idumée, la Crète, les Gaules, l'Allemagne ; ces individus, d'après le célèbre Huet, étaient des hommes distingués par leurs forces et leur courage. Pausanias nous a transmis l'histoire de quatre athelètes grecs d'une force surprenante ; un d'entre eux, nommé Milon le Crotoniate, portait un taureau sur ses épaules, pendant un assez long chemin, le jetait ensuite à terre et le tuait avec le poing. Le tyran Maximin jouissait d'une force si extraordinaire, que ce que nous en disent les historiens paraît invraisemblable.

Sans aller chercher dans les ténèbres de l'antiquité des exemples de la grande force dont étaient capables les hommes de l'antiquité, nous en trouverons de nos jours. La force du célèbre maréchal de Saxe était suffisante pour arrêter un char traîné rapidement par quatre chevaux ; il lui suffisait pour cela , de le saisir par une roue : avec ses doigts , il ployait des pièces d'argent, en faisait des bateaux, comme avec du papier , et les offrait aux dames. Un général russe, le comte Orloff, brisait de la même manière un fer de cheval de carrosse ; un chevalier maure déchirait avec ses doigts une masse de cartes de tarot unies et bien serrées ; quelques porte-faix de Constantinople portent sur leur dos des poids que supporterait difficilement un cheval vigoureux. Les hommes des nations qui n'ont point encore été corrompues par une molle éducation , ou par le luxe, conservent, de nos jours, une force extraordinaire , tels que les habitans de la mer du Sud , et en particulier ceux de l'île de Sand-Wick : des témoins oculaires rapportent qu'aucun Européen n'est assez robuste pour leur résister à la lutte , et qu'un officier anglais, excellent lutteur, ayant eu la témérité de se hasarder avec un habitant de l'île, celui-ci fut tellement offensé de sa présomption , qu'il le prit , le souleva de terre , malgré tous ses efforts , l'enleva au-dessus de sa tête, l'y soutint élevé pendant un instant, le bras tendu , et le jeta avec tant de force sur le bord du vaisseau , que les os du crâne se fracturèrent (Sinclair, *Code de santé*). Enfin, de nos

jours, on a de fréquens exemples d'individus
qui doublent et triplent les forces ordinaires
des hommes dans certaines actions. Il y a
nombre d'années que l'on me fit voir, dans
un village du territoire de Ricti, un jeune
homme qui, étant dans un bois à satisfaire un
besoin naturel, vit un loup s'avancer sur lui
d'un air affamé, ; craignant d'en être dévoré,
il plongea ses mains dans le gosier de l'animal, et l'étrangla. Ce jeune homme conserva
un tremblement dans ses mains, probablement
par l'effet de la violente intensité qu'avaient
souffert les nerfs des muscles du bras et des
mains, résultat des efforts extraordinaires qu'il
avait faits.

En général, les anciens peuples de l'Europe,
ainsi que nous l'avons déjà observé, étaient
beaucoup plus robustes et capables de plus
grandes fatigues que nous. Nous avons fait
remarquer qu'une des premières causes, qui
affaiblit les générations dans les siècles suivans, était la molle éducation physique que
l'on suivait, et qui était incapable de développer cette force que la Nature a donnée à
l'homme, dès qu'il se vit maître, particulièrement depuis la fatale découvrrte des armes
à feu, d'atterrer d'un seul doigt le plus féroce
animal, et surtout son semblable, il ne fit plus

autant de cas de ses forces, il négligea de les
cultiver. Pour se défendre, il ne fut plus obligé
de se couvrir d'armure de fer, d'un poids considérable, ni de s'armer de ces instrumens de
mort, que supporteraient à peine nos plus robustes soldats; on abandonne, on oublie même
les exercices de la gymnastique, qu'inventèrent et maintinrent en faveur, par une prévoyante politique, les premiers législateurs de
la république grecque et de la république romaine, non-seulement dans la vue de rendre
les hommes forts, robustes et capables de défendre la patrie, mais encore pour entretenir
la santé, et pour pouvoir avec succès cultiver
les arts nécessaires à la société.

Les anciens philosophes de l'antiquité,
comme Aristote et Platon, regardaient les
exercices de la gymnastique comme d'une très-
haute importance, et considéraient comme
défectueux et mal organisé l'état où ces exercices n'étaient pas institués. Dans chaque endroit on avait établi des collèges appelés
Gymnases, dirigés par des maîtres distingués,
et dont le principal portait le nom de Gym-
nasiarque; il en était le directeur et l'intendant
général. Chez les Grecs, antérieurement à
l'établissement de leur république, les exercices du corps étaient en usage, ainsi que nous

le raconte Homère dans le 23e. livre de l'Iliade, où il décrit les jeux célébrés dans les funérailles de Patrocle. Ces exercices avaient pour but, 1°. de fortifier les jeunes gens et de les habituer aux fatigues de la guerre ; 2°. de former les hommes et de les douer de toute la force dont le corps humain est capable, comme chez les athlètes ; 3°. de consolider la santé et de la rétablir en cas de maladie : on prétend que ce troisième objet fut établi, dans la suite, par le médecin Hérodicus, maître d'Hippocrate, qui présidait aux exercices ; ayant reconnu que ses élèves se maintenaient forts et robustes, il conçut la pensée de les introduire dans la médecine ; il fut le premier qui en assigna les règles (Sinclair). Les honneurs, les distinctions, les primes, que recevaient ceux qui se signalaient dans ces exercices, sont décrits dans les mémoires de l'Académie royale des inscriptions.

Il est incontestable, et bien prouvé par le raisonnement et par l'expérience, que les exercices réguliers et continués corroborent le corps, le consolident; le rendent plus actif, plus léger, et capable de supporter les plus grandes fatigues, et qu'également ils le conservent en santé, richesse individuelle la plus réelle. Il est aussi prouvé jusqu'à l'évidence,

que dès que les nations européennes , et
principalement celles du Midi , eurent privé
leurs enfans de cette branche très - importante de l'éducation physique, elles devinrent
plus faibles , plus disposées aux infirmités,
et par conséquent dans l'impuissance d'exécuter ces actions si profitables à l'Etat et à
elles-mêmes, et dont les anciens étaient capables. Malgré les graves préjudices qui résultent pour les générations et pour l'Etat, de
l'éducation molle et efféminée , il est incon-
cevable de voir que les gouvernemens les plus
éclairés ne reviennent pas sur des objets aussi
importans, et que, par des lois prudentes, ils
ne ramènent pas cette force de corps, qui for-
mait la base de la félicité individuelle et celle
des républiques ; on devrait donc rétablir les
établissemens salutaires qui la formaient et la
constituaient.

Il est vrai qu'aucun gouvernement ne s'est
opposé, ni ne s'oppose au rétablissement de
cette branche importante de l'éducation physique; mais ce n'est point assez, il faut qu'il
forme l'esprit public, qu'il le dirige ; autrement, comment éloigner du cœur paternel la
crainte et les préjugés invétérés, s'il ne lui accorde ce suprême degré d'honneur dont elle
jouissait, à juste titre, dans les sociétés an-

ciennes ? il doit fournir les moyens d'ériger des établissemens publics convenables ; il doit récompenser et protéger ceux qui s'y livrent. Les soins des gouvernemens doivent s'étendre autant à prévenir les maux qu'à les soulager ; la médecine prophylactique ou préservative réclame toute leur attention ; il n'est point au pouvoir des médecins d'enlever et d'éviter les causes nuisibles qui influent généralement sur la santé humaine, ni de prescrire des lois pour en garantir les hommes : cet objet appartient entièrement au gouvernement.

Le mouvement inquiet des enfans, parvenus bien portans à la seconde époque, mouvement auquel ils sont portés par la Nature, a convaincu les hommes, sans le secours de tant de théories physiologiques, que l'exercice leur était nécessaire pour leur développement et leur accroissement. Les forcer à rester tranquilles et dans l'oisiveté, c'est vouloir les rendre faibles et infirmes. Nous avons prouvé ci-dessus qu'il était important de les tenir constamment dans un état de gaieté, de leur laisser la liberté de se mouvoir, de se récréer, de s'agiter à leur fantaisie, et d'user à leur manière des passe-tems en usage chez les diverses nations. Cet exercice musculaire est très-propre à conserver leur santé ; mais il est insuffi-

sant pour développer en eux toutes les forces
dont l'homme est capable. Des exercices plus
énergiques, plus actifs, comme l'équitation,
la natation, la danse, l'escrime, etc., outre
qu'ils ne sont pas propres à remplir le but que
l'on se propose, ne conviennent point à un
âge aussi tendre. Nous avons naguère fait connaître les lois par lesquelles les muscles de la
machine animale déploient toute leur activité:
1°. lorsqu'ils sont fréquemment exercés, autrement ils languissent et s'engourdissent;
2°. leur réaction est en raison directe de l'exercice auquel on les accoutume, et que l'on porte
jusqu'à certaines limites données; 3°. les muscles d'un membre ou d'une partie devenue
faible, doivent également être exercés, parce
qu'ils souffriraient si on ne les mettait en mouvement. La course, ainsi que le saut, exerce
de préférence les muscles des cuisses, des
jambes et des pieds. On doit accoutumer les
enfans à porter des fardeaux, pour mettre en
action les muscles de la poitrine, ceux du dos
et des bras; ces exercices conviennent à cet
âge, et on les y accoutumera en proportion du
développement de leurs forces : on en retirera
de grands avantages; outre qu'ils corroborent
la force des muscles locomoteurs, d'où dépendent toutes nos opérations physiques, ils forti-

fient encore tous les systèmes, tous les viscères et tous les organes; mais de tels exercices sont encore insuffisans pour donner au système musculaire cette force, cette agilité, cette souplesse dont il est susceptible

Pour atteindre ce but, la lutte me paraît être un des exercices de la gymnastique, qui doit être préféré à cet âge, et qui renferme toutes les conditions nécessaires pour rendre les corps forts, vigoureux et propres à porter cette force et cette vigueur à ce haut degré où elles peuvent parvenir. Dans l'exercice de la lutte, tous les muscles locomoteurs de la machine sont en action : elle met en mouvement ceux de la tête, de la face, du cou, des épaules, de la poitrine, des bras, des coudes, des mains, du bas-ventre, des lombes, des fesses, des cuisses, des jambes, des pieds, en un mot, il n'en est aucun qui n'entre en action dans les mouvemens divers et multipliés que nécessitent l'entrelacemant des bras, les nombreux efforts des cuisses et des jambes, pour vaincre son adversaire. Plus le lutteur rencontre de résistance, plus sa volonté déploie de force pour la surmonter, et l'énergie croît en pareil degré, de sorte que toute la force, dont l'organisme humain est susceptible, se développera graduellement. En effet les anciens, quoique

moins éclairés que nous, étaient bien plus at-
attentifs, et bien meilleurs observateurs des
phénomènes de la Nature, principalement de
l'économie animale; ils étaient persuadés de
la nécessité et du devoir de former des hommes forts, robustes et actifs, et ils considéraient la lutte comme le moyen le plus efficace
pour y parvenir. Parmi les exercices de la
gymnastique, elle était le plus honoré et le
plus en réputation.

Je n'ignore pas que la lutte tomba ensuite
en discrédit chez les Anciens. Le témoignage
d'Euripide, de Sénèque, de Gallien, ne laisse
aucun doute à cet égard; mais ce discrédit
ne vient point de la nature défectueuse de cet
exercice, mais bien des déréglemens auxquels
les élèves et les professeurs se livrèrent; ils
les portaient même jusques dans leur régime;
ils croyaient que, pour vaincre dans les com-
bats, il était nécessaire de boire et de manger
copieusement. Ils s'accoutumèrent donc aux
excès de la table; ils acquirent, par-là, beaucoup de voracité; leur corps devint lourd,
massif, plutôt propre à écraser l'adversaire
par le poids que par la force. Mon intention
n'est point d'élever les enfans pour en faire
des hommes rares par leurs forces; mon
unique but est de développer, graduellement,

leurs forces respectives, par un exercice continuel, pour les corroborer peu-à-peu, et leur
donner une constitution saine et robuste :
leur régime devra donc toujours être simple
et frugal. Il ne sera pas nécessaire qu'ils se
présentent nus aux exercices, mais couverts
d'un habit léger, et incapable de gêner leurs
mouvemens : ils ne doivent point également
s'y présenter ayant le corps oint d'huile ou
couvert de sable, ainsi que le pratiquaient
les Anciens. Ces exercices doivent être sur-
veillés par des hommes sages prudens, qui
éviteront qu'il ne se commette la plus légère
offense, qu'il n'arrive aucun accident, etc.

Quelques parens s'étonneront de ce que je
leur conseille d'exposer leurs enfans à vivre
en mésintelligence, et peut-être à les voir
s'estropier en tombant violemment par terre.
Leurs craintes et leurs inquiétudes sont mal
fondées. L'équilibre de leurs forces, le volume
de leur corps, l'agilité propre à cet âge, le
sol sur lequel ils tombent, font presqu'ad-
mettre l'impossibilité de tout évènement fâcheux : les enfans sont bien plus exposés en
nourrice, où l'on surveille à peine leurs passe-
tems inconsidérés. Combien de fois, dans la
journée, ne tombent-ils pas étourdiment ?
Combien de fois ne se hasardent-ils pas à des

dangers évidens ? Combien de fois ne leur arrive-t-il pas de se battre entr'eux, de se déchirer, de se livrer à leurs enfantins transports et à leur animosité ? Ils seront beaucoup moins exposés étant sous la conduite d'un homme sage et prudent, qui saura les diriger et les modérer. Les hommes puissans et riches, qui dédaignent d'accoutumer leurs enfans à ces actes qui leur paraissent si au-dessous de leur naissance, de leurs richesses, et qui frissonnent d'employer de tels moyens pour développer cette force que la Nature leur a donnée, trouvent-ils qu'il soit plus avantageux de demeurer faibles et inactifs ?

Les inventions, les découvertes de l'entendement humain, sont dues à l'amour de soi, et, généralement, on en fait un usage mal-entendu : non seulement les idées se changent, mais elles se renversent de manière à nous éloigner de l'objet pour lequel la Nature nous a destinés. Poussés par notre paresse à satisfaire nos désirs, nos passions, en employant, pour les obtenir, le moins de fatigue possible, nous laissons, nous abandonnons les moyens les plus difficiles et les plus laborieux, quoique les plus utiles à la santé. De là, les propriétaires méprisent les exercices du corps, qui, dans un tems, étaient les occupations de prédilection dans les sociétés des Anciens. L'agriculture, principale ressource d'un état, est, pour eux, une occupation avilissante, faite pour des êtres abjects. Enfin, le travail est encore, pour une autre classe, également méprisée et destinée à leur fournir tous les objets nécessaires à une vie opulente, commode et environnée de luxe.

On regarde comme indigne d'un galant homme, d'oser se servir de ses forces pour repousser l'offense, depuis qu'avec l'épée ou une arme à feu on peut se défendre et assaillir son adversaire. Je ne prétends pas qu'il faille remplacer par la lutte les exercices de la chevalerie; je désire seulement qu'elle soit remise en vigueur, étant le moyen le plus efficace pour former des enfans sains, forts, robustes, et d'un bon tempérament, principale source d'une félicité réelle dans ce monde.

Quelques sévères moralistes ne craindront pas de m'opposer que la lutte forme des esprits haineux, querelleurs, source des animosités et des vengeances chez les enfans. Le célèbre Locke, dans son *Traité d'Education*, proscrit l'escrime pour les mêmes motifs. Cependant, on continue de donner aux enfans des maîtres d'armes, et cet exercice est un des premiers de l'art de la cheva-

lerie : néanmoins, on ne voit pas que cet
esprit querelleur soit augmenté parmi les
hommes. Si l'on devait raisonner d'après de
telles bases, il faudrait proscrire toutes les
armes offensives et défensives inventées jusqu'à ce jour, parce qu'elles fomentent cet
esprit de vengeance. Malgré la lutte, si l'on
a soin de diriger les passions des enfans,
selon le degré de leur développement, on
parviendra à former des hommes pacifiques,
forts, vigoureux et non querelleurs.

Au défaut d'établissemens publics, pour
exercer les enfans et la jeunesse, on devrait
y suppléer, en organiser, tant dans les collèges que dans les pensionnats, et choisir, à
cet effet, une heure de la journée, qui ne
nuise en rien à l'instruction, et, cependant,
la même en hiver comme en été. Je ne m'oc-
cuperai point à donner le plan de ces établissemens, voyant, avec peine, que mes vues
de bien public sont encore éloignées d'être
adoptées. Je me bornerai simplement à assigner ici quelques règles en faveur des pères,
assez amis de leurs enfans, pour avoir le courage de se dépouiller des préjugés vulgaires,
et de se déterminer à continuer la méthode
d'éducation que nous avons proposée.

Il est très-facile de rassembler des enfans

du même âge, de les exercer à la lutte, à la
course, au saut, à porter des fardeaux. Il est
également très - facile d'établir une petite
arène, en employant les précautions indi-
quées. Chaque exercice devra avoir un jour
fixe dans la semaine ; il serait imprudent de
vouloir les exercer à tous dans un seul jour :
leur âge ne le permet pas. La durée des exercices doit être augmentée en proportion de
l'âge et du développement des forces. L'heure
qui nous paraît la plus convenable à cet effet,
est celle qui suit le déjeûner, l'estomac étant
moins chargé qu'après le dîner : cette règle
est d'ailleurs peu importante, attendu que les
enfans digèrent promptement, et sans qu'il en
résulte aucun dommage. Les enfans qui auront été élevés, jusqu'à cette époque, selon
la méthode indiquée, ne craindront ni les
rigueurs du froid, ni les ardeurs du soleil
brûlant : ils seront fatigués, ils sueront, sans
qu'il leur survienne de fluxions, de rhumes
occasionnés par des coups d'air ou de soleil.
On ne doit point les changer de linge après
avoir sué. Si on leur fait contracter cette
habitude, et qu'on la néglige ensuite, il peut
en résulter des accidens fâcheux : on doit
laisser à l'activité des pores cutanés, le soin
de se débarrasser de la matière de la sueur.

Après s'être livrés à ces exercices, s'ils sont altérés, on leur laissera boire de l'eau fraîche et pure, ou bien on pourra leur permettre d'y ajouter quelques acides, tel que celui de limon, d'orange, etc. Nous avons parlé, ci-dessus, de l'habillement qui leur convient. Nous avons dit qu'ils devaient être dirigés, dans ces exercices, par des personnes sages et prudentes. Je ne parlerai pas des moyens d'exciter en eux une émulation bien enten-due, la gloire, le courage, et de la manière de leur faire comprendre que l'objet de ces exercices est de les rendre utiles à la Patrie, à l'Etat, et, en même-tems, de les conduire à leur propre félicité : c'est à l'éducation morale d'atteindre ce but. Nous allons parler des divers exercices auxquels la Nature même stimule les enfans : nous nous bornerons à quelques réflexions relatives à la course, au saut, et à la manière dont on doit les accou-tumer à porter des fardeaux.

Nous avons dit que l'on devait, selon l'âge, selon le développement des forces, prolonger la durée de la course et des autres exercices. Quand les enfans se seront suffisamment dé-liés à la course en plaine, on les accoutu-mera à courir sur de légères montées, pour les rendre de plus en plus vigoureux. Suffi-

samment habitués au saut, on posera quelqu'obstacle au milieu de l'endroit qu'ils doivent franchir, ou on leur fera sauter des
fossés plus ou moins larges, selon leur âge
et l'état de leurs forces : de cette manière,
ils se dresseront à l'un et à l'autre exercice.
On les habituera à marcher et même à courir
sur un sentier étroit, sans qu'il y ait de garde-
fou, et élevé à une certaine hauteur pour les
rendre courageux, dans les pas difficiles et
périlleux où les hommes pusillanimes perdent
l'équilibre. Tourmentés par la crainte, ils
éprouvent des tournoiemens, vacillent, se
précipitent si l'on n'arrive pas à leur secours.
Ces effets sont, sans contredit, produits par
la peur de se laisser tomber, et on les voit
très-occupés du lieu où ils doivent placer leurs
pieds, ce qui leur occasionne des tournoiemens ; au lieu que l'homme hardi marche
naturellement, sans s'occuper du danger, et
traverse l'espace qu'il doit parcourir, sans
éprouver le moindre accident.

A la fin du chapitre précédent, nous avons
fait connaître la nécessité que les enfans soient
ambidextres ; il est important qu'ils exercent
également la main gauche comme la droite :
cette habitude est avantageuse, non-seulement pour tous les exercices de de la gymnas-

tique militaire, de la mécanique, mais encore pour toutes leurs opérations. En les accoutumant à porter des fardeaux, il convient de veiller à ce qu'ils les placent sur leur dos, tantôt avec une main, tantôt avec l'autre ; par ce moyen, les muscles de chaque côté sont également exercés, et ils acquièrent un développement égal. Enfin, ces charges ne doivent point surpasser leurs forces, et on évitera qu'ils se portent de préférence d'un côté, dans la crainte de déformer les membres.

A l'aide des lavages et des bains froids, d'un léger vêtement le jour, quelle que soit la saison, et légèrement couverts pendant la nuit, éloignés d'une chaleur artificielle, nous obtiendrons que les enfans acquièrent beaucoup de force dans leur peau ; par là, ils seront préservés des maladies produites par l'intempérie des saisons, et par les variations brusques de l'atmosphère. Dans cette seconde époque, il convient de les rendre inaltérables à l'action de la chaleur ; mais, ce n'est encore que par degré que l'on doit chercher à obtenir cet effet : il faut les accoutumer de manière à ce qu'ils puissent impunément supporter, et sans éprouver aucune pénible sensation, le passage brusque du chaud au froid, et du froid au chaud. Pour remplir cet objet, on les met d'abord dans un bain froid ; après y être resté quelque tems, on les fait passer dans un autre bain, mais il doit être d'une température tiède ; après les avoir laissés quelques instans dans le second, on les replacera dans le premier. Ces bains, pris de cette manière, doivent être continués chaque jour, ayant soin d'augmenter le degré de la chaleur de l'un, et le degré de froid de l'autre, et cela, tous les deux ou trois jours, jusqu'au point où peut le supporter la nature humaine.

Dans le chapitre précédent, nous avons fait remarquer que l'homme était capable d'endurer un très-haut degré de froid comme de chaleur. Pendant le tems que l'on emploie à fortifier ainsi les enfans, il convient d'examiner très-attentivement s'ils conservent leur hilarité, la tranquillité de leur sommeil, et leur appétit. Je ne pense pas comme Jean-Jacques qui dit, dans son *Emile,* qu'il est nécessaire de se servir du thermomètre, pour s'assurer de la chaleur de l'eau. Une augmentation d'un ou de deux degrés est insuffisante pour apporter quelqu'altération dans les systèmes ; cependant, cette précision nous paraît utile dans les premiers jours, parce qu'en commençant, il est toujours indispensable de procéder avec les plus grandes précautions.

La saison doit déterminer le degré de froid que doit avoir le bain. Dans la belle saison, on peut le faire prendre à la température de l'atmosphère; mais, l'hiver, l'eau conservant un degré de froid notable, il convient de la réchauffer légèrement.

L'habillement d'été doit être le même que celui d'hiver : les enfans étant habitués à supporter impunément le froid, ils supporteront également les chaleurs de l'été. Une fois qu'ils auront contracté l'habitude de ces passages du froid au chaud, et du chaud au froid, il ne sera pas nécessaire qu'ils évitent la chaleur artificielle, si cela leur convient; cependant, il serait peut-être mieux qu'ils continuassent à s'en tenir éloignés, à moins d'une nécessité indispensable. Je connais, en Italie, beaucoup de jeunes gens, sains et robustes, qui portent constamment les mêmes vêtemens, l'hiver et l'été; qui ne s'approchent jamais du feu, et qui ignorent ce que c'est qu'un refroidissement.

A mesure que les enfans avancent en âge, on doit leur donner des alimens plus nourrissans et plus solides, et habituer leur estomac aux alimens variés. Je désirerais que cette variété ne consistât qu'en alimens simples, non-assaisonnés, ayant prouvé que les alimens préparés avec des aromates, peuvent avoir des suites fâcheuses, ou avec des sels qui, en excitant trop l'appétit, énervent les forces digestives. L'appétit des enfans est toujours bon ; ils n'ont besoin de rien pour le stimuler : habitués à une nourriture simple, ils trouveront mauvaise celle qui sera préparée avec art. La chair de l'agneau, ainsi que celle du veau, convient à leur estomac, quoique ces viandes abondent en mucosité et en gélatine, leurs forces digestives étant très-actives. Lorsque l'on commencera à leur donner du vin, on ne devra point le leur donner pur ; il doit toujours être étendu avec de l'eau, et ne le leur permettre qu'aux repas de midi et du soir, c'es-à-dire, au dîner et au souper.

Généralement, on croit qu'il est indispensable de commencer le dîner par la soupe, qui, à ce que l'on prétend, est plus nutritive, et dispose à de faciles digestions. Je n'en vois pas la nécessité, chez les enfans parvenus à cette seconde époque de leur existence. Leurs déjeûners sont ordinairement composés d'alimens solides et sans soupe ; néanmoins, la digestion se fait parfaitement, et est entièrement achevée pour le dîner. Il est vrai que la soupe est très-convenable pour les estomacs faibles ; mais, je ne crois pas qu'il soit néces-

saire d'en faire le principal aliment des enfans.
La règle la plus naturelle de prendre des alimens, est celle de manger lorsqu'on y est
appelé par la Nature, lorsqu'on en éprouve le
besoin; cependant, comme nous sommes destinés à vivre en société, en famille, on doit
s'assujétir à certaines règles. Le bon appétit
des enfans, fruit d'une bonne constitution,
fortifiée par une éducation physique convenable, ne les rendra pas délicats; ils ne répu-
gneront à aucune nourriture; ils mangeront
de tout, et l'on sent la nécessité de les habituer à la diversité des mets.

Les maladies auxquelles les enfans d'une
saine constitution sont exposés, dans cette
seconde époque, sont presque toutes produites, soit par de mauvaises digestions, soit
par la surabondance et la mauvaise qualité
des alimens. Il convient donc de faire attention qu'ils ne surchargent pas leur estomac;
qu'ils n'en prennent pas au-delà de leurs
besoins, et éviter, surtout, qu'ils abusent des
viandes, des fruits verts, aigres, acerbes,
astringens, singulièrement recherchés à cet
âge. Ayant été élevés par la méthode que nous
proposons, ils seront rarement atteints des
maladies inflammatoires, qui ont pour cause
des coups d'air ou de soleil. Dans ces der-

niers tems, les peuples de l'Italie, particulièrement ceux du Midi, s'étant vus obligés de
mener une vie active et fatigante, en raison
des guerres continuelles, sont devenus moins
sujets aux affections inflammatoires, selon
les observations faites par les médecins. Moi-
même, j'ai remarqué, dans cette ville (1) et
dans ses environs, où, pendant l'hiver, la pleu-
résie était endémique, que, depuis que nous
avons été envahis par les troupes françaises,
elle est devenue beaucoup plus rare ; et, pendant quinze années d'observations sur cet
objet, je n'ai reconnu d'autre cause physique
de cette diminution, que la vie plus active et
plus fatigante que ces populations ont été con-
traintes de mener.

CHAPITRE VIII.

Troisième époque de l'éducation physique des enfans,
depuis l'âge de la puberté jusqu'à celui de vingt-un
ans.

Dès le commencement de la puberté, jusqu'à l'âge de vingt-un ans, la machine humaine est encore susceptible d'augmenter et

(1) Macerata.

de se perfectionner. On doit donc continuer
à faire contracter aux jeunes gens des habitudes salutaires et avantageuses. Les habitudes contractées à cette époque sont les plus
fortes, et l'on ne saurait ensuite les abandonner qu'avec beaucoup de prudence et de
circonspection, pour ne pas nuire à la santé.
Cette époque fortunée où sont parvenus les
jeunes gens, où la nature humaine commence
à paraître dans toute sa splendeur et sa ma-
jesté, s'annonce par des changemens extérieurs remarquables. Chez eux, la vie sura-
bonde, pour-ainsi-dire, et cette surabondance
est employée par la Nature à la reproduction de soi-même. Une matière organique,
très-active, supérieure aux autres humeurs
qui composent les corps animaux et organisés et qui sont destinées au développement,
à la nutrition de ces mêmes corps, s'accumule dans les organes de la génération ; et
quand les jeunes gens sont arrivés à ce terme,
pourvu toutefois qu'ils ne s'en soient pas dé-
pouillés, ils accomplissent l'objet principal,
en mettant en activité cette surabondance
employée par la Nature, chez l'homme laborieux, à mesure qu'elle s'accumule. Sans cela,
elle pourrait produire de grands désordres
dans le physique, ainsi que, malheureusement,

nous l'observons assez fréquemment parmi
les jeunes gens qui, par habitude ou par quelques autres motifs , mènent une vie molle et
oisive, qui exerce également son influence sur
le moral. La félicité de cette vie dépend principalement de cette époque fortunée. On doit
donc réunir tous ses efforts pour bien diriger
les jeunes gens , de manière qu'ils soient, le
moins possible , exposés aux maux qui affligent le genre humain. Il est incontestable
que plus l'homme se crée de besoins, par
l'habitude, moins il lui reste de moyens de se
rendre heureux; car le cours de sa carrière
est semé de tant de vicissitudes qui l'empêchent de pouvoir les satisfaire, que son existence en devient, chaque jour, plus désagréable et plus pénible : l'éducation physique
doit donc avoir pour but principal , à cette
époque, de diminuer les besoins sans nuire à
la santé ; de sorte que la seule habitude que
l'on doive contracter, c'est de n'en avoir aucune. L'homme, pendant sa vie, est environné
de mille dangers. Les jeunes gens qui auront
acquis les moyens de les éviter, seront bien
moins malheureux ; s'il arrive qu'ils n'aient
pu s'en préserver, ils pourront, encore mieux,
les supporter : l'éducation physique , dans
cette troisième époque, doit encore s'occuper

de cet objet, ainsi que nous allons le voir.

Les individus élevés de la manière que nous l'avons indiqué, seront devenus, par cette éducation physique, forts, robustes, agiles, flexibles, et disposés aux exercices ainsi qu'aux fatigues ; ils auront acquis l'habitude d'une vie active et laborieuse, propre à leur faire éviter les dangers qu'apporte, particulièrement à cet âge, une vie molle et oisive. Il faut également les habituer à supporter les privations dont est susceptible l'espèce humaine, afin de les assujétir à moins de besoins : ce sera leur faciliter les moyens de se préserver des dangers auxquels l'homme est exposé dans le cours de sa carrière. L'éducation physique proposée est convenable pour remplir cet objet ; et elle peut facilement être exécutée par toutes les classes de la Société. Mais, pour ce qui regarde la seconde époque, il faudrait que le Gouvernement fournît les moyens d'exécution ; car, il est impossible que le bourgeois, l'artiste et le père de famille, peu fortunés, puissent se procurer les moyens nécessaires, sans le secours d'établissemens publics. Dans ce qui me reste à exposer sur cet objet, on me permettra de considérer les jeunes gens de chaque classe, comme ayant été élevés selon la même méthode.

Les individus, destinés par leur condition à l'agriculture et à des métiers fatiguans, consument journellement cette surabondance de vie, et se trouvent par-là exempts des désordres que produit une vie molle et oisive. Il convient cependant de veiller à ce que leurs travaux ne soient pas trop rudes, et qu'ils n'épuisent pas leurs forces ; il est des pères et certains chefs d'ouvriers qui tombent dans ces écarts ; les uns dans la vue d'accoutumer de bonne heure leurs enfans au travail, et les autres par un sordide intérêt. Or, des fatigues excessives, disproportionnées aux forces, dissipent non-seulement le superflu que commence à accumuler la Nature, mais encore le nécessaire à la nutrition et au développement ultérieur de l'individu ; d'où l'on voit leur machine se détériorer, languir et demeurer imparfaite. Nous voyons journellement des jeunes gens, dans la classe des bourgeois et des artistes, indiquer par les traits de leur visage, plus d'âge qu'ils n'en ont réellement, et qui cessent de bonne heure de prendre de l'accroissement. Cependant, nous avons égard à l'âge des animaux qui servent à nos usages, nous avons soin de ne pas les fatiguer avant leur entier développement; pourquoi donc ne prendrions-nous pas encore de plus grandes précautions pour la race humaine? et si l'on fatigue les animaux plutôt qu'on ne le doit, ne s'affaiblissent-ils pas, ne s'altèrent-ils pas? La même chose ne doit-elle pas arriver à l'homme composé d'organes plus délicats? Il serait bien important qu'il y eût des lois pour fixer l'âge auquel on doit faire apprendre aux jeunes gens des états pénibles et fatigans.

Les jeunes gens consacrés à la défense de la patrie, à la marine, sont élevés d'une manière active dans les collèges et dans les pensionnats militaires, ainsi que sur les vaisseaux; mais généralement, chez les premiers, on n'exerce pas suffisamment leurs forces à mesure qu'elles tendent à se développer. Les simples exercices militaires exigent plus d'activité, d'agilité que de vigueur; et les marins passent des journées entières dans leurs vaisseaux, lorsqu'ils sont en rade, sans exercer leurs muscles, étant privés d'occupation. Il serait important qu'ils se livrassent aux exercices de la gymnastique pendant toute la durée de cette troisième époque de leur existence, et pour cela, il devient indispensable qu'on établisse ces jeux dans les collèges, les pensionnats, et sur les vaisseaux. Les professions sédentaires auxquelles les jeunes gens se livrent,

les travaux de mains en général, exigent plus
d'habitude que de force, comme la profession
de tailleur, d'orfèvre, d'horloger, de brodeur,
de tisserand, etc. : ces états devraient être pra-
tiqués par des femmes, elles y réussiraient
parfaitement ; alors on emploierait une infinité
de bras robustes à des travaux plus fatiguans
et également utiles à la société. Cette opinion
est celle de beaucoup de grands-hommes.
L'exercice des muscles des extrémités inférieures est indispensable ; sa privation, pour
les raisons exposées dans le chapitre précédent, peut occasionner des dérangemens de
santé.

C'est une erreur que de croire qu'on sup-
pléerait à ces exercices, par ceux qu'on établit
dans les gymnases : ils ne sont pas assez forts
pour absorber le superflu de la vie, soit par les
diverses interruptions des jours, soit par la
difficulté de les combiner dans ces jours de
fêtes, soit enfin, parce qu'étant livrés à eux-
mêmes, n'étant stimulés par rien, et n'y ayant
aucun établissement public, les jeunes gens
aiment mieux se divertir à des jeux sédentaires, ou passer leur tems à quelques promenades agréables. Et combien la constitution et
la santé de ceux qui se destinent à l'étude des
sciences, ne souffrent-elles pas dans les col-

lèges et dans les pensionnats civils? Est-il suffisant, pour suppléer aux exercices musculaires, indispensables à cet âge, de leur permettre, pendant les heures de leur récréation, de faire quelques parties de billard ou de billes, quelques tours de promenade deux ou trois fois par semaine, de prendre des leçons d'armes, de monter à cheval? Il n'est donc pas étonnant de voir ces jeunes gens, particulièrement ceux d'un tempérament ardent, en proie à la mélancolie, devenir moroses, agités; perdre l'appétit et le sommeil, et lorsqu'ils s'y livrent, n'en jouir que d'une manière imparfaite : ils maigrissent, se dessèchent, ressentent de vives migraines, et enfin, stimulés par ce feu puissant de la nature, non calmé par les fatigues journalières, ils se voient dans la nécessité de le détourner, par des moyens secrets et dangereux, et s'ils ne ruinent pas leur santé, ils détruisent la force de leur tempérament ; alors l'application à l'étude n'est-elle pas un ennui, ne sont-ils pas toujours distraits ; s'ils ne sont arrêtés à un objet déterminé, ne prennent-ils pas en haine leur vie monotone, ne se refusent-ils pas à toute espèce de discipline? Si cette vigoureuse surabondance d'esprits vitaux était consumée par les exercices gymnastiques, on les verrait plus tranquilles,

plus gais, plus actifs, plus vigoureux, plus attentifs aux leçons de leurs maîtres, et par conséquent ils feraient de grands progrès dans les
sciences : n'est-ce pas à un de ces résultats précieux de la fatigue que nous devons attribuer
cette force des tempéramens, cette continence que l'on remarquait chez les jeunes gens
de Sparte et de Rome? On sait que Démos-
thènes et Cicéron étaient d'un tempérament
faible et délicat; ils le fortifièrent par les exercices de la gymnastique, et, de cette manière,
ils parvinrent au faîte de l'éloquence et de la
philosophie.

L'air et les alimens exercent une action
principale sur notre physique, et sans leurs
stimulans, qui agissent sur les divers systèmes,
la vie s'éteindrait : delà la nécessité de la respiration, de la chylification, de la sanguifi-
cation et de la nutrition, pour l'exercice de
la vie. De tels stimulans étant donc indispensables pour la conservation de l'individu, l'éducation physique de l'homme doit tendre à l'habituer de manière à ce qu'il puisse supporter
les variations de l'atmosphère, sans que sa
santé en soit altérée, et l'on doit restreindre à
de convenables limites le besoin des alimens,
de manière qu'étant assujéti à moins de besoins, il pourra les satisfaire avec plus de fa-

cilité. En parlant de la première époque de
l'éducation physique, nous sommes entrés
dans tous les détails relatifs à la pureté de
l'air, nous y renvoyons le lecteur : dans cette
troisième époque, les jeunes gens, ayant déployé toute leur activité, toute leur énergie,
et conservant toute leur flexibilité, peuvent
se priver, jusqu'à un certain point, des stimulans que fournissent les alimens. Je ne prétends
cependant pas que l'on doive nourrir les jeunes
gens simplement avec du pain, des végétaux
et de l'eau. Je désire que l'on accoutume leur
estomac à tous les alimens que nous fournissent les deux règnes, sans qu'ils en deviennent
intempérans ; mais il est indispensable, pour
leur utilité, étant exposés aux vicissitudes humaines, qu'ils s'habituent par degré à en supporter la privation jusqu'à un terme donné,
et sans que leur santé n'en soit altérée. Je vou-
drais que par fois leur nourriture ne se com-
posât que de simples végétaux, du pain et de
l'eau ; on aura soin de n'arriver à ce régime
que graduellement. On commencera, par
exemple, à les nourrir de cette manière un
jour de la semaine, ensuite plus fréquemment,
enfin, pendant une quinzaine, etc., jusqu'à ce
que cette nourriture leur soit suffisante. Il est
important de diminuer leurs travaux, pendant

les premiers jours de ce régime frugal, qu'ils
pourront reprendre au même degré, une fois
qu'ils y seront accoutumés. J'ai connu des
gens sans économie, vivant, comme on dit,
à la *journée*, se nourrissant parfaitement pendant quelques mois de l'année, et qui se trouvaient ensuite dans la nécessité de diminuer
considérablement leur table, obligés à ne se
nourrir le reste de l'année que de quelques
légumes, de pain, et de ne boire que de l'eau;
malgré cette frugalité forcée, leur santé et
leurs forces ne s'en trouvaient nullement altérées. Il serait également utile de les habituer
au jeûne, sans diminuer leur énergie. On lit
dans l'histoire, que certains hommes ont été
capables de supporter de longs jeûnes, à l'aide
de l'habitude qu'ils en avaient contractée.
Nous avons rapporté que Charles XII, roi de
Suède, jeûna pendant trois jours entiers, sans
interrompre ses fatigues militaires. Dans sa
jeunesse, un de mes amis passa quarante heures sans manger; il voyagea sans en éprouver
aucune altération; cependant à la quarantième
il me dit avoir ressenti des frissons le long du
dos, analogues à ceux qui précèdent un accès
de fièvre : ayant pris des alimens comme à
l'ordinaire, ce phénomène se dissipa et il se
trouva très-bien, capable de continuer son

voyage. Les jeûnes des anciens Anachorètes nous paraissent incroyables, ainsi que ceux des premiers Chrétiens, quoique leur tempérament fût beaucoup moins faible que les nôtres, leur éducation physique n'étant pas aussi molle. Cette habitude serait fort utile, mais il est difficile de la contracter; les militaires exposés au grand nombre de privations que la guerre entraîne avec elle, auraient besoin de se faire une habitude des privations, puisqu'ils se trouvent quelquefois, pendant plusieurs jours, privés des alimens tirés du règne animal; les individus qui voyagent pour le commerce, ou pour s'instruire dans le grand livre du Monde, sont fréquemment exposés dans leurs longues courses, tant par eau que par terre, à éprouver des privations, et même à manquer du nécessaire; une telle habitude leur éviterait de grandes angoisses.

Le sommeil est non-seulement nécessaire au bien-être de tous les animaux, mais il l'est encore à tous les corps organisés. L'action continuée des objets qui agissent sur les sens, la réaction de ceux-ci, consument à chaque instant une portion de cet esprit physique qui les avive; il en est de même de l'exercice de la vie, et surtout du système musculaire locomoteur et des facultés intellectuelles: le som-

meil suspend l'action des stimulans, si nous
en exceptons ceux des fonctions vitales; mais
la nature trouve les moyens de les dédomma-
ger de leurs pertes. Si le sommeil est profitable
et nécessaire à la vie physique, il restreint
singulièrement la vie morale ; car il est en
quelque sorte l'image de la mort : il n'est peut-
être aucun phénomène de la vie animale qui
prouve autant que lui la fragilité de notre existence, et le premier homme qui vit son semblable plongé dans un profond sommeil dut
en être épouvanté : il est donc vrai de dire que
plus l'on dort, moins l'on vit. L'habitude doit
le restreindre autant que possible, sans nuire
à la santé. La journée se composant de vingt-
quatre heures, il me semble que pour un
adulte, un repos de cinq heures suffit pour
remplir le but que la Nature s'est proposé,
et chez les jeunes gens on peut le prolonger
d'une heure ; cependant, il convient de les
habituer à supporter la veille sans que leur
santé en souffre. Il existe beaucoup d'individus
qui n'ont besoin que de deux ou trois heures
de sommeil ; il en est un assez grand nombre
qui passent plusieurs jours de suite sans prendre le moindre repos, et qui ne s'en trouvent
point incommodés : ceci nous prouve la force
des habitudes contractées à l'époque où se
développe le corps humain.

La vie est à chaque instant menacée par
des dangers ; on en évite beaucoup par la
prudence et la prévoyance, et, par l'adresse
et la force, on parvient souvent à en triompher. Les jeunes gens habitués à la fatigue,
rendus agiles par les exercices de la lutte, de
la course, du saut, et dressés à la nage, seront moins exposés que les autres : les anciens,
particulièrement les Athéniens, regardaient
la natation comme une chose indispensable,
et lorsqu'ils voulaient désigner un homme
inutile, ils disaient qu'il ne savait pas même
nager. Dans les lieux éloignés de la mer, des
rivières, il sera même nécessaire d'y cons-
truire un canal où l'on puisse apprendre à
nager ; il devient particulièrement utile dans
les collèges et dans les pensionnats militaires.
L'homme accoutumé à marcher franchement
sur un sentier étroit, et au-dessous duquel il
se trouve un précipice, ne le craindra point
et évitera le danger. On doit également habituer les jeunes gens à de longues marches, à
parcourir, dans de certains jours de la semaine,
vingt ou trente milles (1). Les voyages en deviendront pour eux plus agréables, pouvant
observer tout ce que la campagne offre de

---

(1) La lieue de France se compose de trois milles.

curieux ; et s'ils sont en voiture, que l'air y
soit corrompu, ainsi que cela arrive assez souvent, en marchant ils pourront en respirer un
meilleur ; de même s'il arrive quelque évènement à la voiture, ils ne courront pas le danger de rester dans un lieu inhabité, il leur sera
facile de gagner à pied le gîte, sans compromettre leur santé : s'ils embrassent la carrière
militaire, les marches longues n'auront rien
de pénible pour eux. Un riche seigneur, plein
d'esprit, de connaissance et de philosophie,
qui avait voyagé à pied dans presque toutes
les parties méridionales de l'Europe, disait,
qu'il n'aurait pas voulu changer son écurie
avec celle du plus grand monarque. Je ne prétends pas que les jeunes gens s'attachent d'une
manière invariable à cette maxime ; mais elle
pourra leur être utile dans plus d'une circonstance, la vie humaine étant assujétie à un
nombre infini de vicissitudes dont personne
ne doit se croire exempt.

Pour atteindre le dernier but que nous nous
sommes proposé en écrivant ce Traité d'éducation physique, c'est-à-dire, pour donner
à l'individu, de la grâce, de l'élégance, un
certain maintien, nous y parviendrons à l'aide
de la danse, de l'escrime, des exercices militaires. Un auteur d'un grand mérite, et que

nous avons cité plusieurs fois dans le cours de cet ouvrage (Sinclair), en faisant l'éloge de ces exercices, est d'avis que les jeunes filles doivent s'y livrer : nous pensons qu'il suffit pour le beau sexe, qui n'est point destiné à l'état militaire, qu'il s'adonne seulement à la danse ; cet exercice suffit, ainsi que nous l'avons prouvé dans le chapitre précédent, pour développer leurs forces musculaires.

CONCLUSION.

Telle est la méthode d'éducation physique que j'ai cru devoir établir, d'après les auteurs classiques modernes qui ont traité de cet objet, d'après les lumières dont la philosophie s'est enrichie, et d'après ma longue expérience ; je la crois propre pour réparer en partie les dérangemens physiques qui, depuis quelques siècles, et particulièrement en Europe, ont détérioré la race humaine, détérioration qui expose l'homme à de grands dangers, et qui est un obstacle à ce qu'il soit plus utile à la société et à l'Etat. Cette méthode est facile à être mise en exécution par toutes les classes de la société, dans la première époque ; et à toutes elle est également nécessaire et avantageuse, s'il est vrai que la force des tempéramens et la santé constituent la félicité des

hommes, sans en excepter les grands et les
riches. Il serait important que les Gouvernemens se persuadassent qu'il est nécessaire de
créer des établissemens, pour rendre dans la
deuxième et troisième époque, l'éducation
physique commune à toutes les classes de la
société. L'unique difficulté qui puisse se rencontrer, dans la première époque, chez la
classe indigente, c'est que les malheureux
manquent souvent des moyens nécessaires
pour donner à leurs enfans des alimens sains,
pour les maintenir propres et leur faire respirer un air pur. Dans le troisième chapitre
nous avons sollicité, à cet égard, les soins
des Gouvernemens, et nous avons prouvé la
nécessité d'établir des magistrats de police,
pour veiller sur un objet aussi important.

Des pères trop tendres pourront trouver
cette méthode d'éducation beaucoup trop
dure, pendant la première époque, et trop
périlleuse pendant la deuxième et troisième ;
mais leurs craintes sont mal fondées et leur
tendresse mal entendue ; ils doivent réfléchir
à la flexibilité de l'économie animale, à cette
époque de l'existence, pendant laquelle on fait
sans peine contracter à l'individu toutes les
habitudes que l'on désire, et quand même il
devrait en souffrir momentanément, cette

souffrance lui apporte de grands biens; d'ailleurs elle est exempte de tout danger: nos
enfans, diront-ils, n'étant pas destinés à l'agriculture, à la guerre, à des états fatigans, ne
doivent pas être exposés à des dangers; alors,
pourquoi les assujétir à des exercices périlleux? pourquoi les mettre à l'épreuve des dis-
graces? Quel que soit l'état auquel vous les
destiniez, ils ont toujours besoin d'une bonne
santé, qu'ils n'obtiendront qu'en fortifiant
leur individu, à l'aide des exercices musculaires : les promenades à pied, les courses en
voiture, à cheval, les jeux de billards, de
billes, de volans, etc., sont plus propres à
conserver la santé des femmes que celle des
hommes forts et robustes; d'ailleurs, est-il
bien sûr que dans le cours de la vie, ils seront
constamment à couvert des revers de la fortune? Qui peut calculer tous les évènemens
de la vie? Celui qui à ses pieds semble tenir
enchaîné le destin, est souvent précipité de la
grandeur où il l'éleva, et le trône même ne
peut résister aux coups de l'adversité! Le dix-
huitième siècle nous fournit de grands exemples en ce genre, aucun ne nous a mieux
prouvé que le vrai, l'unique bien réel de cette
vie ne consiste qu'en un bon tempérament et
en une saine philosophie !

Il en est d'autres qui pourront m'objecter qu'en occupant les enfans et les jeunes gens à de violens exercices corporels, on les distrait de l'application qu'ils doivent apporter à l'étude des sciences, et qu'ainsi ils manquent leur éducation. Ils seront bien plus dissipés par des jeux frivoles, par des récréations insipides, que par les exercices fatigans que l'on exige d'eux pour l'entretien de leur santé et pour leur développement ; en outre, l'habitude qu'ils en contractent fait qu'ils leur deviennent peu ou moins pénibles. A quels vices ne donnent pas naissance l'habitude des jeux et une vie sédentaire ? Au lieu que les exercices bien ménagés excitent l'amour de la gloire, l'activité et l'énergie. N'étant pas distraits par des objets étrangers, ils s'occuperont utilement à l'étude et y feront de grands progrès ; car, il est hors de doute que l'entendement humain se développe en raison de l'énergie du physique : ce développement n'a lieu que faiblement chez un individu débile et jouissant d'une mauvaise santé. César-Auguste, par les exercices de la gymnastique, fortifia sa faible constitution, devint aussi grand orateur que conquérant. Démosthenes et Cicéron, ainsi que nous l'avons dit, furent deux grands philosophes et deux

grands orateurs. Ce dernier se rendit à Athènes, uniquement pour fortifier son tempérament, et pour y orner son esprit. Apelle,
Phidias, ne s'exercèrent-ils pas aux jeux de la
gymnastique, et tous les grands personnages
de la Grèce et de la république romaine, qui
brillèrent dans la littérature et dans les beaux-
arts, n'avaient-ils pas reçu la même éducation physique ?

Nous avons déjà déclaré que les exercices
de la gymnastique, que nous conseillons,
d'après les auteurs modernes qui ont écrit
sur ce sujet, dans le courant du siècle dernier, ne doivent point avoir pour but de
former des athlètes, mais seulement de
rendre la constitution humaine plus forte,
qu'une molle éducation a singulièrement dé-
gradée, pour que l'homme puisse, sans altérer
sa santé, supporter les diverses fatigues atta-
chées à son existence : pour remplir cet intéressant objet, il suffira d'exercer les jeunes
gens, pendant quelques heures de la journée,
tantôt aux uns, tantôt aux autres.

Quelles profondes et vigoureuses racines la
philosophie morale ne jetterait-elle pas chez
des hommes, ainsi fortifiés par l'éducation
physique, et accoutumés aux seuls besoins
nécessaires à l'existence! Les semences jetées

sur un sol déjà cultivé et disposé à les recevoir, produiraient des fruits que recuilleraient
les vertus sociales ; les passions ne naîtraient
pas d'un luxe pernicieux, inséparable d'une
vie molle et oisive ; la soif de l'or n'éteindrait pas les devoirs sacrés que nous devons
à l'Etat ; le bien de notre semblable ne serait
pas sacrifié à notre amour-propre, et le seul
chemin de la gloire et de la vertu serait abor-
dable à tous ; enfin, on sent quels avantages
il en résulterait pour l'éducation morale et
religieuse, dans les détails de laquelle ma
plume profane ne se hasardera pas d'entrer :
d'autres, plus illustres que la mienne et plus
éclairées, nous en ont donné les préceptes
avec beaucoup de clarté.

FIN.

TABLE.

CHAPITRE VII.

CHAPITRE VIII.

ERRATA.

Page 51, ligne 10, *au lieu de* difforment, *lisez :* déforment.

Page 52, ligne 2, *au lieu de :* elles n'étaient pas exemptes, *lisez :*
elles étaient exemptes.

Page 70, ligne 9, *au lieu de* allarmans, *lisez :* alarmans.

Page 75, à la note, *au lieu de* atteintes aux mœurs, *lisez :* attentats
aux mœurs.

Page 95, ligne 1, *au lieu de* 'étude; *lisez :* l'étude.

Page 97, ligne 2, *au lieu de* les, *lisez :* ces.

Page 122, ligne 2, *au lieu de* au mal, *lisez :* au moral.

Page 145, ligne 16, *au lieu de* cause, *lisez :* causer.

Page 152, ligne 18, *au lieu de* ne suffisait pas, *lisez :* ne se suffisait pas.

Page 166, ligne 16, *au lieu de* consulter, *lisez :* conseiller.

Page 177, ligne 1, *au lieu de* subtantiels, *lisez :* substantiels.

Page 197, ligne 9, *au lieu de* luminuux, *lisez :* lumineux.

Page 198 ligne 13, *au lieu de* il sera, *lisez :* il serait.

Page 207, ligne 15, *au lieu de* soeint, *lisez :* soient.

Page 225, ligne 2, *au lieu de* qu'elle, *lisez :* elle.

Page 243, ligne 21, *au lieu de* distortion, *lisez :* distorsion.

Nota. Au lieu de *viscère*, on rencontre quelquefois *vicère.*

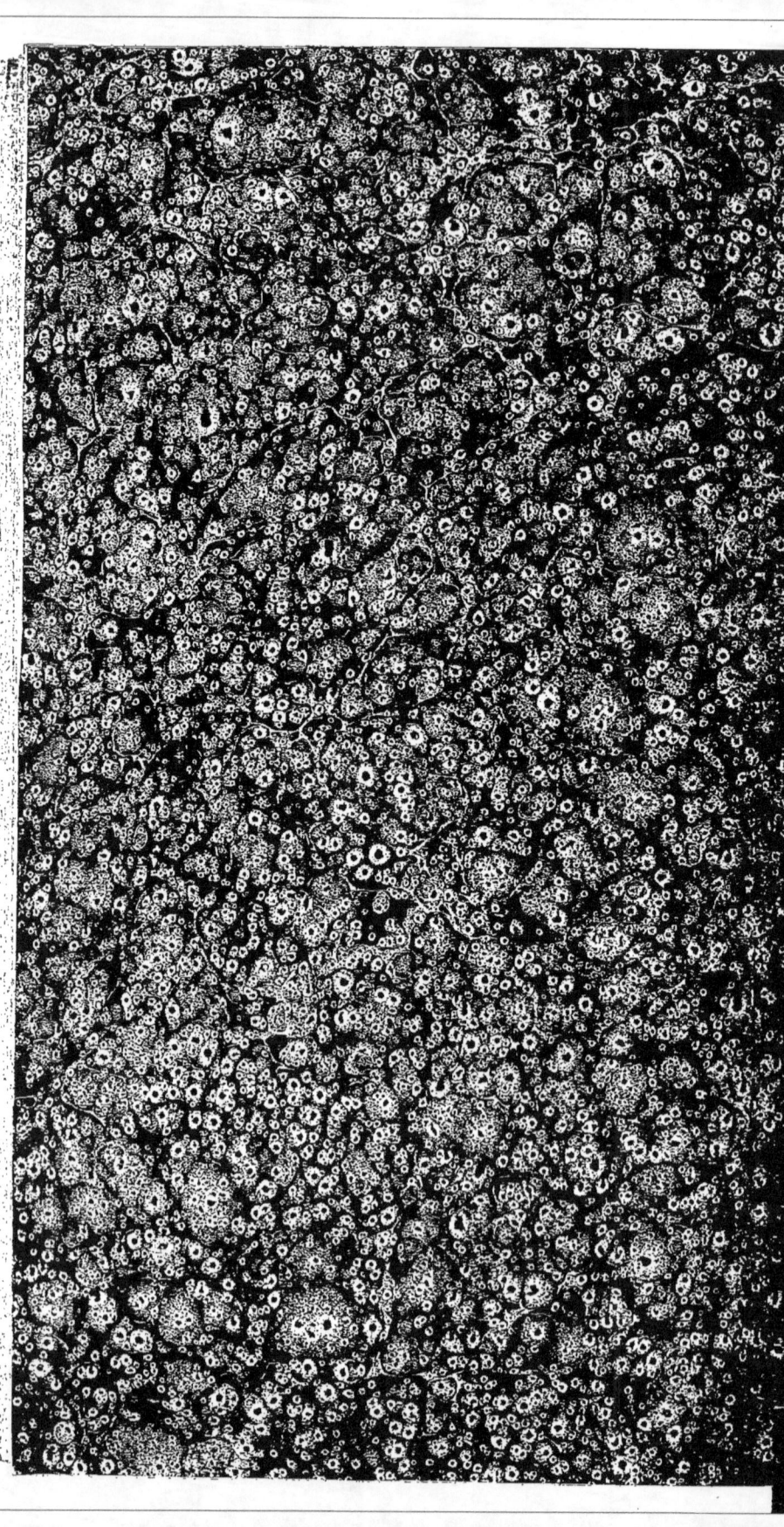

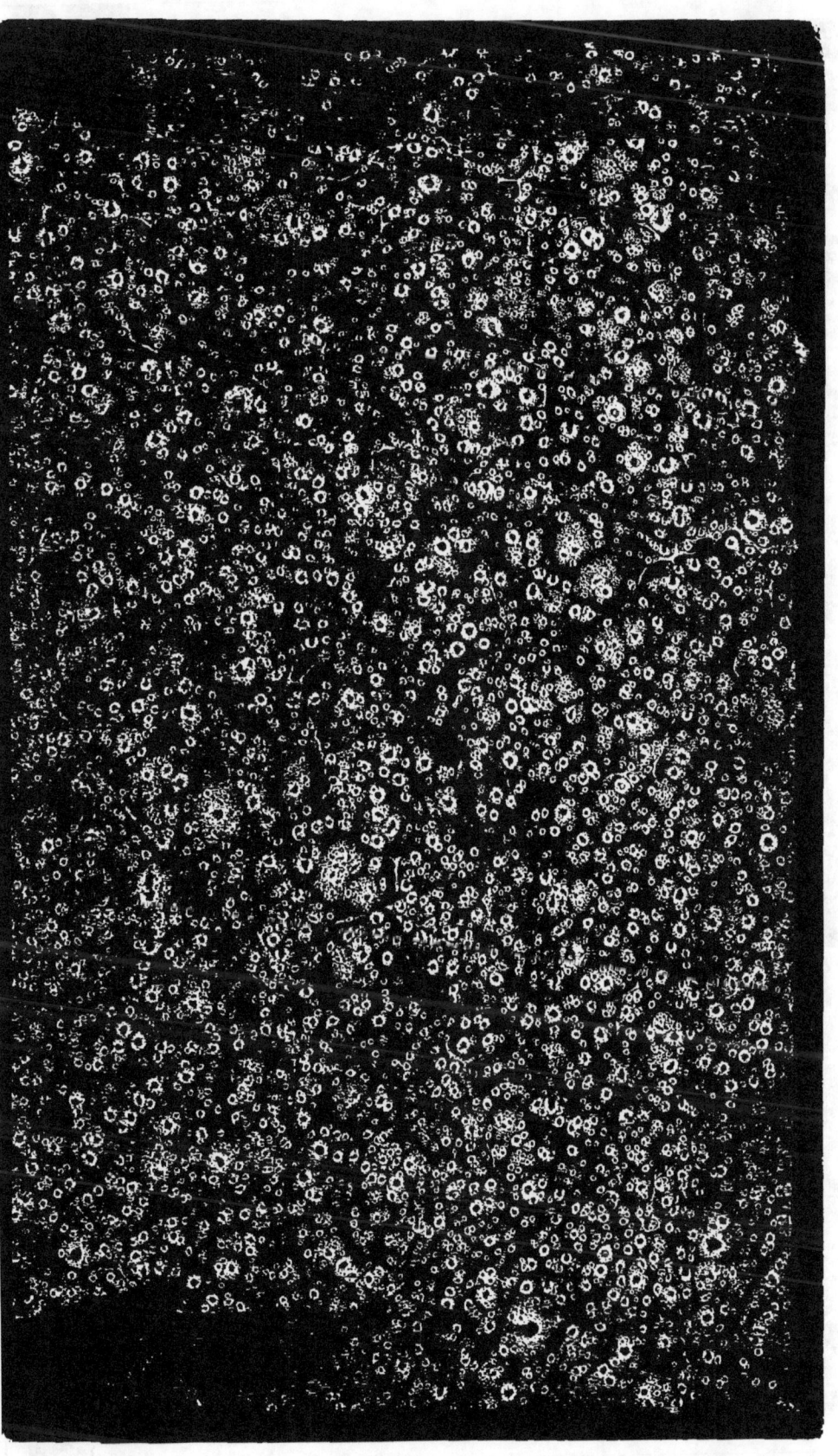